Valerio V

ORO, INCENSO E POLVERE

FRASSINELLI

ORO, INCENSO E POLVERE

ISBN 978-88-7684-995-4 86-I-07

A Simona Mammano
per i suoi preziosi consigli,
a Girolamo Laquaniti
per avermi raccontato una bella storia,
a Ilde e alle «ragazze» della Frassinelli

1

Parma era sotto una trapunta di nebbia. Le torri dei Paolotti, i campanili di San Giovanni e del Duomo vi scomparivano dentro sciogliendo la loro geometria. Una serata d'altri tempi, quando le stagioni non s'erano ancora mischiate. Di quelle che richiudono la città in un guscio vaporoso e la fanno tornare improvvisamente familiare spegnendo l'eccitazione, i rombi e la frenesia. Nel nebbione, Parma aveva smesso di urlare. Sussurrava come le vecchie in chiesa.

Soneri passeggiava tra i borghi e sentiva salire una confortevole nostalgia. Ogni passo scandiva una cantilena di ricordi: l'università, le corse in via Saffi, Ada, persa troppo presto... In piazzale della Pace si fermò quando ancora non riusciva a scorgere la sagoma austera della Pilotta, né le case di via Garibaldi. Non si vedeva che nebbia. Davanti, dietro, di lato, sopra. Solo un pezzo di selciato su cui camminare, l'unica momentanea certezza. Poi il telefonino squillò. La vita, quella illusoria e apparente, lo chiamava.

«Dottore, la disturbo?» esordì Juvara, timoroso.

«Tutt'altro. Fai conto di avermi preso per i capelli prima

che finissi in un pozzo», rispose il commissario. Una frase talmente indecifrabile che l'altro ammutolì.

«E allora?» lo incalzò.

«C'è un casino sull'autostrada, una mezza catastrofe...»

«Le catastrofi non si limitano alle autostrade. E poi mezza...»

«Insomma, un incidente. Molto grosso. Con più di cento macchine, camion, incendi...»

«Va be', chiama la Stradale no?»

«No, no... Loro sono già lì...»

«Bene. Allora siamo a posto.»

«No, è che...» balbettò l'ispettore.

«Cosa?»

«Il questore chiedeva se potevamo farci un salto, perché qualcuno ha telefonato dicendo che degli zingari si aggirano intorno alle macchine per rubare», riuscì a dire Juvara difilato.

«Che ci mandino le volanti!» replicò Soneri un po' stizzito. Però subito dopo sentì il bisogno di togliersi dalla solitudine e sfuggire alla trappola della nostalgia.

«Le hanno mandate», continuò l'ispettore, «ma con la nebbia così fitta... Insomma, non riescono a trovare il posto. In questo turno non c'è un agente che sia pratico della Bassa.»

Soneri sentì sopra la sua testa un pericolo incombente, come una molla carica in procinto di scattare. Allora scattò lui, avviandosi per traverso in direzione della Steccata.

«Dov'è questo posto?» domandò.

«Vicino all'area di servizio di Cortile San Martino. C'è una strada che costeggia per un tratto l'Autosole.»

«La conosco. E le volanti?»

«Stanno girando lì intorno. Il questore dice che lei è l'unico che conosce bene le strade... L'unico di Parma...»

«Prendi la macchina e vieni in piazza tra cinque minuti», concluse Soneri.

Juvara stentò a trovarlo. Il commissario dovette sbracciarsi e saltare le catene tra le colonne per farsi vedere.

«Guido io», decise appena l'ispettore abbassò il finestrino. «Con te, come minimo finiamo in un fosso.»

Juvara obbedì con sollievo: «Ho tribolato anche a infilare il portone della questura», borbottò lasciando il volante.

«Per questo non trovi mai la morosa: sei troppo imbranato.»

L'altro tacque e sorrise soltanto quando Soneri gli diede un affettuoso spintone sistemandosi sul sedile.

La nebbia saliva sul cofano e, appena uscirono dal chiarore lattiginoso dei lampioni imboccando le strade strette della campagna, piombarono in un'oscurità quasi impenetrabile.

«Ci credo che non trovano il posto», mormorò Juvara.

«Con questo tempo uno dovrebbe starsene a casa, meglio se davanti a un camino a guardare il fuoco, magari con un gatto... Pensa quante occasioni buttiamo via. Però forse è un bene», concluse il commissario pensando alla trappola di prima.

Juvara gli diede un'occhiata poco convinto, ma restava in silenzio e guardava teso la strada. O almeno quel che si vedeva, cioè due metri d'asfalto. «Ma se anche troviamo 'sto posto, chi li prende quelli, con il nebbione di stasera?» cambiò argomento.

«Va be', questo lo vediamo dopo eh! Ora pensiamo a infilare la strada», tagliò corto il commissario con un po' d'irritazione. Quando tentava di intavolare discorsi più profondi, l'ispettore glissava. Non sapeva se per indifferenza o timidezza. O forse era solo giovane. Anche lui a trent'anni se ne fregava dei bilanci e dei caminetti.

A un bivio senza cartelli si fermarono. Nemmeno Soneri

sapeva con certezza quale direzione prendere. Poi, d'istinto, girò a sinistra tirando a indovinare.

«Chissà... Forse è questa», mormorò tra sé.

Proseguirono per qualche centinaio di metri finché udirono un verso minaccioso nell'oscurità. Un verso di bestia disperata al macello.

«Ha sentito?» trasalì Juvara impettendosi come un merlo.

In quel momento la sagoma di un toro apparve nello smilzo cono dei fari.

«Sì», disse Soneri, «abbiamo preso la strada giusta.»

L'animale doveva essere almeno sei quintali e sembrava più impaurito che aggressivo. Il commissario vide Juvara stringere la maniglia della portiera e irrigidirsi tutto.

«Sono anche vestito di rosso», borbottò.

«Stai tranquillo, è un erbivoro. Anche se sei piuttosto in carne non gli fai né caldo né freddo. Basta non rompergli i coglioni», ridacchiò Soneri sfarfallando con gli abbaglianti.

Il toro, pigramente, si voltò, poi spiccò una corsa con il grosso scroto che gli pendeva dondolando fra le cosce.

«Ce li ha belli grossi», sospirò sollevato l'ispettore.

«E cosa credevi? Mica è Capuozzo», replicò il commissario.

Proseguirono nella nebbia da cui giungevano ancora muggiti e altri versi come richiami d'orfani nella notte. Un secondo toro corse davanti ai fari con la coda alzata attraversando la strada.

«Un Limousine», lo identificò Soneri. «Una razza da carne.»

«Credevo che le Limousine fossero meno pericolose», borbottò Juvara.

«Ti sbagli. Pensa a Kennedy e a tutti i mafiosi che ci hanno ammazzato.»

Passarono vicino a una enorme vacca che cominciò a muggire appena la superarono.

«Sarà una memorabile notte d'amore, con tutti i tori che ci sono in giro», ridacchiò il commissario.

«Il più è che si trovino», osservò l'ispettore.

«Mica sono timidi come te.»

Andarono avanti finché la nebbia si colorò lievemente di giallo.

«O è l'autogrill o è l'ipermercato», stabilì Soneri.

A un bivio dovettero fermarsi di nuovo. Adesso tutto aveva il colore del moscato. Il motore al minimo permetteva di percepire i suoni ritmati di una musica primitiva e metallica che si aggiungeva ai muggiti e allo scalpiccio dei tori che correvano liberi nella nebbia.

E quando il commissario abbassò il finestrino per guardare meglio di lato, dentro l'auto piombò la puzza di bruciato. «Arrosto di copertoni», sentenziò imboccando la strada a destra da dove arrivava l'odore.

«Siamo vicini all'incidente», constatò Juvara.

«Ottima deduzione», ironizzò Soneri.

«Sì, ma i tori? Da dove vengono 'sti tori?» riprese l'ispettore, di nuovo timoroso.

«Dici che potevano essere su un camion che si è schiantato?» domandò il commissario con la stessa ironia di prima. «Sai che a volte le disgrazie portano libertà.»

Adesso la nebbia era striata di nero e la puzza di bruciato si faceva sempre più pungente. Il commissario si sporse sul volante e guardò verso l'alto attraverso il parabrezza. Il cielo dava l'idea di un'enorme parrucca ossigenata con le mèches più scure. Si voltò per guardare la faccia di Juvara che appariva stupefatto come un bambino alle giostre. Davanti a loro una pattuglia di maiali stava in gruppo quasi rimpiangesse lo stabbio e un cavallo attraversò l'oscurità risuonante di muggiti dolenti, portandovi un'altra pennellata di mistero.

«Ma cos'è? La fattoria degli animali?» sbuffò Juvara.

Gli rispose un nitrito dalla profondità oscura della notte. Ma subito dopo alla loro sinistra apparve un chiarore guizzante e stavolta aveva il colore di un buon lambrusco. Il commissario fermò la macchina sconcertato.

«Dottore, sono le carcasse che bruciano», interpretò Juvara.

«Impossibile, l'autostrada dovrebbe essere dall'altra parte.» Ma era l'unica cosa di cui appariva sicuro. Rimase muto per qualche secondo senza capire. Si era perso e annaspava tra i ricordi di molti anni prima, quando percorreva quelle strade affondate nella pianura alla ricerca d'intimità. Il passato lo stava di nuovo riacciuffando e stavolta aveva il suono dei nomi di ragazze perdute di vista da tempo. Bisognava continuare a scappare, sfuggire alla trappola.

Sgommò con un colpo di acceleratore e abbassò un filo il finestrino. Aveva deciso di seguire l'odore come facevano le bestie in amore. Come stavano facendo i tori che correvano a un appuntamento con l'invisibile. Poco dopo, sulla destra, comparvero altri chiarori più intensi. Ci aveva preso: l'autostrada era lì, distesa e indifferente con il suo carico di sciagure.

Soneri imboccò il viottolo che la costeggiava e si diresse verso i fuochi. C'era un piccolo spazio sulla banchina, dove parcheggiò tra mucchi di calcinacci, piastrelle rotte, cartacce e fazzoletti usati. Anche Juvara era sceso, ma restava vicino alla macchina e teneva la portiera aperta.

«E adesso?» si chiese Soneri guardando la scarpata piena di rifiuti al di là della recinzione.

L'ispettore non rispose, girando lo sguardo intorno con circospezione.

Il commissario, invece, si incamminò lungo la strada. I

roghi con il loro alone ondeggiante, la cupola di nebbia tinta di giallo, i versi delle bestie sperse e la musica in lontananza rendevano tutto surreale. La campagna dietro di lui brulicava di una vita artificiosa, mentre di fronte intuiva un rosario di auto accartocciate tra le quali stagnava un silenzio di morte interrotto solo dal viavai dei carri attrezzi e dal guizzare dei lampeggianti delle ambulanze.

Tornò indietro. «Chiama la centrale e comunica che siamo sul posto. Chiedi cosa dobbiamo fare», ordinò a Juvara.

L'ispettore fu ben felice di risalire in macchina. «Dottore, ma quel fuoco...» chiese sporgendosi dal finestrino e indicando il falò dalla parte opposta.

«Gli zingari, evidentemente», mugugnò il commissario.

«Dicono di avere pazienza e ci chiedono di stare qui finché non arrivano le volanti», gli comunicò subito dopo l'ispettore. «Le sente le giostre?»

«Quali giostre?»

«Quelle che hanno montato al centro commerciale dietro l'autogrill.»

«Ah, è da lì che viene la musica?»

«Sì. Ci va un sacco di gente.»

In quel momento al coro di animali si aggiunse l'abbaiare di un cane. La nebbia confondeva la direzione del suono e non si capiva se provenisse dalla scarpata o fosse al di qua della recinzione.

«Un altro sperso», mormorò Soneri.

«Sarà stato su una delle macchine coinvolte nell'incidente», ipotizzò Juvara.

Li chiamarono alla radio. Pasquariello, il capo delle volanti, chiedeva spiegazioni su come raggiungere il commissario. Un colpo di vento fece virare la colonna di fumo e un puzzo di gomma bruciata s'infilò nel finestrino aperto. Juvara attaccò a tossire e spalancò la portiera per cercare aria.

«Si fa così anche per stanare le volpi», commentò Soneri.

Poi vide l'ispettore buttarsi di nuovo dentro con insospettabile agilità. Si voltò e scorse il muso di un toro a pochi metri. Le narici sbuffavano, dandogli un'aria da fumetto, poi aprì la bocca lasciando spuntare la lingua e inarcò tutto il corpo in un muggito che fece vibrare la nebbia. Il commissario non capiva se reclamasse la greppia o volesse marcare il territorio, ma rimase lì impalato mentre Juvara, dentro l'auto, lo sollecitava a montare su.

Gli sembrava tutto posticcio, un luna park come quello che diffondeva in lontananza il sottofondo musicale. E lui che sfidava il suo Minotauro immerso in una nebbia che aveva improbabili colori da fiera. Sentiva Juvara implorarlo, ma lui se ne stava lì a osservare la bestia immobile, riflettendosi nei suoi occhi grandi e rassegnati. Fu solo un attimo, perché poi il toro girò la testa e filò via svanendo nel buio.

«A forza di strillare stavi per farmi incornare, Juvara», lo rimproverò il commissario.

«Lei rischia troppo: la stava incornando davvero.»

«Ricordati che gli animali sono di gran lunga meno pericolosi dell'uomo. È più facile che ci lasci le penne un poliziotto che un veterinario.»

Il cane continuava ad abbaiare con un ritmo acuto e fastidioso.

«È proprio spaventato», constatò Juvara.

«Avrà paura dei tori come te», commentò Soneri mentre un chiarore di fari compariva di fronte a loro.

«Ecco le volanti», annunciò l'ispettore.

«Siamo finiti in mezza dozzina di cortili», sbottò uno degli agenti scendendo.

«Questo è niente. Il guaio è che non riuscirete più a tornare indietro», ribatté Soneri con l'intenzione di prenderli in giro, ma riuscendo invece a spaventarli.

«Dov'è 'sto cane?» domandò con fastidio il capopattuglia.

Il commissario fece un gesto vago alzando la mano e agitandola nell'aria.

«Qui di zingari non c'è traccia», proseguì l'altro.

A quel punto Soneri indicò il falò dalla parte opposta alla strada. Il capopattuglia borbottò qualcosa prima di infilarsi in bocca una sigaretta e accenderla. Allora anche il commissario lo imitò, tirando fuori il toscano. Rimasero un po' in silenzio, finché dalla nebbia provenne un muggito vicinissimo e comparve un'altra di quelle bestie. Stavolta era poco più di un vitellone. Il commissario lo capì dalle corna ancora acerbe.

«Minchia!» saltò di lato il capopattuglia, sganciando il fodero della Beretta.

«Lascia stare», lo fermò Soneri, «non ti farà niente. E poi, con questa nebbia, non si sa mai dove finiscono le pallottole.»

L'altro indietreggiò verso la macchina e il toro fece alcuni passi come se volesse caricarlo, ma poi rinunciò.

«Se capisce che hai paura non ci mette niente a darti una spolverata», lo rimproverò il commissario.

L'altro abbassò la pistola solo quando l'animale se ne fu andato e mentre la infilava di nuovo nel fodero gli tremava la mano.

«Prendo l'M12?» chiese l'agente alludendo al mitra in dotazione.

Il capopattuglia fece cenno di no e sembrava piuttosto scosso. Soneri lo scrutò: «Mai visto un toro prima d'ora?»

L'altro scrollò il capo. Era giovane, di quella generazione cresciuta alla scuola di polizia. Il commissario si rese conto di appartenere a un'altra epoca, quando il mondo contadino era ancora vivo e un toro non appariva una rarità mostruosa e straordinaria. Prima che cominciasse a sentirsi vecchio, spuntarono i fari della seconda volante.

«Vorrei sapere perché cazzo ci hanno mandati in 'sto posto!» urlò l'altro capopattuglia.

«Per gli zingari, Esposito», rispose il collega.

«Questa è una giungla», riprese il nuovo arrivato, «ce stanno tori, maiali, vacche...»

«Di maiali e vacche è pieno il mondo», ribatté un agente.

«Di tori un po' meno», intervenne Soneri per troncare la discussione.

«Dottore, ma mi dice che possiamo farci se quelli rubano. Nun se vede manco la punta delle scarpe!»

«Dovete chiederlo a Capuozzo», replicò un po' stizzito il commissario. «Andate su e giù per questa strada con i lampeggianti accesi. Tanto per far vedere che ci siamo...»

Il capopattuglia non sentì del tutto, perché il cane abbaiava come un forsennato.

«Minchia, 'sto stronzo!» imprecò Esposito mentre una raffica di muggiti rimbombarono ovattati nella nebbia.

«Dico di fare la ronda fino a nuovo ordine», ripeté Soneri.

Gli agenti risalirono in macchina. Nell'oscurità tinta di giallo, la musica da discoteca continuava a diffondersi a ondate mentre i pompieri stavano probabilmente estraendo i morti e i feriti dalle lamiere. Soneri guardò le auto allontanarsi con le loro saltellanti luci blu finché non furono ingoiate dall'oscurità, e rimase a fumare lì da solo. In direzione dell'autostrada si sentiva un brusio operoso interrotto ogni tanto da un'accelerata. A tratti anche la pianura intorno era percorsa da un'improvvisa agitazione. Da fughe e rincorse, forse da duelli alla cieca.

«Commissario!» lo chiamò Juvara.

«Dimmi...» rispose Soneri quando fu di nuovo vicino alla macchina.

«Mi è sembrato di sentire qualcuno correre dall'autostrada verso i prati.»

Lui allargò le braccia: «Cosa ci possiamo fare? A meno che non ci venga a sbattere contro...»

In quel momento vide arrivare una delle volanti a velocità troppo sostenuta per un pattugliamento.

Esposito scese di corsa e si avvicinò sbracciandosi. «Ce stà un corpo», sbraitò. «Un corpo bruciato. Credo che sia di uno di quelli che hanno sbattuto», finì sfiatato.

Senza aprir bocca, Soneri salì in macchina e li seguì lungo la strada.

Quando smontò, sentì il cane abbaiare vicinissimo. Esposito accese la torcia e inquadrò un cadavere deturpato e mutilato dalle fiamme appena al di là della rete metallica. Lì, a due passi, un volpino di colore indefinibile si sgolava.

«Crede che fosse il suo padrone?» chiese Juvara.

Il commissario scosse la testa: «Di solito stanno accanto a vegliare in silenzio. Questo ha la vocazione alla denuncia».

«L'incidente è proprio qui sopra», indicò uno degli agenti. «Sarà stato sbalzato fuori dall'auto.»

Soneri sollevò gli occhi verso l'autostrada. A malapena si distinguevano le auto distrutte ancora incolonnate e incastrate una nell'altra. Poco più avanti un copertone mandava fumo. «Mah!» esclamò poco convinto. Poi afferrò la torcia di Esposito e si avvicinò ancor più alla recinzione, scrutando quel morto che aveva solo vaghe sembianze umane.

«Non credo che fosse uno degli automobilisti», concluse spegnendo la torcia. «È meglio chiamare la Scientifica. Vedete di non calpestare troppo qui. Tirate il nastro», ordinò infine.

Mentre tornava alla macchina, Juvara gli trotterellò a fianco. «Dottore, pensa davvero...» cominciò.

Soneri annuì. «Quel corpo è stato buttato lì, ma è bruciato da un'altra parte.»

Poi prese il cellulare e fece il numero di Nanetti, lasciando l'ispettore con la curiosità addosso. «Dal casello vai verso l'Asolana... Sai, dove c'era l'osteria di Guido... No, prima del magazzino di granaglie...» spiegò al collega elencando posti scomparsi da tempo.

Quando riattaccò, Juvara tentò di interrogarlo, ma fu preceduto da Esposito: «Abbiamo messo er nastro», annunciò. «Il dottor Pasquariello ha detto che qui basta 'na volante, se la situazione è tranquilla, ma se raccomanda de chiedere prima a lei.»

«Basta una», confermò secco il commissario. «Tanto, se c'era da rubare l'hanno già fatto prima che arrivassimo. E poi mi sembra che ormai sia un fatto secondario», buttò lì con tono grave. Juvara rimase zitto riflettendo su quelle ultime parole. «Vuol dire che siamo venuti qui per un banale controllo e abbiamo scoperto un omicidio?» balbettò poi.

«La maggior parte delle cose che capitano è casuale. Dovresti saperlo, visto che fai questo mestiere da un po' di tempo», ribatté Soneri.

Ritornarono vicino al cadavere e, in quel momento, sentirono arrivare dalla campagna lì attorno un verso acuto, tra lo strillo e il gemito. Esposito e l'altro agente della volante si allarmarono e divennero nervosi. Juvara sbottò: «Madonna, ma che roba è? Neanche nella savana...»

Soneri era l'unico tranquillo. Quel verso non gli faceva paura, ma gli risvegliava dentro qualcosa di antico che sapeva di aie, di gelo e di festa a cavallo del Natale. Un verso che aveva imparato a riconoscere fin da bambino e che in quel momento riemerse dal profondo della memoria alla maniera di un riconoscimento.

«Non è niente», borbottò. «C'è un altro morto, ma questa volta è solo un maiale.»

Esposito e Juvara si guardarono increduli. «E chi è stato?» chiesero quasi in coro con tono poliziesco.

«Per esclusione direi gli zingari. C'è qualcun altro nei paraggi?»

«Pensavo che fossero musulmani», riprese il capopattuglia.

«La maggior parte di loro sono italianissimi», spiegò Soneri con una punta di rimprovero. Lo colpiva sempre l'ignoranza di certi agenti su questioni che avrebbero dovuto conoscere a menadito. Ma a quel punto giunse una macchina a distrarre tutti dal maiale e dagli zingari: era la Scientifica.

«Ci sarà una volta che mi telefoni per darmi una buona notizia», attaccò Nanetti scendendo con difficoltà dall'auto. «Fortuna che conosco questa zona sennò 'sto cadavere l'avremmo esaminato domani mattina», aggiunse.

«Siamo rimasti gli unici a conoscere il territorio», commentò il commissario con tono da vecchio commilitone.

«Ci credo: ormai siamo da ricovero...»

«Si dice quiescenza», ridacchiò Soneri. «Capuozzo la chiama così e si riferisce soprattutto ai sensi.»

«I suoi», ribatté Nanetti facendo il gesto dell'ombrello. «Sei sicuro che non sia uno che ha sbattuto in macchina?» riprese poco dopo accennando all'autostrada.

«Una macchina prima sbatte e poi s'incendia. Se uno viene sbalzato fuori scampa al fuoco, giusto?»

Nanetti annuì un po' infastidito dall'ostentazione di logica del commissario.

«Però potrebbe darsi», riprese Soneri, «che l'auto si sia incendiata, che questo povero cristo abbia tentato di fuggire con il fuoco che già lo mangiava e sia finito qui. Ma in questo caso, si sarebbe rotolato nell'erba e avrebbe lasciato dei segni. Quei fazzoletti di carta e quelle bottigliette, per esempio, dovrebbero essere perlomeno ammaccati o anneriti. E l'erba dovrebbe essere bruciacchiata, no?»

Nanetti perlustrò la scarpata con la torcia, constatando che non c'era traccia di tutto quello che diceva il commissario. Emise un mugugno, quindi concluse: «Credo che tu abbia ragione... Va be', tagliamo la recinzione, facciamo i rilievi e portiamo via il cadavere appena ci autorizza il magistrato. La prova del nove sarà l'autopsia».

«A proposito, chi è il magistrato di turno?» s'informò Soneri.

«Siamo capitati bene: la dottoressa Marcotti. Sai che è bravissima», rispose Nanetti.

«Bene. Così non dovremo faticare a far comprendere l'ovvio», e si avviò all'automobile facendo cenno a Juvara di seguirlo. I due uomini camminavano sfiorando la recinzione dell'autostrada quando arrivò loro alle orecchie un ansito profondo, come di bronchi ingrommati dal catarro, insieme a un pesante scalpiccio.

Poco dopo si trovarono di fronte a un'enorme massa roteante alla cui sommità spiccava un maestoso paio di corna. Un toro e una vacca si accoppiavano in mezzo alla strada, sbandando fino a deragliare contro il parapetto di ferro di un piccolo ponte.

Juvara li osservava tra il turbato e il voglioso e il commissario si accorse che lo stupore aveva completamente cancellato la paura dalla sua faccia.

«Salute!» esclamò Soneri.

L'ispettore pareva ipnotizzato. Non staccò lo sguardo nemmeno quando il toro scese dalla groppa della vacca e si scrollò a testa bassa con il pene flaccido e penzolante fino a sfiorare l'asfalto.

«È quello di prima?» domandò Juvara tornando finalmente in sé.

«Certo, non l'hai riconosciuto dalle palle?»

«Davvero?»

Il commissario gli diede uno spintone: «Cosa vuoi che ne

sappia? Però non mi sembra un Limousine, non è abbastanza raffinato», scherzò ancora.

In quel momento, la vacca s'inarcò e cominciò a orinare sonoramente sulla strada.

«Di solito lo fanno i maschi dopo», constatò Soneri.

L'ispettore sorrise beatamente come se avesse fatto l'amore lui.

«Be'...» riprese il commissario con ironia, «spero che tu abbia imparato la lezione. Adesso però andiamo.»

Le due bestie erano scomparse. Restava solo la nebbia e Juvara sembrava coltivare la speranza in un'altra visione miracolosa. A Soneri, invece, quel sovrapporsi di passato e presente causava come una sorta di straniamento. Era la Bassa, era la nebbia, ma tutto gli pareva irreale: una caricatura di quel che ricordava e stava scolpito nella sua memoria.

Mise in moto e si avviò affrontando di nuovo il muro impenetrabile.

«E poi la chiamano Autosole...» borbottò Juvara al suo fianco.

2

Orbitarono per un quarto d'ora intorno a quel falò che dardeggiava a distanza come un sole irraggiungibile.

«Ma dov'è 'sta strada!» si spazientì Soneri.

«Dottore, non vorrà mica andare dagli zingari?» domandò allarmato Juvara.

«Perché no? Stai tranquillo, sono più miti dei tori.»

«Ma siamo solo in due...»

«Non succederà niente. Non è gente aggressiva.»

«Lo dice lei...»

«Ma com'è che hai tanti pregiudizi? Hai paura degli animali e ti lascia indifferente la gente che brucia sull'autostrada. Temi gli zingari e frequenti discoteche piene di bulli impasticcati con il coltello in tasca...»

L'ispettore lo fissò come se ci avesse pensato solo in quel momento. «Sarà l'abitudine, dottore...»

«No, è che si teme quello che non si conosce. Comunque», tagliò corto il commissario, «adesso te li presento.»

Girò ancora per un po', ma l'accampamento e il suo fuoco sembravano spostarsi in continuazione. A un certo punto fece un'inversione di marcia e tornò indietro. Dopo mezzo minuto i fari inquadrarono un cartello bianco mangiato dalla ruggine su cui si riusciva ancora a leggere DISCARICA.

«Non può che essere questa», sussurrò il commissario svoltando.

Juvara rimase muto osservando impassibile la manovra. Poco dopo comparvero dei grossi cassoni di metallo pieni di rifiuti dai quali spuntò un gruppo di bambini che corse via sciamando. Infine si trovarono di fronte il falò, attorno al quale banchettavano almeno venti persone. Attaccata a una sorta di trespolo pendeva una mezzena di maiale ancora da spolpare.

«Adesso hai capito chi è più pericoloso?» chiese ironicamente Soneri indicando quell'opera di macelleria.

La loro comparsa tra le roulotte aveva interrotto il barbecue e gli occhi di tutti erano puntati sul commissario e l'ispettore. Un'antica diffidenza traspariva dai volti di quella gente congelando la scena. Per qualche secondo si udì solo crepitare il fuoco, poi un uomo di mezza età, con in testa un borsalino afflosciato e addosso una giacchetta striminzita, si fece avanti e fermandosi a un metro da Soneri, accennò interrogativo con il mento.

«Siamo della polizia», lo avvertì con calma quest'ultimo. Juvara stava un passo indietro in guardinga attesa.

«Se è per il maiale...» cominciò l'altro interrompendosi subito di fronte al diniego del commissario.

«Non mi interessa il maiale», precisò Soneri. «Pace all'anima sua», aggiunse sorridendo rivolto a quel che restava appeso al gancio.

«E allora...» allargò le braccia lo zingaro.

«Da quanto siete qui?»

L'uomo si voltò verso gli altri per chiedere aiuto. «Saranno un paio di mesi. Guardi che noi non c'entriamo con i furti», si affrettò ad aggiungere. «Abbiamo ucciso questo maiale perché era già ferito, perdeva sangue e sarebbe morto lo stesso. Tentava di infilarsi dappertutto, perfino nelle roulotte.»

«Allora se l'è meritato», commentò il commissario sarcastico. «Comunque, mica vi ho accusato di aver rubato...»

«Lo fate sempre. Ogni volta che manca qualcosa la colpa è nostra», lamentò l'altro.

Soneri si voltò e si accorse che un nugolo di ragazzini aveva circondato la macchina. L'uomo lanciò un urlo in un dialetto incomprensibile e quelli sparirono di corsa.

«Qualcuno è bruciato lungo l'autostrada...» cominciò il commissario prendendola larga.

«Due, hanno detto», lo interruppe l'uomo. «Siamo andati a vedere, ma la polizia stradale ci ha cacciati. Volevamo dare una mano, però hanno cominciato a dire che eravamo lì per rubare. E allora che si arrangino. C'erano altri a rubare...» terminò sibillino ridacchiando.

«Non intendevo quelli bruciati nell'incidente», precisò Soneri. «C'è uno arrostito nella scarpata, ma non c'entra con il tamponamento.»

L'altro si girò di nuovo verso il gruppo con un'espressione di stupore. «E noi cosa c'entriamo?»

«Penso niente. Però potreste aver notato qualcosa...»

«Con questa nebbia?»

«Di giorno fa chiaro...»

«Sì, ma se uno ammazza, non lo fa di giorno.»

Qualcuno aveva ricominciato a mangiare disinteressandosi della conversazione. Da qualche roulotte arrivava una musica di mandolini che evocava mondi lontani.

«Intendevo dire una macchina che si ferma, apre il bagagliaio e...» insistette Soneri.

L'uomo allargò le braccia: «Io non ho visto niente».

«Faccia uno sforzo: chieda a tutti qui. Può darsi che salti fuori qualcosa. C'è sempre qualcuno che vede e a volte quello a cui non si dà importanza invece per noi conta», concluse il commissario con un sorriso d'intesa allungando la mano.

L'altro gliela strinse sollevato che la visita si concludesse senza troppe complicazioni. «Io sono Omar Manservisi», precisò mentre il suono della sua voce veniva soffocato dal rombo di un'auto male in arnese che si allontanava di gran carriera dall'accampamento. Tra gli zingari corsero cenni che Soneri non riuscì a interpretare. Percepì, tuttavia, un certo allarme. Anche Manservisi si fece improvvisamente serio, ma solo per un attimo.

«Hai notato anche tu quella macchina?» domandò poco dopo Soneri a Juvara quando ripartirono.

«Ho preso mezza targa: AB 32. Mancano una cifra e due lettere.»

«Sai anche il modello?»

«Una vecchia Citroën XM, un'auto di almeno vent'anni fa.»

«Sembrava avesse fretta», buttò lì il commissario.

«Con questa nebbia, poi...» constatò Juvara.

Ripassarono tra i cassoni della discarica e svoltarono sulla Comunale. Il commissario la prese un po' larga e una ruota finì sul ciglio facendo sobbalzare l'auto. L'ispettore sussultò a sua volta. «Oltre alla nebbia», imprecò, «fanno anche le strade rialzate sul bordo dei canali.»

«È per le inondazioni: così ci si può muovere lo stesso.»

«Sì, ma è un rodeo.»

«Ci sono anche i tori...»

«È sicuro che sia la direzione giusta?» domandò poco dopo l'ispettore.

«No», rispose pensieroso Soneri lasciandolo in sospeso. Si era reso conto in quel momento che non aveva rifatto il percorso di prima, ma aveva svoltato seguendo le scie dei pneumatici dell'auto partita dall'accampamento. Gli era venuto istintivo.

«Ma dove stiamo andando?» insistette Juvara timidamente.

«Ci facciamo un giro nella Bassa. Non ti sembra suggestivo? Pensa se al mio posto ci fosse una ragazza...»

L'altro non disse nulla e il commissario temette per qualche istante di averlo offeso. A lui sarebbe piaciuto che ci fosse Angela: con lei sarebbe stato più divertente e avrebbe giocato a provocarla.

«Hai visto?» domandò poi all'ispettore indicando la strada.

«Cosa?» si riscosse Juvara.

«Qualcuno è andato nell'erba e ha rischiato di finire nel fosso.»

Una linea ondivaga di melma segnava la strada per un centinaio di metri.

«Secondo lei è successo da poco?»

«Sembra di sì.»

«Sarà stato uno di quei tori che s'è messo in mezzo.»

Il commissario non disse nulla, ma accelerò leggermente fendendo la nebbia con baldanza. Teneva le mani strette al volante, pronto a sterzare.

A un certo punto la luce blu dei lampeggianti di una volante lo fece rallentare.

«Un posto di blocco», scherzò Juvara salutando con sollievo la frenata.

Quando si avvicinarono scorsero un'auto in bilico tra il fosso e la banchina. Era la Citroën partita dall'accampamento.

«Serata piena di sorprese», commentò Soneri scendendo.

Accanto al capopattuglia c'era un tipo anziano dall'aria malconcia.

«Questo è sbronzo», lo avvertì l'agente.

«Me n'ero accorto», annuì il commissario alludendo alla

sbandata notata poco prima, senza che l'altro capisse. «Chi è?» chiese poi indicando il vecchio ma fissando il poliziotto.

«Stiamo controllando», rispose il capopattuglia indicando a sua volta il collega alla radio.

L'uomo stava zitto, come rassegnato al peggio.

«È sua la macchina?» lo incalzò il capopattuglia.

Nessuna risposta. Lo sguardo fissava la nebbia sullo sfondo quasi volesse perdersi in quel nulla.

«I documenti sono falsi», annunciò il secondo agente avvicinandosi dopo aver comunicato i dati alla centrale. «La macchina è intestata a Omar Manservisi, un senza fissa dimora.»

«Andiamo bene!» sentenziò il capopattuglia. «Adesso ce lo portiamo in questura.»

L'atteggiamento del vecchio appariva sorprendente. Per un po' rimase fermo nella stessa posizione, quindi girò il viso verso il poliziotto che lo aveva afferrato per un braccio e lo guardò con l'espressione di un bambino stupito.

«Manservisi... Manservisi... L'ho già sentito. Però non mi ricordo dove», borbottò serio il capopattuglia.

«È uno dei nomadi accampati nell'area della discarica di Cortile San Martino», lo informò Soneri.

L'altro lo guardò sorpreso: «Quelli che hanno acceso il fuoco?»

«Loro», confermò. «Manservisi è una specie di capo. Penso che il vecchio gli abbia preso la macchina poco fa.»

«Fregata? Ha fregato qualcosa agli zingari?» sghignazzò incredulo il poliziotto.

Il commissario allargò le braccia e fissò ancora l'uomo che doveva avere la sbronza triste a giudicare dal suo sguardo malinconico. «E la macchina? Non possiamo lasciarla lì con il rischio che qualcuno ci sbatta contro», rimarcò Soneri.

Il capopattuglia si alzò la visiera sbuffando: «Eh già...»

«Lui viene con noi», tagliò corto il commissario. «Voi restate qui finché non arriva il carro attrezzi.»

Questa volta fu Juvara a prendere il vecchio per un braccio e quello si voltò a guardarlo con la stessa espressione di prima.

«Tu stai dietro con lui», gli ordinò Soneri. «Mi sembra il tipo che può fare stupidaggini: tienilo d'occhio», aggiunse sottovoce all'orecchio del collega.

Partirono e un quarto d'ora dopo scorsero il barlume lattiginoso dei primi lampioni della città. Altri dieci minuti ed entrarono nel cortile della questura.

«Allora, com'è che frega la macchina al capo e se ne va in giro con documenti falsi?» cominciò poco dopo Soneri con voce stanca, riflettendo tra sé sul comportamento del tutto assurdo di quello sconosciuto.

Il vecchio evitava il suo sguardo fissando un punto al centro della scrivania.

«Dottore, non sarebbe meglio se lo lasciassimo a Musumeci? Sarà qui in venti minuti... Abbiamo quell'altra storia...»

Il commissario alzò le spalle. «Il più è che si decida», disse spazientito alludendo all'uomo.

In quel momento entrò un agente e prese le impronte al vecchio.

«Guardi che le conviene farla finita con 'sta storia, eh!» alzò la voce Soneri, esasperato dall'indifferenza dell'altro. «Ci vuol dire chi cazzo è!» aggiunse subito dopo sbattendo la carta d'identità falsa sul tavolo come l'asso di briscola. «Così la chiudiamo in fretta. Si beccherà una denuncia per falsificazione di documenti, furto e guida in stato d'ebbrezza, ma se la cava con l'indulto.»

Niente sembrava scalfire l'uomo che pareva immerso in

un sopore comatoso. Più l'interrogatorio procedeva, più quel comportamento pareva assurdo al commissario. Stava pensando di avere davanti un matto quando squillò il cellulare.

«Qui la vedo grigia», esordì Nanetti.

«Ci credo, con la nebbia che c'è!» replicò Soneri sarcastico.

«C'è poco da ridere: 'sto moncone annerito non ha niente che possa identificarlo. Sembra passato allo spiedo.»

«Avete cercato intorno...? Sul ciglio...?» riprese il commissario.

«Il ciglio scordatelo: è stato arato dai mezzi di soccorso. Nella scarpata torneremo a guardare domani. Le torce non bastano con il buio», spiegò Nanetti.

«Va be', speriamo che salti fuori qualcosa», concluse il commissario.

Stava per tornare all'attacco del vecchio quando entrarono Juvara e l'agente di prima.

«Commissario, questo è un ricercato», annunciò l'ispettore. «Dalle impronte risulta essere Otello Medioli: vent'anni fa ha ammazzato la moglie. Abbiamo controllato al computer e non ci sono dubbi.»

«Questa è la notte delle combinazioni», borbottò Soneri.

Subito dopo tornò a fissare l'uomo di fronte a lui: l'aria sofferente, gli occhi acquosi e il pallore appassito del volto lo rendevano improbabile come assassino. Sembrava un pensionato qualsiasi, ma il commissario sapeva quanto fossero ingannevoli le impressioni di fronte ai delinquenti. Era una delle tante insidie del mestiere. E nel caso di Medioli, dopo vent'anni...

«Allora si decide?» sbottò il commissario.

Improvvisamente il vecchio si rianimò. Alzò il viso e gli lanciò un'occhiata rapidissima prima di guardarsi intorno come uno che temesse di essere spiato.

«È tutto vero», proruppe poi con un sospiro.

«Meno male!» commentò Soneri. «Abbiamo fatto il primo passo», aggiunse con un gesto della mano che invitava l'altro a proseguire. Juvara, con grande tempismo, aveva intanto attivato la registrazione collegando un microfono al computer.

«Commissario, io ero stanco di quella vita», riprese Medioli tirandosi indietro i capelli bianchi che gli piovevano sulla fronte.

«Vita da fuggiasco?»

«Con quella gente... Nelle roulotte, sempre in viaggio... Stare nascosto... Che vita è? Se ci penso, credo di aver già scontato la condanna. E comunque sarebbe stata meglio la galera.»

Medioli affondava nell'afflizione parola dopo parola, mentre il commissario cercava di immaginare l'uomo vent'anni prima ancora forte, sicuro di sé, magari tracotante. Quasi gli scappò da ridere di fronte a quel che era oggi. E subito dopo pensò che fosse il destino di tutti.

«Poteva anche andarsene prima, no? Come è successo stasera. Ce l'avrebbe fatta se non fosse stato per la nebbia e l'alcol. Dopo tanto tempo...» riprese il commissario.

«No, non sapevo dove andare. Nel mondo normale non ho più nessuno e nel mondo dei nomadi sono sempre rimasto un ospite.»

«Non ha figli?»

«Sì, due figlie grandi, ma non hanno più voluto vedermi né sapere niente di me. L'avevo letto sui giornali. Non conosco nemmeno i miei nipoti.»

Soneri lo soppesò con uno sguardo diffidente. C'era qualcosa di quell'uomo che gli sfuggiva. E mentre cercava di decifrarlo, l'agente che aveva preso le impronte gli portò una vecchia cartella d'archivio con il dossier su Medioli. Cominciò a sfogliarlo: era ancora di quelli battuti a macchina e le cartelle apparivano ingiallite. «Probabile movente la gelosia», notò nel rapporto.

«L'ha accoltellata perché pensava che avesse un altro?» domandò improvvisamente Soneri continuando a leggere. L'uomo aveva numerosi precedenti per rissa, reati contro il patrimonio e resistenza a pubblico ufficiale.

Medioli annuì come un chierichetto.

«Ma era vero?»

«Non lo so», rispose con fastidio il vecchio. «Mi riesce difficile pensare a quei tempi. È come se avessi vissuto un'altra vita.»

«Eh, capisco», borbottò il commissario pensando a sé e alla vita di tutti. «Purtroppo è la stessa», aggiunse guardando l'altro con gravità.

Gli rispose uno sguardo disperato e arreso. «Sono vecchio e malato», riprese Medioli, «non ho più niente da perdere, cerco solo un posto dignitoso dove morire. Un posto che non sia una roulotte e non segua leggi diverse dalle mie. Voglio una fine normale, voglio essere come gli altri. Anche se sarà in una galera.»

«Per quello ha inscenato una fuga così maldestra? Sapeva che ci avrebbe insospettito.»

«Un'ultima botta di vita. Se mi andava bene avrei passato qualche ora di eccitazione. Ma mi sarebbe andata ancor meglio se avessi sbattuto come quelli dell'autostrada. Anche questa sarebbe stata una fine normale. Ho sentito gli schianti nella notte. Tanti, una raffica, e ho pensato: Se ci fossi stato io...»

«Non è detto che sarebbe stata una fine normale», ribatté Soneri. «C'è un cadavere bruciato nella scarpata dell'autostrada di fronte all'accampamento... Magari è un'altra moglie che ci ha lasciato le penne per colpa di un marito come lei.»

Medioli si rattrappì alzando le spalle: «E con questa storia cosa c'entro io?»

«Non lo so», rispose il commissario volutamente sibillino. «Però l'ho vista scappare appena siamo arrivati. Secondo lei cosa dovrei pensare a questo punto?»

«Commissario, le giuro...» L'uomo non terminò la frase. Si prese la testa tra le mani e si rannicchiò tutto come se volesse sparire.

«Non fosse per l'ingenuità che ha mostrato...» cercò di consolarlo Soneri. «Senta, facciamo un patto: mi deve aiutare a trovare un'altra strada. Deve dirmi quello che ha visto o sentito dire all'accampamento. Forse, lì, qualcuno ha notato dei movimenti, ha visto un'auto fermarsi...»

«Se c'è qualcosa, lo sa Omar. Lui controlla tutto e sa tutto di quel che succede», spiegò Medioli.

«Non era più in buoni rapporti con lui?» domandò il commissario.

Nuova alzata di spalle. «Lì vai bene solo se sei utile.»

«Lì come altrove», constatò Soneri.

«Sarà... Comunque per quelli ero sempre un ospite e chi non è della loro razza...»

«Ma in cosa era utile lei?»

«Sono meccanico. Con i motori e le macchine ci so fare.»

«Solo quello?»

«Un mucchio di altri lavoretti. Sono pochi gli uomini che lavorano. Le donne e i bambini si danno da fare con le elemosine. Mi ha capito?»

Il commissario annuì.

«Mi ero stufato di servirli», sbuffò Medioli con astio. «E da quando mi sono venuti i primi acciacchi, quelli hanno cominciato a lamentarsi che non facevo abbastanza. Hanno certe macchine che non andrebbero nemmeno a spingerle. Spesso lavoravo con i giostrai e anche lì una vitaccia...»

«Non mi dica che ha passato vent'anni da nomade...» si stupì Soneri.

«Come no? Altroché!» alzò leggermente la voce il vecchio che sembrava sul punto di mettersi a piangere. «L'ho buttata via, vero?»

«L'ha buttata via il giorno che ha deciso di ammazzare sua moglie», ribatté il commissario.

Medioli sospirò e il suo sguardo si smarrì di nuovo nel vuoto.

«Ma è stato davvero per gelosia?» lo incalzò Soneri.

«Importa poco questo», bisbigliò l'uomo. «Ero un'altra persona. Quando lei sarà vecchio», proseguì, «magari diventerà indulgente e capirà i delinquenti. Non si può mai dire. Io che ero un delinquente, oggi potrei fare il poliziotto.»

«Li capisco anche oggi, non creda», intervenne il commissario. «Perlomeno capisco perché agiscono in un certo modo. Poi c'è la legge, ma è un'altra cosa.»

«Forse mia moglie non mi tradiva...» sussurrò il vecchio con un'espressione da sonnambulo. «Il guaio è che era sfuggente, ambigua. Mi dava sempre l'impressione che non pensasse esclusivamente a me. Mi teneva sulla corda... Ecco quel che non sopportavo.»

«È il modo migliore per farsi amare», concluse Soneri. «Ma capisco che sia pesante da reggere per uno che vuol vivere da padrone.»

«Allora era così...» riprese Medioli lasciando cadere le mani sulle ginocchia in segno di resa, mentre il commissario lo fissava e pensava a quanto la vita fosse grottesca, inconsistente, vana.

«Ma perché è rimasto con questa gente per vent'anni?» ricominciò Soneri tornando nei panni del poliziotto. «Vent'anni a girare campi fangosi tra persone che non l'hanno mai accettata...»

«Non sapevo dove andare ed ero quasi al verde. Allora

avevo un mezzo amico che faceva il giostraio e gli ho chiesto di nascondermi per un po', finché non si fossero calmate le acque. Ma è andata che sono rimasto fino a ieri girando da una tribù all'altra, correndo dove c'era bisogno. Stavo un po' da una parte e un po' dall'altra: era l'unico sistema per non farsi prendere. Lei sa che un campo nomadi è il posto migliore per nascondersi.»

Il commissario rifletté su quell'affermazione e gli parve la cosa più logica che fosse stata detta in quell'improbabile serata. La storia di Medioli, invece, assomigliava a un altro tassello surreale. In quel momento, Juvara lo richiamò al presente avvicinandosi con discrezione. «Commissario, vuole che cominciamo a controllare l'elenco degli scomparsi?» chiese. «Pensavo che magari...» soggiunse alludendo al cadavere bruciato.

Soneri annuì pensoso.

«Compresi gli stranieri?»

«Certo», rispose. E quasi per un automatismo domandò a sua volta al vecchio: «C'erano molti stranieri all'accampamento?»

«Non molti», si sorprese Medioli. «Ma ne ho conosciuti tanti in giro. Fino a ieri lì alla discarica c'era un gruppo di rumeni. Li abbiamo ospitati perché li avevano cacciati da un altro posto. I piazzali delle discariche sono gli unici luoghi dove non ti mandano via.»

Si aprì la porta ed entrò l'agente di prima. «Noi siamo pronti», annunciò avvicinandosi al vecchio.

«Anch'io», rispose Soneri appoggiando le mani sulla scrivania con l'aria di chi non ha più niente da chiedere.

A quel punto Medioli parve smarrito. «Mi portate dentro?» domandò con ingenuità.

L'agente guardò stupefatto il commissario.

«Domani il magistrato la interrogherà», lo informò Soneri.

«Cominciavo a trovarmi bene con lei», mormorò l'uomo che sembrava avere addosso un disperato rimpianto.

Soneri si limitò a un cenno per fargli capire che era la prassi e non poteva farci niente. Ma la scena gli parve, ancora una volta, una specie di sogno.

Il vecchio rimase per un po' come inebetito e quando l'agente lo prese per il braccio aveva lo stesso sguardo stupito della prima volta.

3

Angela e il commissario si svegliarono molto presto. Il buio era lo stesso della notte. A lui piaceva pensare che fuori fosse rimasta la nebbia della sera precedente e che tutto fosse fradicio. Era un'idea che valorizzava il suo angolo asciutto e caldo. Angela allungò una mano e l'infilò sotto il suo pigiama. Era calda anche lei e quella carezza lo rassicurò riportandolo a piaceri infantili. Un dolce disagio lo invase sentendosi percorrere il corpo. Provava quasi vergogna nell'indulgere in quella passività che contrastava tanto con il suo ruolo abituale. Sentiva che si stava lasciando andare, regredendo verso sensazioni lontane ma non per questo sopite. Poi lei lo cercò più insistentemente, il commissario sentì il suo corpo avvicinarsi e afferrò in quell'istante quanto un uomo ritrovasse la madre perduta in una donna. In modo diverso, forse, ma perfettamente riconoscibile. Capì che l'età adulta sembrava uccidere molte cose, senza mai dare il colpo di grazia.

Dopo, il commissario raccontò ad Angela quella serata nella nebbia gialla, i tori, gli animali che apparivano, i fuochi nella notte, la fuga e il racconto di Medioli.

«Cos'è, l'euforia?» rise lei. «Mi sembri pazzo. Di me, spero.»

«Sembra davvero un racconto da ubriachi», convenne Soneri. «Lo sbaglio è nel nostro modo di pensare: crediamo che tutto debba succedere secondo una sequenza prevedibile e quando non capita così ci stupiamo.»

«Quando cominci a fare il filosofo poi ti vengono sempre cattivi pensieri», tagliò corto lei abbracciandolo.

«Hai mai avuto a che fare con i nomadi?» le chiese bruscamente il commissario.

«Ne ho difeso più d'uno nei processi per furto. Mi hanno nominata d'ufficio. Perché?»

«Ieri sera sono finito in un accampamento, quello dove stava Medioli. È un mondo a parte, con regole proprie.»

«Le leggi che conosciamo noi, quelle scritte, sono legate a un territorio, loro non ce l'hanno», spiegò Angela.

«Nemmeno le leggi scritte, si basano sulla tradizione», aggiunse Soneri.

Il trillo del telefonino li interruppe.

«Se anche non suonasse la sveglia, non correremmo il rischio di far tardi», commentò lei sarcastica.

«Commissario, sono in stazione», esordì Juvara prendendola come al solito alla larga.

«Buon viaggio! Potevi avvertirmi che andavi in ferie», ironizzò Soneri.

«No, volevo dirle che sono alla stazione delle corriere...»

«Parti con i pellegrini di Medjugorje?»

«Dottore», si decise alla fine, «è accaduto un fatto strano, molto spiacevole...»

«Cosa?» si fece serio il commissario.

«Un uomo, un tipo anziano, è stato trovato morto sul pullman da Bucarest.»

«L'hanno ammazzato?»

«Pare di no. Ma ci hanno chiamato lo stesso per precauzione. Sa com'è in questi casi...»

«Juvara, dimmi chiaramente cosa pensi: ti sembra un omicidio o no?»

«Il medico sostiene che a prima vista si è trattato di morte naturale. Forse un infarto. Sa, è del '31, mica un ragazzino. C'è però un fatto che insospettisce...»

Soneri detestava le spiegazioni a singhiozzo dell'ispettore. «Cosa?»

«Che la morte risale a parecchie ore fa.»

«Vuoi dire che ha viaggiato da morto? Che nessuno si è reso conto...»

«È anche peggio. Il pullman ha marciato durante la notte e probabilmente dormivano tutti. Lui, invece, ha chiuso gli occhi definitivamente.»

«E quando si sono svegliati, non hanno fermato la corriera?»

«Macché, commissario. Non se n'è accorto nessuno. Forse pensavano che riposasse ancora. Sono scesi tutti, perlopiù badanti e muratori, e quando l'autista è risalito per fare manovra non ha fatto caso al vecchio. Dice che non l'ha proprio visto. Posso capirlo, dopo aver guidato tutta la notte...»

«Insomma, chi l'ha trovato?»

«I passeggeri in partenza per la Romania, stamattina.»

«Significa che è passato un giorno e lui è rimasto sulla corriera ferma nel posteggio?»

«Esatto. Stamattina, una signora non ha trovato posto, allora l'autista ha fatto la conta e si è accorto che c'era un passeggero in più. Era il vecchio. Stava seduto nell'angolo del pullman in fondo. Ha presente dove tutti i ragazzi vogliono mettersi quando si va in gita scolastica? Be', l'hanno scrollato ed era già rigido.»

«Un'altra sorpresa», mormorò Soneri. «D'accordo, arrivo tra un po'. Tu intanto senti il medico legale», concluse.

«Commissario, non c'è bisogno che venga lei, ci sono io. Mi sembra una questione che si risolverà in un'ora al massimo», tentò di spiegare Juvara.

«No», decise Soneri, «è meglio che passi a vedere.»

Si alzò e si vestì in fretta. Mentre usciva, Angela gli chiese cos'era successo.

«Stasera ti racconto un'altra puntata di questa storia improbabile.»

Alla stazione delle corriere, che i parmigiani chiamano familiarmente «la Pensilina», la folla dei rumeni in partenza ostruiva tutta la sala d'aspetto. Il pullman era enorme e dietro aveva attaccato un rimorchio portabagagli. Sulla fiancata apparivano le tappe del viaggio e un grande globo terrestre blu.

«Commissario, hanno quasi finito», annunciò Juvara mentre i portantini dell'Assistenza pubblica cercavano di far uscire dalla corriera una barella d'acciaio con il cadavere. Un attimo dopo scese anche il medico legale. «Quasi certamente si tratta di infarto», spiegò riconoscendo Soneri.

«Aveva bagagli?» domandò il commissario mostrandosi poco interessato alle cause della morte.

Juvara, il medico e gli agenti si guardarono intorno con imbarazzo per cercare una risposta.

«Controllate, per favore», li incalzò il commissario. «Si sa il nome?» soggiunse poi.

Questa volta l'ispettore si fece avanti con prontezza. «Si chiama Igor Dondescu, aveva un visto turistico valido tre mesi.»

«Chiediamo all'Interpol, vediamo se salta fuori qualcosa.»

Juvara appariva perplesso: non capiva perché Soneri fosse tanto interessato a quel fatto.

«Voglio sapere dov'è nato, cos'ha fatto di mestiere, chi sono i suoi parenti...» A un certo punto si stupì lui stesso della sua foga notando gli sguardi perplessi e straniti di Juvara e degli agenti. Non sapeva perché si era buttato a inseguire la storia di quel vecchio venuto da lontano, ma gli stava facendo lo stesso effetto di un proiettile recapitato in una busta.

Intanto si presentò un altro agente porgendogli una borsa di similpelle piuttosto consunta. «È quella del morto», lo informò. «Era sotto il sedile.»

Soneri la prese. Era vecchia, sdrucita e con le maniglie rattoppate. Sembrava la fotografia della povertà e vi riconobbe la dignitosa ristrettezza del mondo che aveva conosciuto da bambino. Mentre la osservava, un gruppo di rumeni si avvicinò minaccioso.

«Ci fate partire?» sbraitò una tipa bionda, piuttosto in carne.

Il poliziotto che aveva trovato la borsa le fece cenno di calmarsi, ma la donna, spalleggiata da un decina di viaggiatori, rimase dov'era continuando a guardare tutti un po' torva.

«Quello morto, no? Cosa volere fare? Quando morto, morto!» urlò un altro da dietro.

Il commissario li guardò con un'occhiata stanca e scorse in loro la tracotanza illusoria della vita. Un dolce impeto di pienezza fisica li spingeva a godere il momento. Avevano fretta di tornare per ritrovarsi, per mangiare, fare l'amore, dormire nella casa dov'erano nati. Aspirazioni umane e ogni istante perso era sottratto. Improvvisamente sentì di non poter fronteggiare quella moltitudine di istinti.

«Va be', se il magistrato è d'accordo, fateli partire», decise stringendo la borsa in mano.

Poi se ne andò senza salutare e salì sull'Alfa pensando

che non era molto umano morire su una corriera tra l'indifferenza di tutti e venire dimenticato su un sedile.

«Che storia!» esclamò Juvara quando, più tardi, furono in ufficio. «Morire come un topo, in un angolo...»

«I poveri hanno troppi guai per commuoversi di fronte alla morte e i ricchi hanno troppa paura di pensarci.»

L'ispettore rimuginò un po' su quelle parole, poi mugugnò qualcosa di incomprensibile.

Soneri, invece, afferrò la borsa, si alzò e la svuotò sulla scrivania.

L'altro si avvicinò per guardare. La prima cosa che notarono fu il portafogli. Era di stoffa e aveva preso la forma ricurva del gluteo. Lo aprirono. Dentro c'erano solo una ventina di euro e qualche spicciolo. C'erano anche alcuni tesserini, fogli di ricevute, il biglietto del pullman di sola andata e un paio di fototessera. Ritraevano due ragazze bionde con gli occhi chiari, molto somiglianti. Parevano belle, nonostante le istantanee fossero di pessima qualità, forse scattate nel fotobox di un'anagrafe.

Soneri le rigirò a lungo in mano sperimentando varie angolazioni di luce. Quindi le infilò in una busta e le porse all'ispettore.

«Chiedi che ti facciano degli ingrandimenti e stampane qualche copia. Vorrei sapere chi sono. Prova anche a vedere», aggiunse dopo qualche istante, «se trovi qualche Dondescu tra i rumeni in Italia.»

Appena Juvara se ne fu andato, il commissario alzò il telefono e cercò Nanetti.

«Siete tornati a Cortile San Martino?» gli domandò senza preamboli.

«Un'altra mattinata all'umido...» brontolò il collega.

«Novità?»

«Mi spiace: nessuna. Devono aver usato della benzina a giudicare da com'è ridotto il corpo. Però, credo che si tratti di una donna.»

«È già qualcosa... Da cosa si capisce?»

«Soneri... Va be' che è tutto bruciato, ma a meno che il fuoco non si sia accanito proprio lì... Insomma, qualche resto...»

«Non vuol dire. So di clamorosi granchi presi con queste supposizioni.»

«Lo dirà il Dna, va bene?» borbottò spazientito Nanetti. «Ma ci vorrà un po' di tempo. E comunque, che fosse una donna l'ho capito anche da altro.»

«Allora dillo subito!»

«Se non ti conoscessi ti manderei a fare... Comunque, stammi a sentire: al fuoco è sopravvissuta solo mezza etichetta...»

«Ed è di un indumento femminile?» lo interruppe il commissario.

«Esatto.»

«Come ha fatto a salvarsi?»

«Eh, Soneri!» protestò spazientito Nanetti. «È l'etichetta delle mutande ed era finita tra le chiappe, capisci? Lì il fuoco l'ha solo annerita. E comunque ti posso dire che era lingerie di lusso, roba costosa», aggiunse con un po' di malizia.

«Ecco che spunta il maniaco», lo prese in giro il commissario.

«Ma che maniaco! Guarda che le mutande raccontano chi le indossa più di qualsiasi altro indumento, ricordalo. Non a caso sono il più intimo.»

Le riflessioni estemporanee di Nanetti lo sorprendevano sempre. Nascevano dalla ripetuta, ossessiva, osservazione dei particolari.

«Hai ragione», ammise Soneri. Poi, guardando l'orologio: «Per farmi perdonare ti inviterò al *Milord*».

* * *

Nanetti si sedette adagio con una smorfia di dolore. «Per favore, oggi niente funghi eh!» brontolò. «Mi ricorderebbero l'umidità di fuori.»

«Tieni, prendi la medicina», replicò Soneri versandogli un bicchiere di gutturnio. «Allora? Raccontami di 'ste mutande», lo incalzò.

«C'è poco da dire...» rispose vago Nanetti. «Roba di lusso, te l'ho detto... Con tutto quello che si può dedurre», concluse sibillino.

«Una da soldi, quindi...» arguì il commissario.

«Soldi... Secondo me se una compra un completo intimo da duecento euro non campa così male.»

«Com'è che sei così informato sulla biancheria femminile?» insinuò Soneri.

«Mi tengo al corrente, cosa credi! Anche se il mio matrimonio è andato a ramengo, mica faccio il prete...»

Alceste li interruppe con il suo notes in mano. «Tortelli di patate e trippa», ordinò Soneri.

«Strozzapreti», sogghignò Nanetti, e guardò il commissario con aria di sfida alludendo alla battuta di prima.

«Provi in una trattoria di Cesena», rispose un po' piccato Alceste.

«No, guardi», rise Nanetti, «era uno scherzo tra noi», spiegò strizzando l'occhio al commissario. «Mi porti la stessa cosa che ha ordinato il maestro qui di fronte.»

«Comunque hai ragione», riprese serio Soneri un attimo dopo. «Dev'essere stata una con i soldi. Ma tutto questo complica le cose.»

«Lo so», rispose il collega. «Giri grossi, potere, personaggi di un certo calibro... A occhio potrebbe essere una quarantenne in tiro o una di quelle bambole di vent'anni che accalappiano l'industriale stagionato. Certo era meglio se avesse avuto le mutande dell'Upim.»

«Mah!» esclamò il commissario. «Non è detto. Magari era una poveraccia che ha azzardato un colpo di vita e s'è messa in ghingheri. O una prostituta. Questo mestiere mi ha insegnato a non dare mai niente per scontato.»

«E la storia del vecchio morto sul pullman?» chiese Nanetti.

«Storia strana...» si limitò a commentare Soneri.

«Ti sta lavorando dentro, vero?»

«Come quello che non capisco, cioè quasi tutto», mormorò il commissario. «Secondo te, perché un vecchio prende un pullman in Romania e parte per l'Italia con solo venti euro, una borsa frusta piena di cianfrusaglie e le foto di due ragazze?»

«Cosa vuoi che ne sappia! Avrà avuto qualcuno qui.»

«È la spiegazione più logica. Tutto sta nel capire chi.»

Intanto, una coppia di fianco a loro si era alzata lasciando il pranzo a metà: stavano litigando sottovoce.

Alceste arrivò con i piatti fumanti.

«Questi ti asciugheranno le ossa», garantì Soneri annusando i tortelli.

«Spero», replicò il collega, «me le sento come i savoiardi nel mascarpone.»

Iniziarono a mangiare in silenzio. A metà notarono un signore molto distinto e dai lineamenti fini sedersi, con un gesto assolutamente naturale, al tavolo occupato prima dalla coppia. Si era messo al posto della donna e sembrava assorto a scrutare la pagina ripiegata di un giornale con i numeri fittissimi delle quotazioni di Borsa. Soneri masticava tenendolo d'occhio. Dopo qualche minuto, l'uomo cominciò a mangiare gli avanzi di un arrosto che la donna aveva appena toccato. Il commissario e Nanetti si scambiarono un cenno d'intesa. Ma lo sconosciuto appariva assolutamente a suo agio come se fosse un normale cliente. I gesti, il portamento e il modo di stare a tavola avevano un'impronta aristocratica. Si versò il vino rimasto e lo fece roteare nel bicchiere annusandolo. Poi continuò a mangiare con grande appetito, ma sempre con aria distaccata.

«Tutta quella roba l'avrebbero buttata via...» giustificò Nanetti sottovoce.

Soneri rimase zitto e continuò a sbirciare perplesso lo strano personaggio.

«Ecco», sibilò il collega, «adesso cominci a rimuginare. Tanto valeva che mi mangiassi un panino al bar davanti a un muro. Almeno parliamo di 'sto cadavere bruciato.»

«Sto pensando proprio a quello», borbottò il commissario voltandosi di nuovo a guardare l'uomo.

«Va be', va be'...» lasciò perdere Nanetti rassegnato.

«Sto pensando», riprese Soneri, «che ci potrebbe essere una similitudine tra quella donna mangiata dal fuoco e questo qui», concluse indicando il tipo con gli occhi.

«Mah!» sospirò il collega con scetticismo.

«Intendo dire uno che si presenta con l'aria perbene e autorevole per nascondere quello che è.»

«Questo mica lo nasconde.»

«Alla maggioranza qui dentro sì. Non dimenticarti che siamo i più vicini e per giunta poliziotti. Aveva una probabilità su un miliardo di beccare questa combinazione. E sull'autorevolezza mi pare che non ci siano dei dubbi: sembra un uomo d'affari.»

«Un bravo attore», convenne Nanetti. «Ma l'autorevolezza... Che autorevolezza può avere un moncone bruciacchiato?»

«I morti sono sempre autorevoli. Appartengono a un mondo che ci impaurisce e incute rispetto», replicò il commissario.

Il collega sembrò riflettere. Intanto l'uomo al tavolo a

fianco aveva quasi finito di mangiare l'arrosto e stava passando alle verdure alla griglia rimaste sul tavolo intonse. Di tanto in tanto esaminava anche la tagliata lasciata nel piatto dal compagno della donna di cui aveva preso il posto, ma non la toccò.

A Nanetti scappò da ridere notando la curiosità quasi morbosa del commissario. «Neanche fosse una donna...» ghignò.

Soneri lo guardò per un attimo scusandosi e quando ritornò a sbirciare l'uomo, questi lo fissò a sua volta sorridendo.

«Ha visto la signora che era seduta qui?» chiese con estrema naturalezza.

Il commissario annuì sorpreso. Si sentiva colto in fallo come se avesse guardato con troppa insistenza dentro una scollatura.

«Lei non la bacerebbe?» continuò l'altro amabilmente.

«Sì. Forse...»

«È come se la stessi baciando.»

Soneri scosse il capo mentre Nanetti osservava divertito: «Non capisco...»

«Purtroppo, mangiare con la sua forchetta e bere al suo bicchiere non sono gesti così intimi», sospirò l'uomo.

«Sarebbe meglio la lingua in bocca...» scappò a Nanetti.

Il commissario lo fissò con rimprovero per quella che considerava una volgarità fuori luogo, ma lo sconosciuto non si scompose. Increspò lievemente le labbra in un sorriso di circostanza: «Se si guarda la cosa da un punto di vista igienico, il bacio è infinitamente più compromettente», spiegò. «Comunque, non toccherei mai il piatto di un uomo», concluse indicando la tagliata davanti a lui.

Soneri considerò quel colloquio un'aggiunta surreale a quanto di surreale gli stava capitando dalla sera precedente. O forse era lui a vedere tutto alterato. In preda allo sconcerto, notò che la giacca dell'uomo aveva il bordo liso e che il giornale era del giorno prima.

«Posso dire di mangiare da re annusando il profumo lasciato dalle donne sui tovaglioli...» riprese l'uomo. «È quasi fare l'amore con loro. Perlomeno ci pranzo e ceno assieme. Il resto lo fanno le suggestioni del dopo. Ci vuole tanta fantasia, ma proprio per questo è molto soddisfacente. Il sesso è una funzione cerebrale.»

Né Nanetti né Soneri dissero niente. Nel frattempo si erano alzati da tavola e lo strano tipo li salutò con un gesto lieve della mano nel quale si concentrava una naturale nobiltà.

«Potevi offrirgli un dessert», ironizzò Nanetti, mentre si avviavano alla cassa. Il commissario non gli rispose.

Alceste voleva sempre avere la certezza di aver soddisfatto i clienti: «Tutto bene?»

«Altroché», sghignazzò Nanetti, «c'è anche l'intrattenimento.»

«Chi è questo che si siede ai tavoli e mangia gli avanzi?» troncò subito Soneri.

Alceste sembrò imbronciarsi e abbassò lo sguardo. «Lo so», balbettò, «dovrei metterlo alla porta, ma mi fa pena.»

«Lascia stare», lo interruppe il commissario, «non me ne frega niente dell'etichetta, mi interessa lui.»

«È un vecchio marchese decaduto, uno che è nato ricco, ma s'è mangiato tutto. Aveva tre palazzi in città», precisò, «ma glieli hanno fottuti perché è uno sventato.»

Nanetti allargò le braccia per dire che succedeva spesso.

«Lo chiamano 'Sbarazza'», li informò Alceste. «Gira per i ristoranti e qui pare stia meglio che altrove. Io gli ho offerto spesso un pranzo di là, in cucina, ma lui rifiuta qualsiasi elemosina. È fatto così. Vuole dare la parvenza di vivere ancora da protagonista, nel suo mondo. Pochissimi si accorgono che mangia gli avanzi. Ha classe. Si siede e sembra che sia sempre stato lì. Finisce quello che hanno lasciato gli altri, ma solo se si tratta di donne. Prima le osserva e poi si mette al loro posto. A me non dà fastidio, ma certi colleghi non sopportano un comportamento del genere. Non tollerano che qualcuno mangi quello che altri hanno pagato. Preferiscono buttare via tutto, ma io sfamerei mezza città con quello che rimane. Però nessuno lo vuole, nemmeno per i cani.»

Soneri e Nanetti erano rimasti ad ascoltare Alceste piuttosto sbalorditi. Quando uscirono rimasero zitti perché non c'era molto altro da dire. Una sorta di ferita bruciante li tormentava dentro senza che riuscissero a identificarla perfettamente.

«Che storia!» esclamò alla fine Nanetti. «Sembra incredibile.»

«No», scosse la testa il commissario, «è che la miseria dà scandalo e si nasconde.»

4

Quando Soneri riattraversò il cortile della questura, il pomeriggio moriva già in una rapida agonia. Folate di nebbia stavano seppellendo l'ultima luce e i neon degli uffici annunciavano il buio.

«Hai trovato qualcosa nella lista degli scomparsi?» chiese a Juvara.

«No», rispose prontamente l'ispettore. «Ci sono i soliti nomi, quelli che già conosciamo. Ho controllato anche tra le denunce recenti, ma non ho trovato niente. Ho paura che si tratti di un clandestino.»

«Come la miseria», borbottò fra sé Soneri. Ci aveva pensato. Uno muore lontano da casa... nessuno che sappia dov'è, né un elenco dove andarlo a cercare. Almeno il vecchio sul pullman aveva uno straccio di visto. Quel pensiero si portò dietro una carambola di associazioni. L'immagine della corriera in partenza dalla Pensilina gli passò rapida in testa. Il morto che c'era sopra veniva dalla Romania, nell'accampamento alla discarica di Cortile San Martino avevano sostato dei nomadi rumeni... Il cadavere bruciato poteva essere di un clandestino straniero...

A quel punto si alzò di scatto sotto lo sguardo sorpreso

dell'ispettore. Ma il suo slancio fu troncato dal telefono. Pasquariello, ancora lui: «Sembra che la Bassa sia diventata una riserva di caccia», esordì con baldanza.

«Il questore ha dato ordini di sparare contro quei poveri tori?»

«Macché, quello se ne frega dei tori. È venuto da me uno dell'azienda di trasporti che portava gli animali al macello e mi ha detto che stamattina sono andati per recuperarli e hanno sentito degli spari.»

«Qualcuno avrà sparato per paura», ipotizzò Soneri.

«E chi lo sa... Ho mandato un paio di pattuglie, ma con 'sta nebbia... Nemmeno i veterinari dell'azienda ci sono riusciti.»

«Sarebbe già difficile prenderli con il sole», sostenne il commissario. «Dovranno avere pazienza e lasciarli pascolare.»

«Vabbe', io te l'ho detto, visto che c'è stato quell'omicidio...»

«Sto andando lì», lo informò Soneri osservando preoccupato il muro grigio di nebbia che l'aspettava.

«Andiamo a fare un'altra scampagnata», annunciò a Juvara dopo aver riattaccato.

Uscirono di nuovo dalla città nel traffico serale. Lungo le strade strette della Bassa dovettero scansare più volte auto troppo veloci o accodarsi a chi andava lentissimo.

«Ci sono dei pazzi...» borbottò l'ispettore.

«Fuggono il buio che li opprime», commentò sottovoce Soneri.

Sembrava tutto come la sera precedente: la nebbia ingiallita dalle luci dell'area di servizio, la musichetta del luna park e quel cercare la strada a tentoni. L'unica novità veniva dagli spari. Il primo lo udirono quando costeggiarono l'Autosole. Soneri frenò e abbassò il finestrino. Si sentiva il rombo frusciante del traffico che scorreva sulle corsie a fianco, simile alla scia della detonazione che si diffondeva nell'aria densa. Stavano per ripartire quando risuonò un altro sparo.

«Un fucile», sentenziò il commissario. «Un calibro dodici da caccia, direi.»

«Se ne intende...» sottolineò Juvara.

«Una volta ci facevano andare spesso al poligono. Adesso non hanno nemmeno i soldi per comprare i proiettili.»

«Dottore, invidio molto la sua pratica. Io non so usare bene le armi», si rammaricò l'ispettore.

«Lascia stare», tagliò corto Soneri. «Se mi invidi significa solo che sono vecchio.»

Dalla nebbia spuntò a un tratto un furgone che gli si accostò. Un tizio in tuta dall'aria spiccia si sporse e li scrutò con un ghigno diffidente: «Siete della polizia o dei carabinieri?»

«Polizia. Come ha fatto a indovinare?» chiese Soneri con un filo d'ironia.

«Chi vuole che passeggi giù di qua con questo tempo?» replicò l'uomo che non aveva capito il tono. «Noi siamo qui per i tori. Ma finora abbiamo fatto un buco nell'acqua. Piuttosto dovreste portare dentro quegli zingari», suggerì indicando la direzione della discarica. «Stanno facendo fuori le bestie.»

«È sicuro che siano loro?»

«E chi dev'essere... Appena s'è fatto scuro hanno ricominciato con il tiro al bersaglio.»

«E voi ne avete catturate di bestie?»

«Una vacca e tre maiali, ma i tori... Abbiamo una squadra di paratori che ha tentato di spingerli contro la recinzione dell'autostrada, però non ci sono riusciti.»

Arrivò un altro furgone pieno di gente, forse proprio i paratori. «Noi andiamo», si congedò l'uomo. «Torneremo domattina sperando che sia rimasto qualcosa.»

Anche Soneri mise in moto e partì. Qualche minuto dopo scorsero il falò dell'accampamento. Ancora poche centinaia di metri e intravidero l'indicazione per la discarica. Tra le roulotte c'era una calma sospetta. La mezzena di maiale era scomparsa e il fuoco crepitava più dimesso. Il commissario suonò il clacson, ma richiamò solo i bambini che corsero intorno alla macchina. Due vecchie si affacciarono dalle roulotte, ma rincularono veloci.

A un tratto si udì un vociare concitato e un gruppo di uomini si avvicinò con rapidità. Sembrava portassero un peso. Quando furono vicini, Soneri e Juvara si accorsero che reggevano un tizio ferito. Il commissario scese velocemente dall'auto e si diresse verso il piccolo corteo, ma nessuno gli fece caso e fu spintonato via dalla foga dei soccorritori. Nello stesso momento una vecchia e una donna più giovane uscirono sul piazzale e cominciarono a strillare.

«Dottore», chiese sottovoce Juvara, «pensa che sia un morto?»

Soneri fece una smorfia per dire che non ne aveva idea, ma in quel momento scorse il borsalino di Manservisi.

«Cos'è successo?»

«È stato incornato.»

«Allora eravate voi a sparare», dedusse il commissario.

«Vede? Date sempre la colpa a noi. Perché non vi guardate intorno, invece? Noi non abbiamo armi», concluse Manservisi.

«E com'è che uno dei vostri è stato incornato?»

L'uomo alzò le spalle. «È ubriaco. Tutte le sere va in giro... quando beve gli prende la voglia di camminare. Non siamo nemmeno sicuri che sia stato un toro. Magari è caduto per i fatti suoi. Una volta è stato investito da una macchina e il galantuomo non si è nemmeno fermato.»

Gli strilli delle donne si trasformarono in una nenia lamentosa. Qualcuno buttò legna nuova sul fuoco che rugliò crepitando.

«È grave?» domandò Soneri.

«Penso di no. Mariotto è di gomma».

«Sarebbe meglio chiamare un'ambulanza...»

«Lasci stare. Quando gli sarà passata la sbronza gli resterà solo qualche livido.»

In quel momento arrivò una volante da cui scese il capopattuglia Esposito. «Ve l'avevamo detto de sta' boni», attaccò minaccioso. «Mo' ve mettete pure a fa' la caccia grossa?» Stava per aggiungere un'altra minaccia quando scorse il commissario. «Scusi dottore, ma questi so' impazziti.»

«Dicono che non sono stati loro a sparare.»

«Questi je raccontano la favola der mago», sogghignò Esposito.

«Vorrà dire che faremo un'indagine e non appena il magistrato firma, perquisiremo l'accampamento», buttò lì Soneri.

Manservisi cominciò ad agitarsi. «Vi ho già spiegato... Perché non perquisite le case qui attorno? Sono armati fino ai denti...»

«Non preoccuparti, li tratteremo allo stesso modo», replicò il commissario. «Qui ci penso io», continuò dopo qualche istante rivolto a Esposito.

Quest'ultimo, salendo in macchina minacciò di nuovo: «Se sentimo nantro colpo, anche de pistoletta, ve facciamo un paiolo grande tanto», disse con un eloquente gesto delle mani.

Manservisi non pareva affatto intimorito. Guardò Soneri con indifferenza ostile finché il commissario non gli si avvicinò e lo prese sottobraccio incamminandosi verso il fuoco. Juvara intuì la situazione e restò in disparte.

«Sai che se perquisiamo l'accampamento qualche guaio salta fuori, vero?»

«E chi l'ha detto...»

«Senti, Manservisi, voi sapete chi siamo noi e noi sappiamo chi siete voi. E tutt'e due sappiamo di non essere dei santi. Mi hai capito?»

L'uomo lo fissò con occhi fieri, ma al tempo stesso propensi a trattare alla pari. «Che cosa vuole?»

«Sapere di quel cadavere bruciato.»

Manservisi restò zitto per qualche istante mentre si udiva la musica del luna park e l'incessante andirivieni sull'autostrada celata dalla nebbia.

«Posso dire solo di voci...» borbottò l'uomo.

Un muggito attirò per un attimo la loro attenzione.

«Vanno bene anche quelle», lo incoraggiò Soneri.

«Voci di un ubriaco», aggiunse l'altro.

Il commissario corrugò la fronte: «Mariotto?»

Manservisi annuì. «Cosa può valere?»

«Quello che vale un'altra voce. Il vino rende più schietti, lo sai...»

«Tutto quello che mi ha detto è che la notte prima dell'incidente in autostrada ha visto uno con una macchina nera buttare qualcosa nell'argine. Ha aperto la portiera destra e ha tirato fuori un sacco. Poi è sceso per un tratto lungo la scarpata forse per non farsi vedere, l'ha svuotato ed è ripartito.»

«Che macchina aveva?»

«Una Bmw decappottabile. Questa è l'unica cosa certa, perché Mariotto è un patito di auto. Sul resto...» finì l'uomo con un gesto di scetticismo.

«Come ci è capitato lì? Che ora era?»

«Chi lo sa? Aveva bevuto, come al solito... Sa quante volte lo andiamo a tirar su da un fosso prima che muoia assiderato? Quando trinca gli vien sempre voglia di camminare e di cantare canzoni sconce.»

«Nient'altro?»

«Nient'altro commissario», allargò le braccia Manservisi.

Soneri si girò con una mezza piroetta e tornò verso la macchina. Mentre apriva la portiera partì un colpo poco lontano, cui seguì un muggito. Rimase un po' in ascolto, ma calò il silenzio. A quel punto salì e mise in moto.

«Si sa da dove veniva il vecchio morto in corriera?»

«Da Bucarest», rispose distrattamente Juvara preoccupato dalla velocità con cui Soneri attraversava la nebbia. «Non sarebbe meglio se ci occupassimo a tempo pieno di questo cadavere bruciato?» chiese subito dopo con lieve fastidio.

«È che non so da che parte cominciare», riprese il commissario. «Medioli è ancora da noi?» domandò dopo qualche istante come se avesse improvvisamente trovato un bandolo.

«Credo che la dottoressa Marcotti lo stia interrogando.»

«Devo fargli anch'io qualche domanda» precisò Soneri.

«Nemmeno questo c'entra con il caso...» sottolineò l'ispettore.

«Invece sì», sbottò il commissario. «Quell'ubriacone che pare sia stato incornato ha visto una Bmw nera fermarsi sulla corsia d'emergenza e svuotare un sacco nell'argine con qualcosa che poteva essere il cadavere. Lui era lì. Pieno di vino fino alla lingua, ma c'era.»

«Quando è successo?»

«La notte prima dell'incidente.»

«Una Bmw...» rifletté Juvara. «Un po' poco...»

«Un modello decappottabile, non devono essere tante...»

«Commissario, si vede che lei non gira le discoteche. C'è molta più gente da soldi di quanto si pensi...»

«E tante cambiali...»

«È sicuro che quello abbia visto giusto? Un ubriacone...» dubitò l'ispettore.

«A questo mondo è più facile che racconti la verità un ubriaco che un sobrio. E poi Mariotto è un patito delle auto. Medioli è un meccanico...»

«Pensa che magari il giorno dopo ne abbiano parlato?»

«Non lo so, ma lo spero», tagliò corto Soneri. «Quando non ho niente in mano seguo l'istinto: è un metodo come un altro, no?» aggiunse.

Juvara lo guardò perplesso e annuì poco convinto. Finalmente imboccarono via Ventidue luglio e svoltarono in borgo della Posta per entrare in questura. L'ispettore scese con un gesto liberatorio come se sbarcasse da una delle caravelle.

Attraversarono il cortile e trovarono Nanetti appostato vicino alla porta a vetri.

«Eri in pensiero, vero?» lo prese in giro Soneri.

«Non vedendovi arrivare stavo telefonando ai carabinieri», ribatté lui sarcastico. «Ho novità.»

Il commissario gli fece un cenno con il sigaro spento per invitarlo a continuare.

«È una donna», dichiarò Nanetti con una certa solennità. «Risulta dai primi esami eseguiti. Per me», aggiunse, «è una battona che ha fatto uno sgarro e l'hanno punita. Le hanno sfondato la testa e poi dato fuoco. Sono metodi da malavita.»

Soneri fissò per qualche istante il collega per poi strizzargli l'occhio: «Tu l'avevi già capito».

«Intuito ed esperienza», si schermì Nanetti. «Adesso l'ha confermato la scienza.»

Il commissario mugugnò qualcosa. «Le hanno sfondato il cranio?» domandò dopo qualche istante.

Il collega annuì. «Era già morta quando l'hanno bruciata.»

«Ipotesi sull'arma del delitto?»

«Una frattura stellare, quindi un oggetto senza punta né

lama. Potrebbe essere stato un bastone, una spranga, un oggetto metallico...»

«Età?»

«Non arrivava a trent'anni. Forse era più vicina ai venti.»

«Nient'altro?»

«Continueremo gli esami anche nei prossimi giorni», rispose Nanetti, «e potrebbe saltar fuori qualche ulteriore elemento.»

«Lo spero», borbottò Soneri.

«Sai una cosa?» riprese il collega fermandosi due passi avanti e girandosi. «Hanno messo la ragazza nella cella frigorifera di fianco a Dondescu, il vecchio della corriera. Di lei non si sa il nome, di lui non si sa chi avesse al mondo: nessuno l'ha ancora reclamato.»

Soneri rifletté su quel particolare mentre percorreva il corridoio verso il suo ufficio. In effetti era davvero curioso...

«La Marcotti ha terminato con Medioli?» chiese a Juvara.

«Sta finendo. Ha detto che può andare di là», rispose l'ispettore.

La dottoressa Marcotti era una donna dai modi sbrigativi con il viso ancora giovane che contrastava con la vaporosa chioma bianca.

«È convinto di aver già pagato salato», spiegò a Soneri accennando verso la stanza dove c'era Medioli, «e a guardarlo non si può dargli torto. Mi sembra spaventato, o forse è pentito di essere fuggito dal campo nomadi. Non vorrei che in carcere l'avessero minacciato.»

Quando il commissario si sedette di fronte all'uomo si rese conto che il magistrato aveva ragione: il viso appariva ancora più scavato e il corpo rattrappito. Un giorno di galera era bastato a farlo invecchiare di dieci anni.

«Conosce bene Mariotto, vero?» cominciò Soneri.

L'altro alzò le spalle: «Chi non lo conosce al campo?»

«È vero che va in giro di notte pieno di vino e canta?»

«La sua specialità.»

«Dice che la sera prima dell'incidente sull'autostrada ha visto una Bmw nera decappottabile fermarsi nella piazzola d'emergenza, svuotare un sacco con dentro qualcosa che sembrava un cadavere bruciato e ripartire... Gliene ha parlato, per caso?»

«No, non mi ha detto niente. Però può star certo che era davvero una Bmw decappottabile se l'ha detto Mariotto. Sa tutto delle macchine sportive.»

«Parlavate spesso di motori?»

«Era l'unico argomento. Ricorda a memoria i dati tecnici di un mucchio di macchine.»

«Crede che riconoscerebbe quell'auto se la rivedesse?»

Medioli annuì. Sembrava molto imbarazzato. «Certo che la riconoscerebbe. Adesso che mi fa venire in mente... Una volta, saranno mesi, mi ha detto di aver visto una Bmw nei paraggi dell'accampamento.»

«Lo stesso tipo?»

«E chi lo sa? Quella aveva i cerchi in lega, i pneumatici ribassati e il disegno di un piccolo cavallo al galoppo sulla fiancata sinistra.»

Medioli sembrava aver esaurito tutte le energie o forse fingeva per tagliare corto. Stava accasciato sulla sedia come un mucchio di stracci. «Mi concederanno uno sconto di pena?» chiese l'uomo mentre Soneri se ne stava andando.

Il commissario allargò le braccia. «Potrebbero farlo se lei collaborasse...»

«Non so se potrei esserle utile...» mormorò l'uomo che immediatamente dopo cambiò discorso. «Chissà se riuscirò a rivedere le mie figlie e a conoscere i miei nipoti... Sa qual è la cosa più terribile?» domandò Medioli con tono febbrile. «Vedere cambiare qualcosa o qualcuno che ti appartiene e non aver partecipato a questa trasformazione. Sentire estraneo quello che dovrebbe esserti familiare. E sapere che non c'è possibilità di recuperare.»

Il commissario pensò alla ragazza bruciata e poi alla moglie di Medioli: almeno a loro era risparmiata quella dolorosa consapevolezza. Ma erano discorsi che lo imbarazzavano e finivano per metterlo di cattivo umore.

«Pensi alla cosa che le ho detto», consigliò Soneri alzandosi.

«Quale?»

«Lo sconto di pena per chi collabora.»

«Ci penserò», promise il vecchio.

Il commissario si congedò bruscamente e preferì ributtarsi nel rompicapo di quel delitto scoperto per caso in una notte di nebbia.

5

Angela era molto nervosa. I gesti che le erano consueti risultavano privi di slancio, un rituale ripetuto svogliatamente mentre la testa è altrove.

«Sembri ancora in tribunale», la rimproverò Soneri.

Lei non disse niente e cercò di confonderlo con un abbraccio che risultò freddo e impacciato. Il commissario si scostò: «Lasciamo perdere».

Rimasero un po' in silenzio, poi Angela si alzò dal divano e prese una sedia dal tavolo come a marcare la distanza da lui.

«C'è un uomo che mi sta dietro», annunciò infine con franchezza.

Soneri sentì scorrergli dentro una scarica fredda che chiuse in rapida successione tutti gli interruttori del suo cervello. Cercò di controllarsi, ma si accorse che tremava. Quella rivelazione inaspettata lo aveva stordito.

«Suppongo che ti piaccia», riuscì a dire con la voce incrinata.

Lei sospirò imbarazzata. Cercava le parole che facessero meno male. «Non ci sono stata», mormorò tentando di attenuare il colpo. Ma il suo tono suonò poco rassicurante.

«Mi stai dicendo che lo farai?»

«Non lo so, forse no. Magari mi sono solo fatta un viaggio... È che quando lo vedo mi accorgo di essere un po' turbata.»

«Io non ti turbo più?»

«...è diverso...» balbettò Angela, ma in quelle parole il commissario colse solo pietà e pena per lui. Sentiva che tutto gli stava sfuggendo, come già gli era capitato il giorno della morte di Ada e del figlio. E come gli era successo tante altre volte per questioni meno importanti nelle quali si era tuttavia perpetuato lo stesso taglio chirurgico, l'amputazione di qualcosa che si riteneva acquisito. L'intera vita era un lasciare andare, un esercizio provvisorio. Con Angela si era illuso che tutto fosse definitivo. Invece era proprio questo il presupposto della rottura. Era la provvisorietà dei primi tempi il propellente che li aveva tenuti assieme spingendoli l'uno verso l'altro: senza il timore, la curiosità e il desiderio il loro rapporto si era logorato.

«Tu sei sempre in giro, al massimo ci vediamo due ore la sera quando siamo tutt'e due sfiniti...» confermò lei.

Il commissario restò muto. Non riusciva a staccarsi dal divano, si sentiva paralizzato dalla paura. Una paura profonda, ancestrale, come quella che forse provano solo i bambini nel venire al mondo. E lui in quel momento era il bambino che si affacciava a un mondo senza Angela.

Lei abbandonò la sedia e lo raggiunse abbracciandolo. Al commissario sembrò il gesto premuroso di un'infermiera che si china su un corpo irrigidito dal dolore e nel guardarla fu assalito da un inedito miscuglio di attrazione e rancore, una tempesta magnetica dei sentimenti che cancella ogni punto cardinale. Il volto che amava era contemporaneamente quello del suo aguzzino. Restò immobile in preda all'angoscia. Mai come in quel momento capiva certi comportamenti degli uomini, le passioni che travolgono, le sciocchezze che si commettono sulle quali aveva poi tante volte indagato. Per un attimo comprese Medioli e il corto circuito mentale che doveva averlo sopraffatto.

Angela lo baciò mentre lui restava passivo. Avrebbe voluto farle tante domande su quell'altro, ma si sentiva puerile nel tirar fuori il solito armamentario di frasi trite sull'argomento. E in fondo temeva il confronto.

Lei lo prese per mano, lo fece alzare e lo portò in camera. «Non pensare che ti molli», gli sussurrò, «è te che voglio.»

Soneri la lasciò fare, sentendo comunque intatta l'angoscia. Scoprì di essere eccitato, ma in un modo malsano, come l'erezione dell'impiccato. Era la paura a spingerlo ad amare, a suggerirgli l'unica strada possibile per uscire da quel vicolo cieco. Così abbracciò Angela avvinghiandosi a lei come un naufrago.

Il giorno dopo si sentì addosso una spossatezza da convalescente. E mentre si avviava verso la questura provò una strana sensazione di lutto. Aveva chiesto ad Angela se avrebbe visto l'altro e lei, alzando le spalle e sorridendo: «Non pensarci più», gli aveva detto. Ma il tono non era stato affatto rassicurante e adesso aveva davanti una lunga giornata in cui, lo sapeva, sarebbe stato roso dai dubbi e dall'ansia. Nel varcare il portone della questura gli calò addosso una tale stanchezza che ebbe voglia di scappare, ma riuscì a controllarsi.

Nel vederlo, Juvara afferrò al volo la tensione che si leggeva sul volto del commissario. «C'è la conferma dalla polizia rumena che il vecchio morto sul pullman veniva da Bucarest», lo informò.

«E di lui cosa si sa?»

«Ancora niente. Ma ci hanno garantito che cercheranno qualche famigliare. Per ora non hanno trovato nessuno.»

«Dopo il crollo del regime è andato tutto a puttane», commentò Soneri sottovoce. Ma poi provò pena per quel disgraziato e si rese conto di essere diventato più fragile dopo la bastonata di Angela.

«Sono tanti i nomadi che arrivano alla periferia di Bucarest, lo sapeva?» riprese Juvara. «Arrivano dalle campagne e si sistemano ai margini della città. Forse è per quello che non trovano nessuno.»

Quel vecchio senza più parenti né qualcuno che ricordasse il suo nome lo commuoveva e in quel momento lo sentì così vicino da identificarsi nel suo destino. Tutt'e due soli al mondo.

«Dobbiamo pescare i nomadi rumeni che si erano accampati nella discarica di Cortile San Martino», decise Soneri. «Fai qualche indagine, magari chiedi a Pasquariello.»

Ma prima che l'ispettore alzasse il telefono, il commissario già parlava con il capo delle volanti.

«Sai, per caso, dove sono finiti quei rumeni che stavano a Cortile San Martino?»

«Spariti nella nebbia, come i tori», rispose il collega.

«Possibile?»

«Quelli girano. Mica sono nomadi per niente.»

«Avrei bisogno di ritrovarli.»

«Se hanno passato il confine della provincia... i cugini dell'Arma lo potrebbero sapere. Ma se fossi in te andrei alla sera nel parcheggio del palasport: è lì che si radunano i rumeni un paio di volte alla settimana. Molti cittadini ci telefonano perché hanno paura nel vedere tutto quel via vai, ma sono tranquilli. Si ritrovano per parlare la loro lingua, commerciare, mandare roba a casa: è gente che conserva ancora forte il senso della comunità», concluse Pasquariello con una punta di nostalgia nella voce.

Soneri capì a cosa alludeva il collega, ma non volle approfondire, preferendo concentrarsi sul posto che gli aveva indicato. «Ma non è il parcheggio dell'ipermercato?» domandò non appena l'ebbe presente.

«È in comune: tanto è grandissimo.»

«Sapevo che ci andavano gli ucraini e i polacchi...»

«Di sera diventa una piazza dell'est», ridacchiò Pasquariello. «Una Samarcanda tra le nebbie.»

Quando riattaccò, preso dalle fantasie suscitate da quell'immagine, sentì Juvara parlare in inglese al telefono. Evidentemente, dall'altra parte c'era qualcuno che non conosceva bene la lingua perché l'ispettore ripeteva spesso le parole scandendole e alzando la voce. Alla fine posò stancamente la cornetta. «Avevo chiesto uno che parlasse inglese...»

«Chi era?»

«Un funzionario della polizia di Bucarest», rispose l'altro riguardando gli appunti che s'era segnato.

«Cosa dice?»

«Eh, bella domanda!» sbuffò Juvara. «Vai a indovinare... Ho capito che Dondescu è uno che ha precedenti per accattonaggio e piccoli furti. Mi hanno anche detto che era conosciuto come alcolista. Non aveva una dimora fissa... Parenti...» spulciò ancora l'ispettore tra gli appunti, «no. Non sembra ne avesse.»

«Tutto qui?» chiese Soneri.

«Non ho capito altro», si scusò Juvara. «Riproverò a chiamare sperando che mi passino uno con un vocabolario più ricco.»

Il commissario stava alzandosi quando, di nuovo, gli venne in mente Angela. Un'imboscata che gli tagliò le gambe e lo costrinse ad abbandonarsi ancora sulla poltrona un attimo prima che il suo telefono squillasse impietoso.

«Dotto', mi scusi se le rompo...» attaccò Esposito mentre il commissario cercava di non sbuffare per quella chiamata inopportuna. Ma Esposito continuò implacabile: «Sa quer pazzo?» continuò il capopattuglia. «L'incornato o il cornuto...»

«Lo zingaro canterino», suggerì Soneri pensando a Mariotto.

«Ecco, lui», confermò Esposito, «è in rianimazione.»

«Mi avevano riferito che non era grave...»

«Dotto', gliel'avevo detto che quelli je raccontano la favola der mago. È gente falsa come Giuda. Mica è stato incornato, quello.»

«Lo hanno detto i medici?»

«Ce sta un collega al posto de polizia che ha parlato poco fa con il primario: c'ha 'na botta in testa! Può darsi pure che sia stato un toro, ma me pare difficile.»

«Hai ragione, è difficile. Però non impossibile.»

«Vabbe' dotto', io gliel'ho detto. C'ho i miei sospetti, mo' veda lei, eh!»

Questa volta riuscì a mettersi in piedi, prese il cappotto e si avviò senza dire niente. Appena fuori accese il sigaro camminando. La città, con il suo aspetto consueto, gli sfilava accanto come il paesaggio dal finestrino di un treno. Occhiate distratte e lente marcavano la sua indifferenza scivolando via senza fissarsi su nulla. Finalmente arrivò all'ospedale e lì ritrovò l'anestesia dell'indagine che addormentò tutti gli altri pensieri. Lesse la cartella del posto di polizia: parlava di una ferita alla testa con probabile ematoma interno. Si diresse in reparto e l'infermiera lo fece aspettare per diversi minuti prima di rintracciare un medico. Finalmente si presentò un uomo in tuta verde con la mascherina abbassata sul petto.

«Vuol sapere dello zingaro?» chiese sbrigativo.

«Mario...»

«Il nome se lo faccia dire dalla caposala», lo interruppe l'altro che non si era neppure presentato e pareva avesse fretta.

«Com'è messo?» s'informò Soneri.

«L'abbiamo preso in tempo, ma c'è mancato poco che ci lasciasse le penne. L'hanno portato qui dieci ore dopo.»

«Secondo lei cosa gli è successo?»

«Faccio il chirurgo, mica il poliziotto», si spazientì il dottore. «Altro non so...»

«Glielo domando perché ci hanno detto che è stato incornato...»

«Questo le corride le fa all'osteria», rispose il medico sferzante. «Aveva un tasso d'alcol nel sangue triplo rispetto al normale.»

Soneri si accorse di subire l'aggressività dell'uomo e di non riuscire a contrastarlo: si sentiva scarico. «Le chiedo solo se pensa che possa essere stata una cornata a ridurlo così», insistette con voce troppo bassa.

«Si vede che il toro l'ha inseguito e lui scappava, visto che l'ha preso alla nuca. Non è molto onorevole per un torero», chiosò sarcastico il dottore.

«Improbabile, quindi?»

«Faccia lei», concluse l'altro andandosene.

Per poco un paio di infermieri che spingevano una barella non urtarono Soneri. Si sentiva un relitto in balia della corrente. Aveva bisogno di ascoltare la voce di Angela. Aveva voglia di sentire parole rassicuranti, ma il suo telefonino era staccato. Allora lasciò l'ospedale pensando che una storia finita a cinquant'anni può segnare il confine tra un uomo vivo e un uomo rassegnato. E lui non intendeva rassegnarsi. Doveva agire. Ma in quel momento l'unico modo per avere questa illusione era il lavoro.

Nel parco dell'ospedale scorse tra i viali una pattuglia di nomadi sicuramente diretti da Mariotto, ma non vide Manservisi. Stava per raggiungerli quando il telefonino squillò.

«Sai le foto delle ragazze? Quelle che aveva nella borsa il vecchio morto sul pullman?» esordì Nanetti.

«Certo, le ho qui con me», confermò il commissario.
«Be', sono della stessa persona.»
«Si somigliano, ma credevo fossero solo parenti, sorelle, magari...»
«Ti dico che è la stessa. Risulta dalle analisi eseguite dalla scientifica scansionando il volto. La vera differenza è che le immagini risalgono a età diverse. La prima è di un'adolescente, la seconda di una giovane donna, ma è la stessa persona.»
Il commissario esaminò le foto, che aveva tirato fuori dalla tasca del montgomery, e mugugnò qualcosa.
«Se noti», continuò Nanetti, «il viso più giovane non ha trucco e i capelli non sono acconciati, mentre l'altro è molto curato: sta lì l'inganno.»
«Questo può voler dire molto», concluse Soneri, anche se ancora non riusciva a capire cosa.
«Intanto vuol dire che il vecchio non vedeva questa tipa da un po' di tempo. Se era sua parente, o doveva essere venuta in Italia da un pezzo, o in Romania non si frequentavano spesso», dedusse Nanetti.
«Eh già...» borbottò il commissario con il pensiero altrove. «C'è il nome del fotografo dietro?» chiese poi precipitosamente.
«Dimitriescu», rispose il collega. «L'abbiamo scoperto mentre esaminavamo le foto.»
«E di dov'è?»
«Pensi che se ci fosse scritto non te lo direi?» replicò irritato Nanetti.
Il commissario non rispose. In quel momento si sentiva come quel vecchio che forse cercava la ragazza, con in tasca pochi soldi e il labile indizio di un paio di foto. La vicenda di Angela lo aveva reso ipersensibile come se fosse senza pelle.
«Comunque», riprese Nanetti, «questo è solo un primo

risultato. Oggi faranno l'autopsia sull'arrosto e speriamo salti fuori qualcos'altro.»

Appena riattaccò, Soneri provò di nuovo a chiamare Angela, ma ancora non rispondeva. Sentì montargli dentro un'angosciosa frustrazione che lo faceva tendere tutto. Ma proprio per quello percepiva rifluire di nuovo la vita. Si ribellava all'idea della rinuncia, al senso di fine che il passare degli anni alimenta. Non voleva mollare perché sarebbe stato come incontrare una delle tante facce della morte.

Rientrò in ufficio e trovò Juvara che parlava ancora in inglese al telefono, ma questa volta con più rapidità. Si sedette e poi si rialzò di scatto perché il telefonino cominciò a squillare nella tasca del montgomery.

«Ero in udienza», lo informò Angela. «Ho visto che mi hai cercato tante volte...»

Lui si stupì che una frase così banale potesse essere tanto importante. «Avevo bisogno di sentirti», le confessò.

«Hai una voce da bambino sgridato», commentò lei.

«È che c'è gente», si scusò Soneri per dissimulare il suo stato d'animo.

«Per quello?» insinuò lei maliziosa.

«No. Volevo anche dirti...»

«Non dirlo», lo interruppe Angela. «Non serve. L'ho capito dalla tua voce e mi basta», sussurrò.

«Sì, forse è meglio che non parli», convenne lui. «Non sono mai stato capace di trovare le frasi giuste per questi momenti. Mi sento ridicolo e finisco per rovinare tutto.»

«Appunto», riprese Angela, «tanto noi due sappiamo quello che significa questa telefonata.»

Lui sentì rinascergli dentro la speranza. Alzò lo sguardo e vide Juvara che lo osservava imbambolato. Allora gli sorrise e l'ispettore si riscosse.

«Sappiamo molto di più su Dondescu», gli annunciò. «Ha lavorato per anni in una miniera di torba, poi s'è ammalato e lo stato gli ha riconosciuto una pensione di invalidità. Con la caduta del regime è stato sfrattato e per un po' ha trovato alloggio in un istituto, quindi di fatto ha vissuto senza fissa dimora in vari accampamenti di nomadi, bevendo molto e vivendo di piccoli espedienti. Alcuni mesi fa gli era stata anche revocata la pensione e pare sia questo fatto a indurlo a cercar fortuna da noi.»

«C'è da rimpiangere il regime», borbottò Soneri. «Almeno qualcosa di che vivere ce l'avevano tutti», sospirò. «Parenti?» domandò subito dopo.

«Mi hanno detto che ha una sorella molto più giovane, che è stata ballerina, ma non sanno dove sia adesso.»

Soneri ebbe un gesto d'insofferenza. Aprì il giornale e vide riprodotte le foto che il vecchio portava con sé.

«Capuozzo se l'è venduta subito 'sta notizia», brontolò.

Nella pagina a fianco c'era l'articolo sul ritrovamento del cadavere. «Chissà che goduria davanti a giornalisti e telecamere.»

«Dottore, io però ancora non capisco che legame ci sia... Una morte naturale e una donna bruciata...» intervenne un po' imbarazzato Juvara.

«Nemmeno io capisco», ammise il commissario, «ma voglio continuare a credere alle coincidenze.»

6

«Non esistono le coincidenze, esiste il destino», lo corresse Sbarazza. Parlava di sé, di una giornata molto fortunata e raccontava che doveva essere stata scritta in un imperscrutabile oroscopo di cui sapeva per certa l'esistenza. Questa volta si era seduto al posto di una donna di mezz'età, molto florida e sensuale: forse una direttrice di banca. Aveva gustato gli anolini in brodo e un po' di prosciutto. «Per me è una rarità poter mangiare un primo piatto», gli confidò l'uomo, «sono sempre le pietanze a restare.»

Era vestito elegante e tuttavia la sua figura appariva poco curata, come se portasse abiti appena usciti dal letargo di una cassapanca.

«Che donna!» riprese Sbarazza con aria sognante. «La quintessenza della femminilità. Bei capelli, seno esuberante, in carne ma senza perdere di armonia, sensuale nella voce e nel modo di fare... È stato bello farci l'amore con il pensiero mentre intorno si sentiva il suo profumo...»

«Tutti i giorni una diversa», scherzò Soneri.

Erano davanti alla chiesa della Steccata, sotto il monumento al Parmigianino che li guardava con marmorea ironia.

«Ha lasciato anche il giornale di oggi», gli disse l'uomo mostrandoglielo.

Soneri lanciò un'occhiata alla pagina dove apparivano le due foto.

«Non state cercando queste qui?» domandò Sbarazza.

«Per mare e per terra», rispose Soneri.

«Quella donna ne conosceva una. Ho sentito che ne parlava con l'uomo che ha mangiato con lei.»

In quel momento, si aprì uno spiraglio nel cielo e il sole si affacciò pallidissimo dietro il filtro della nebbia. Anche quella, tutto sommato, era una coincidenza. O un segno del destino, come preferiva Sbarazza.

«Devo trovare questa donna», spiegò precipitosamente il commissario.

«Non so chi sia, ma se la rivedessi la riconoscerei: una così non si dimentica», replicò l'uomo con l'espressione di chi si è perso in un sogno.

«Non l'aveva mai incontrata prima?»

«No, mai. Spero che ritorni qui se sta scritto che ci rivedremo», rispose l'altro ancora immerso nel suo rapimento.

«E se poi, quel giorno, ha appetito e spazzola tutto?» fece Soneri sarcastico.

«Per favore!» lo implorò Sbarazza. «Eviti questi pensieri così ordinari. Abbia il coraggio di sognare perché solo questo può salvarci. Pensi a me. Cosa sarei se non mi calassi ogni giorno dentro una parte? Un buon poliziotto deve saper immaginare, intuire quel che potrebbe essere.»

«Se è per quello, c'è un mucchio di gente che cerca di far apparire quello che non è», osservò Soneri.

«Non si sbagli», lo rimproverò l'altro. «C'è un mucchio di gente che desidera essere quello che non è. Quindi imita pedestremente il modello. Il sogno, invece, è vita. È un mondo parallelo e più nobile di quello degli oggetti e dei tanti travestiti che circolano. Da Alceste c'è sempre pieno di questa gente. Paccottiglia...» concluse con un gesto leggero e irriverente.

«E il suo sogno qual è?»

«Essere me stesso. Recito il personaggio che ero e che non posso più essere. Mi sento come un burattino scartato in fondo al cesto. Sono povero e nobile in un mondo di ricchi e volgari. Una bella beffa, vero?»

Il commissario restò muto in un implicito assenso.

«Vedrà che troverà quella donna. Anch'io vorrei rincontrarla, ma ho paura di restarne deluso. Siamo noi a rendere magici certi momenti, non ciò che vediamo. La stessa cosa può darci gioia e tristezza», concluse congedandosi con un gesto elegante.

Soneri lo osservò mentre si incamminava lento, illuminato dalla luce malaticcia di quello spiraglio del cielo. Il commissario, invece, si diresse da Alceste a grandi passi, sentendosi un bracco con nel naso l'odore forte del selvatico.

«Un po' tardi per il pranzo», lo accolse l'oste.

«Non importa...»

«Qualcosa c'è rimasto...»

«Mi hai preso per Sbarazza?» rise il commissario.

«Anche oggi ha fatto la sua parte, ma con una tale signorilità che nessuno se n'è accorto.»

«Venivo proprio per quello.»

Alceste si fece serio: «Ha fatto qualche stupidaggine?»

Soneri negò con il capo. «Ha saputo qualcosa di molto importante.»

«Qui dentro?» si stupì l'oste mentre già scolava un piatto di gnocchi.

«Sai... quella tizia di cui ha preso il posto...»

«Bella donna», confermò Alceste.

«Conosce la ragazza che oggi è fotografata sul giornale.»

«Quella del vecchio morto...»

Soneri annuì. «Ho bisogno di sapere chi è quella tua cliente.»

«Non la conosco di nome», spiegò l'oste condendo gli gnocchi. «Viene ogni tanto ma...»

«Se ha pagato con la carta di credito si può rintracciare», insistette il commissario.

«Ha pagato il tipo che era con lei.»

«Fa lo stesso.»

Alceste si asciugò le mani mentre il commissario già si avviava.

«E gli gnocchi?» gli domandò deluso.

«A quelli non dico mai di no. Li mangerò al posto di Sbarazza», annunciò indicando la sala ormai vuota.

«Ho trovato chi conosce la ragazza della foto», annunciò più tardi Soneri entrando in ufficio.

Juvara sollevò il viso stupito: «Come ha fatto?»

«Te l'ho già detto che credo alle coincidenze. Oppure chiamalo culo, fai tu.»

«Dottore, poi devo dirle una cosa...»

«Va bene, ma intanto dobbiamo rintracciare questo Giulio Pianforini: era a pranzo con la donna che conosce la ragazza. Ha pagato lui con la carta di credito, c'è scritto anche il suo nome sulla ricevuta.»

Nell'euforia di quello che aveva scoperto, si era dimenticato di tutto: della donna bruciata, del suo umore e soprattutto di Angela. Appena gli venne in mente, qualcosa gli si smorzò dentro e ricominciò a sentire un'insidiosa paura.

«Ecco, dottore», lo sorprese Juvara, «abita in via Montebello 15 e questi sono i suoi numeri di telefono.»

Gli passò un foglietto con noncuranza e in quel gesto Soneri colse un filo di insofferenza.

«Poi, quando vuole, parliamo», aggiunse l'ispettore.

«Sì, sì...» fece il commissario mentre già componeva il numero.

Gli rispose una voce un po' roca di fumatore.

«Commissario Soneri», annunciò, «ho urgenza di rintracciare la signora che ha pranzato con lei oggi al *Milord*... No, no, guardi, non è una cosa grave... Solo per un'informazione... Sa, quelle ragazze in foto sul giornale... Stia tranquillo, massima discrezione.»

Quando mise giù, si accorse che Juvara continuava a disinteressarsi di quell'indagine.

«Almeno un mistero lo stiamo risolvendo», quasi si giustificò il commissario. «Vado da questa Robutti, è una direttrice marketing di un'azienda alimentare. Voglio sapere com'è che conosceva 'sta ragazza.»

«A proposito di ragazze...» intervenne imbarazzato l'ispettore, «quella morta aveva ventuno o ventidue anni ed era incinta al terzo mese.»

Una sensazione sgradevole assalì il commissario come il sintomo di una malattia che ritorna.

«In... incinta?» balbettò.

«Me l'ha comunicato poco fa il dottor Nanetti. Ha detto che lei aveva il cellulare staccato.»

Lui pescò il telefonino dalla tasca: era davvero spento. La batteria scarica come gli capitava spesso. Lo attaccò alla corrente e dopo pochi istanti una raffica di messaggi cominciò a uscire annunciata da una sinfonia di note identiche. Tra questi uno di Angela: *Vedo che hai già dimenticato i nostri discorsi...* Subì la seconda coltellata nel giro di pochi minuti. Ma la notizia che quella ragazza era incinta riapriva una ferita che non si era mai cicatrizzata. Quella ragazza era Ada, quel bimbo mai nato il suo e quel cadavere bruciato rappresentava l'irreversibilità delle cose. Come il periodo della sua giovinezza ormai trascorsa, e tutto quello che poteva essere e non era stato. Fu preso per un attimo dalla commozione, che presto però si tramutò in rabbia. Doveva trovare chi aveva ucciso. Sentiva che era l'unico modo per esorcizzare il dolore.

«Hai ragione», ammise con Juvara, «dobbiamo occuparci di 'sto cadavere: è questo l'obiettivo principale.»

L'ispettore lo fissò stupito, mentre lui si lasciava andare pesantemente sulla poltrona. Era talmente pallido che sembrava sul punto di svenire, ma il trillo del telefonino lo rianimò.

«Ti cerco da ore...» lo rimproverò Nanetti.

«Mi ha detto Juvara...»

«Credo che questo cambi le cose. Anche se il fatto di essere incinta non esclude che fosse una battona. Ma a naso...»

«Direi che non lo era», completò Soneri. «Le battone ci stanno attente.»

«E chi non ci sta attenta?»

«D'accordo, ma è meno probabile che sia una del mestiere... Cos'altro è saltato fuori?»

«Conferme. Che è stata uccisa con una botta molto forte in testa o per un urto molto violento. Ha quattro denti rotti e la mascella spaccata. È morta sul colpo per sfondamento del cranio. Il corpo è stato bruciato e lo hanno abbandonato non più di un'ora dopo.»

«Quindi le hanno dato fuoco non tanto lontano dal punto in cui è stata trovata?»

«Da qualche parte nella campagna lì intorno. Con questa temperatura s'è raffreddata alla svelta, ma non del tutto, perché abbiamo recuperato minuscoli pezzi del sacco attaccati alla pelle.»

«E il bimbo?» domandò Soneri accorgendosi solo dopo dell'assurdità di quella domanda. Gli era scappata di bocca.

«Lascia perdere», lo ammonì Nanetti intuendo tutto. «Così ti fai solo del male. Comunque pare che fosse una femmina.»

Il commissario ricacciò indietro la ressa di sensazioni confuse che gli premeva addosso.

«La Marcotti cos'ha deciso?»

«Per ora nessuna sepoltura», rispose il collega. «D'altra parte non s'è fatto vivo nessuno. Come per quell'altro, il vecchio. Non a caso li hanno messi vicini.»

«Forse ho trovato la ragazza della foto», buttò lì Soneri per associazione.

«Ah! E chi è?»

«Devo ancora saperlo da una che la conosce. Pensa che tutto è nato da Sbarazza. L'ho incontrato per caso e ho scoperto che s'era seduto al posto di una donna che parlava di questa qua con il giornale sotto mano.»

«Se sei così curioso telefonale», concluse scettico Nanetti.

Subito dopo, invece, il commissario chiamò Angela, che però aveva sempre il cellulare staccato. Lo riacciuffò l'ansia e Juvara, non immaginando niente e vedendolo avvampare, pensò che stesse solo riprendendo colore.

Non ebbero il tempo di parlare delle ultime novità sul delitto, perché Musumeci comparve sulla soglia dell'ufficio: «C'è una signora che ha chiesto di lei», annunciò rivolto a Soneri.

Per un attimo lui aveva sperato che fosse Angela, ma quando entrò nella stanza che serviva anche per gli interrogatori, si trovò di fronte una donna molto bella che collegò immediatamente alla descrizione di Sbarazza.

«Serena Robutti», si presentò lei con sorriso professionale.

«Le avrei telefonato...» replicò Soneri.

«Giulio mi ha detto che mi cercava e ho preferito chiarire subito questa faccenda», lo interruppe.

«Volevo solo un'informazione...»

«Sì, d'accordo, ma vorrei chiarire...» ribadì la Robutti con puntiglio.

Il commissario si limitò a un gesto per invitarla a continuare.

«La ragazza è rumena, si chiama Ines Iliescu e quando l'ho conosciuta era una clandestina. Capisce cosa intendo dire?»

Soneri ci pensò un attimo. «Le ha dato da lavorare?»

La donna annuì. «Come domestica. Sa, io sono sempre in ufficio, viaggio... Per un po' le ho offerto anche da dormire, poi s'è arrangiata. Ma le assicuro», proseguì la donna, «che l'avrei assunta. Da clandestina non potevo metterla in regola, ma stavo già cercando la strada per sanare la sua posizione.»

«Sa che dicono tutti così, vero? Anche nei cantieri: appena uno ci lascia le penne dichiarano che l'avrebbero assunto il giorno dopo», insinuò il commissario.

«Le giuro che l'avrei fatto. Solo che non potevo finché lei non fosse stata regolare.»

«Poi com'è andata?»

«E chi lo sa... Un giorno non s'è più fatta vedere. Ho provato a chiamarla al cellulare ma niente... Sparita, capisce?»

«È sicura che sia la stessa della foto?»

«Sicurissima».

«Che tipo era?»

«Una ragazza bellissima. Le foto non le rendono giustizia: sono pessime.»

«Sì, ma dico... Non sa niente di lei?»

«So che ballava. Danze etniche, quelle tradizionali della Romania.»

«Nient'altro?»

«Non parlavamo molto, anche per via della lingua. Mi sembrava una ragazza molto perbene: una di quelle che davvero vogliono farsi una vita lontano dalla miseria. Magari una famiglia...»

Soneri si sentì come se avesse ingollato di colpo una tazza di caffè bollente. In tutte le vittime ritrovava la frustrazione di ogni vicenda umana. Era per questo che le sentiva sempre vicine. La compassione che riusciva a provare era un sentimento che superava le singole circostanze. Ma in questo caso no. Stavolta c'era di mezzo qualcosa di personale.

«Se sapessi dov'è finita, potrei aiutarla», mormorò la donna.

«Vorrei saperlo anch'io», borbottò Soneri alzandosi in uno dei suoi scatti improvvisi. Sentiva che non aveva più niente da chiedere e che lo premeva una vaga, insidiosa, irrequietezza.

Anche la Robutti si alzò con rapidità. «Spero che quello che le ho riferito non comporti... Sa, per il mio lavoro...»

Il commissario la rassicurò con un gesto. «Mi ha riferito che le piaceva ballare», aggiunse poco dopo, «non sa se frequentava qualche locale... È l'unico possibile appiglio...»

«Non credo che andasse in discoteca. Le ho detto che erano balli etnici. Zigani, credo della tradizione zingaresca.»

Il colloquio terminò lì. Soneri strinse la mano alla donna e l'accompagnò con lo sguardo lungo il corridoio mentre lei usciva senza voltarsi. Poi rientrò in ufficio, scrisse il nome su un foglietto e lo porse a Juvara: «Cerca questa qui dai tuoi amici di Bucarest», ordinò.

Subito dopo rifece il numero di Angela, ma ancora senza fortuna. A quel punto l'irrequietezza di poco prima si trasformò in apprensione, quindi di nuovo in paura. Di quelle che non fanno salire l'adrenalina ma ti scavano dentro come un verme sotto la buccia. Angela era la sua sicurezza. Il chiodo in parete che ti tiene attaccato alla vita e che di colpo rifiuta il tuo peso. Avrebbe voluto parlarle, ma non sapeva dove fosse. Anche il telefono di casa squillava a vuoto e, a ogni tentativo vano, il commissario annaspava in apnea dentro quell'assenza ostile, più densa dell'acqua. Pensava a lei come se fosse già lontana e a un'altra possibilità di vita consumata. Ma questa volta non era come con Ada: questa volta non era più giovane. E ricominciare sarebbe stato molto più difficile. Ormai il tempo stava per scadere... Decise allora di pensare alla sua indagine e uscì per raggiungere il parcheggio del palasport già brulicante di auto, furgoni e banchi tra cui risuonavano lingue sconosciute, in un coro che suggeriva l'idea di una nenia o di un lamento. Gli apparve la vita con le sue mille facce e con le tante piccole indispensabili illusioni che la mandavano avanti incessantemente. A quel punto non esitò a tuffarcisi levandosi di dosso il suo disincanto.

7

Si erano presi la parte di parcheggio più lontana, invisibile dalla strada. Il Comune tollerava quell'occupazione perché lì gli stranieri, nelle serate morte, non davano fastidio a nessuno. I furgoni erano disposti secondo uno schema d'accampamento. Una fila esterna chiudeva la zona destinata al mercato come a marcare un confine. All'interno, i mezzi formavano passaggi e una piccola piazza al centro. Lontano dai lampioni del parcheggio e calata dentro la nebbia, quella piccola comunità viveva sepolta nel buio, clandestina ed extraterritoriale. Qualche bancarella esponeva prodotti rumeni appena arrivati, mentre dai furgoni venivano scaricati e caricati pacchi. Forse anche passeggeri senza permesso. Sembrava impossibile riconoscersi tra quelle luci stente, ma il tutto si svolgeva come in pieno sole. Le persone si salutavano, si parlavano da lontano e a Soneri venne in mente quando anche nelle sue campagne la gente conviveva con il buio nelle lunghe invernate o, d'estate, quando l'oscurità interveniva compassionevole a interrompere la fatica.

Si accese il sigaro fermandosi in quel via vai. Aveva ragione Pasquariello, lì era ancora vivo il senso della comunità e non solo perché alcune donne vestivano i costumi tradizionali e vivevano quell'appuntamento come una sorta di festa del patrono. Poi il commissario si lasciò trasportare dal flusso della folla che sciamava e di colpo gli apparve uno scenario più luminoso. C'era un piccolo palco al centro del mercato e alcuni gruppi elettrogeni alimentavano mezza dozzina di riflettori oltre a uno sgangherato impianto stereo dal quale uscivano musiche che sapevano d'oriente. La luce al centro, i furgoni a racchiudere il cerchio vitale della comunità: tutto ricordava gli accampamenti degli antenati, con i carri a difesa e il fuoco acceso contro i lupi nelle immense pianure innevate. Anche quello segnava un legame antico mai rescisso. Qualcosa che sapeva di vissuto, di lunghi viaggi silenziosi, con padri e figli spalla a spalla. Sul palco alcune ragazze danzavano in costume e intorno una trentina di persone guardavano e applaudivano.

Soneri si ricordò che Ines ballava e gli venne spontaneo chiedere di lei. Un tizio piuttosto diffidente lo squadrò e, senza dire una parola, indicò un uomo grasso che osservava in disparte. Il commissario si avvicinò: «Cerco Ines».

«Ines?»

«Iliescu.»

«Lei sta a Craiova adesso», rispose l'altro ricordandosi.

«Ma è stata qui», continuò Soneri.

L'uomo rispondeva senza guardarlo in faccia, tenendo gli occhi fissi sul piccolo palcoscenico. «Va e viene. Tanti qui così.»

«Qualcuno la conosce bene?»

«Tutti qui conoscere. Tutti di Romania. Chiedi a Roman, lui fa viaggi avanti indietro», concluse l'uomo.

Il commissario si allontanò da quella sorta di focolare lucente e s'immerse di nuovo nella semioscurità del mercato. Roman aveva una corriera piuttosto vecchia con una quarantina di posti e stava contrattando un viaggio con una famiglia. Intorno ferveva un'animazione incessante. Si scaricava merce arrivata dalla Romania e se ne imbarcava altra: frigoriferi, stufe, forni, lavatrici e involti dentro i quali doveva esserci di tutto. Il tipo che controllava se la sbrigava con un taccuino. Ogni pacco aveva un nome con un destinatario e, solamente dopo aver caricato o scaricato, cominciava la contrattazione del prezzo. Lì vicino, un banco vendeva cibo rumeno e le donne facevano la fila.

A Roman il nome di Ines non era sconosciuto.

«L'ho portata a Craiova due mesi fa», spiegò in un discreto italiano. «Me la ricordo bene perché è una ragazza bellissima», aggiunse.

«E non è più tornata in Italia?»

«Chi lo può sapere? Ci sono tanti mezzi... Oltre alle corriere di linea, siamo in tanti a lavorare: solo qui in quattro. Comunque», precisò Roman, «è da due mesi che non vedo né lei né la sorella.»

«Ha una sorella?»

«Bella anche lei», confermò l'uomo. «Solo un anno di differenza.»

«Ines balla...» riprese Soneri indicando il palcoscenico alle sue spalle, niente più di un globo di luce sbiadito.

«Sì, tutt'e due. Ma non in questi posti», spiegò l'uomo lasciando intendere pretese più alte.

«Dove?»

L'altro si fece guardingo. Il commissario si era accorto di avere forzato un po' troppo con le domande e forse Roman aveva già fatto conoscenza con i metodi dei poliziotti. Infatti alzò le spalle senza dire niente.

«Lavori molto?» cambiò discorso Soneri.

«Costo meno», rispose Roman. «Con i pullman di linea ci vuole quasi il doppio. E se non carico gente, carico roba.»

Il commissario guardò nell'oscurità figure indistinguibili che si muovevano tra i furgoni caricando e scaricando.

«Tutto qua costa meno che da voi», ribadì l'uomo che poi accorse a un richiamo e si eclissò nel buio senza salutare.

Soneri si accese allora il sigaro, con l'impressione di essere un estraneo. Era curioso sentirsi straniero nella propria città. Eppure i nomi che venivano gridati, la parlata dai dittonghi sconosciuti, gli abiti, le facce che apparivano all'improvviso emergendo dall'oscurità, gli comunicavano la sua non appartenenza.

Una solitudine che si saldò con un'altra, più profonda, risvegliata dal telefonino. Era un messaggio di Angela che diceva solo: *Ho un interrogatorio*. Tre parole da cui trasudavano freddezza, distacco e una profonda estraneità.

Improvvisamente tutto si animò. Un nome corse tra la gente, dapprima astruso agli orecchi del commissario, poi sempre più nitido come un'eco che si precisa con la ripetizione: «Gortan, Gortan...» Nello stesso istante, i fari di una grande Bmw puntarono verso i furgoni e poco dopo dall'auto scese un tipo corpulento assieme a una ragazza che doveva essere molto più giovane di lui.

Soneri si mise in disparte quando furono accesi alcuni faretti nei pressi di uno dei furgoni. A quel punto l'uomo apparve in tutto il suo aspetto equivoco. Aveva l'aria di un magnaccia che si porta dietro la favorita. Mezza dozzina di galoppini gli si fecero sotto e molti altri aspettavano di venir ricevuti. Doveva essere uno che dispensava favori e lavoro. Uno che aveva fatto fortuna. Forse il più meschino e il più spietato, pensò Soneri mentre se lo vedeva passare davanti per salire su una corriera dentro la quale avrebbe ricevuto i questuanti. Di colpo svanì l'illusione di una comunità felice. Anche in quel lembo di nebbia ritrovava le consuetudini umane, ma mentre stava scivolando tra i cattivi pensieri, squillò il telefonino.

«Dottore, quella Ines non è qui da noi», esordì Juvara con insolita velocità.

«Lo so», rispose Soneri, «qui c'è uno che dice di averla riportata a Craiova due mesi fa.»

«Lì dove?» L'ispettore non capiva.

«Nel parcheggio tra palasport e ipermercato, dove si riuniscono i rumeni una volta alla settimana. Scaricano e caricano merce per il loro Paese, mangiano, ballano, cercano lavoro, trafficano... Ricostruiscono un po' della loro vita e poi si disperdono di nuovo. È un po' il destino di tutti, no?»

Juvara non capì nemmeno stavolta. «Ma se questa Ines non è qui, chi veniva a cercare il vecchio?»

«È questo che mi chiedo da un po'. Perché credi che mi stia interessando a questa storia?»

«Dottore, io mica...» balbettò Juvara.

«Perché credo alle coincidenze!» lo interruppe Soneri. «Quello che scappa maldestramente dal campo nomadi, questo vecchio che muore cercando... Dietro ogni fatto c'è un certo scenario e a noi tocca verificare se i protagonisti non sono per caso gli stessi.»

L'ispettore restò muto e allora il commissario continuò: «Ines ha una sorella di un anno più giovane o più vecchia, non so. La cosa più semplice è pensare che questa si facesse passare per Ines e viceversa. Sai quanti immigrati assumono parecchie identità...»

«Ho trovato un collega a Bucarest che parla bene l'inglese», riprese Juvara, «vedo di farmi spiegare di 'sta sorella.»

«Chiama anche qualcuno a Craiova, è da lì che viene la famiglia», lo esortò Soneri. E mentre l'altro stava riattaccando aggiunse: «Cerca anche quel fotografo, Dimitriescu. Se non è un paparazzo da matrimoni, magari sa anche lui l'inglese».

Sulla corriera si erano accese molte luci. Si vedevano il boss e la sua favorita attorniati da persone che li servivano come camerieri. I due bevevano tranquilli, mentre un gruppo di persone attendeva in disparte.

Il commissario si avviò e uscì sfiorando tavoli aperti accanto ai furgoni in cui la gente mangiava in piedi e combatteva l'umidità con il vino, ma, appena fuori, la nebbia del piazzale lo confuse. Non riusciva a orientarsi. Decise di seguire le righe bianche del parcheggio. Ogni tanto un lampione illuminava pochi metri intorno, colorando un alone di vapore. Poi una luce più forte gli fece pensare alla strada, ma anziché il rumore delle auto, sentì altra gente che parlava e ogni tanto alzava la voce. Scavalcò un'aiuola e si trovò nel cortile dietro l'ipermercato: una pattuglia di disperati rovistava nei cassoni della spazzatura alla ricerca di cibo. Due si erano calati dentro e passavano la roba agli altri che l'accatastavano in terra. Altri ancora la dividevano e l'infilavano in vecchie valigie con le rotelle.

In disparte Soneri adocchiò una figura familiare e quando si avvicinò riconobbe Sbarazza.

«Il destino ci fa incrociare spesso», commentò l'uomo che indossava un paltò fuori moda.

«Qui è meno elegante che al *Milord*», constatò Soneri.

«Indubbiamente», convenne l'altro. «Ma si è più sicuri di trovare quello che si cerca. Il *Milord*, ultimamente, è molto affollato ed è difficile avere l'occasione... Qui, invece, c'è sempre da mangiare.»

«Ma sono rifiuti...» mormorò il commissario.

«Non c'è dubbio, sennò non starebbero lì», riprese Sbarazza con un risolino. «Ma questo non significa che non siano commestibili. Sono uguali alla roba che sta sugli scaffali, ma hanno cessato di essere merce.»

Soneri lo fissò perplesso, tirò una boccata e non disse niente.

«Tempo fa non c'era differenza tra cibo e merce», ricominciò l'uomo. «Una cosa si mangiava o non si mangiava. Adesso no. Vede quelle scatolette di tonno ammaccate? Sono cibo, ma non merce. Nessuno le comprerebbe. Così come quelle confezioni di biscotti leggermente strappate di lato, quei sacchetti di frutta un po' troppo matura, le banane annerite, la verdura che in una nottata avrebbe l'orlo delle foglie appassito, le confezioni che sono appena scadute, ma sono comunque buonissime. Ecco», concluse Sbarazza indicando il gruppo dei miserabili, «questa è la nostra grande fortuna.»

Già alcuni se ne andavano in fretta trascinando le loro valigie a rotelle. Un tizio si avvicinò a Sbarazza e gliene porse una già piena: «Marchese, ecco la sua roba», disse con grande rispetto.

Sbarazza ringraziò con un gesto solenne di nobiltà padronale. Quindi sussurrò: «Stasera ci sono i rumeni e dobbiamo fare presto, sennò quelli arrivano e ci cacciano».

«Anche loro...» disse Soneri indicando i cassoni.

«L'odore del cibo si sente a distanza quando si ha fame. Anch'io ho imparato alla svelta. Ma lì dentro ce n'è per tutti. Lei non riesce a immaginare quanto cibo si butta via: si potrebbe sfamare un esercito. Quelli, però, ci cacciano perché tutto quello che arraffano lo vendono anche. Nemmeno tra i poveri c'è solidarietà. Ci si scanna per una scatoletta di sgombro», lamentò l'uomo.

Si udì un mormorio nella nebbia. «Eccoli che arrivano», avvertì allarmato trascinando la valigia in disparte.

Una ventina di rumeni si diresse verso i cassoni e cominciò a svuotarli buttando tutto fuori.

«Così faranno arrivare i metronotte e prima o poi ci manderanno via tutti», temette Sbarazza. «Già la direzione dell'ipermercato non vuole che prendiamo i rifiuti.»

«Perché?»

«Lei si stupirà, ma credo che noi gli mettiamo troppi scrupoli di coscienza», sorrise tristemente l'uomo. «Sono una cooperativa, mi capisce? Per loro è inquietante pensare che esistono persone che non hanno da mangiare dopo aver garantito la pancia piena per tutti. Sono diventati dei mercanti, ma predicano ancora la solidarietà. E poi non vogliono confessare a se stessi di sprecare cibo perché ricordano ancora la miseria. Meglio far finta che sia roba marcia e si sta tranquilli. Noi gli rammentiamo un peccato mortale.»

«Lei è servito, non va a rovistare...» gli fece notare Soneri.

«Svolgo altre mansioni», precisò Sbarazza. «Diciamo che tutelo gli interessi di questi poveracci e mi occupo di faccende burocratiche dove le conoscenze, il modo di fare, la competenza sono indispensabili. Parlo di sussidi, aiuti, ricoveri, cure... Loro si rivolgono a me e io faccio in modo che siano trattati come gli altri. Anche questo serve a mantenere vivo il ricordo di quello che ero. Per fortuna, agli occhi di tanti funzionari sono rimasto il marchese e la mia immagine è intatta. Nessuno di loro sa che vengo a rovistare nella spazzatura e che per mangiare ho bisogno di eleganti espedienti come al *Milord*. Pensano che sia un filantropo, uno che si prende cura del prossimo, un uomo caritatevole. Così, oltre che ricco, passo anche per un buon cristiano», concluse l'uomo ridacchiando.

«L'apparenza è quel che conta», rifletté Soneri, «anzi, è tutto. Almeno lei la pratica con classe.»

«Questi poveracci», riprese Sbarazza, «non hanno più nemmeno un pezzo di pavimento lurido dove dormire, da quando sono arrivati 'sti stranieri. Gente giovane e con il coltello. Per un posto al dormitorio te lo pianterebbero nella pancia.»

Camminarono lungo il perimetro dell'ipermercato costeggiando il muro. Giunti alla strada si salutarono e Sbarazza, trascinando la valigia, scomparve nella nebbia.

Il commissario, invece, si avviò verso il centro, ma anche quando imboccò via d'Azeglio non riuscì a scrollarsi di dosso quella sensazione di estraneità che l'aveva preso tra i rumeni nel parcheggio. Cercò di scacciarla telefonando a Juvara: «Quella della foto non è Ines», gli comunicò senza salutare, «dev'essere la sorella». Aveva parlato seguendo l'intuito, ma si trattava di un'ipotesi alimentata da buoni indizi.

«Ho sentito di nuovo il collega rumeno», lo informò l'ispettore, «ha mandato la foto a quel Dimitriescu con la posta elettronica della polizia e ha promesso di darmi una risposta.»

«Vedrai che riconoscerà la sorella», pronosticò il commissario chiudendo bruscamente la chiamata. Aveva a sua volta riconosciuto qualcosa che l'aveva fatto emergere dall'estraneità di poco prima con un fiotto di nostalgia. Di fronte aveva infatti la *Latteria numero 51*, una delle poche sopravvissute in città. Il posto a buon mercato degli studenti squattrinati di un tempo: caffelatte e politica, malvasia e rivoluzione. Era un po' di giorni che resisteva alla voglia di ritrovarsi in quella patria perduta che era stata la sua speranza di ragazzo e di fronte alla latteria cedette. Fin dal primo momento, spinta la porta a vetri con la maniglia a svolazzi, ebbe la sensazione di un ritorno a casa. Tanto più che dietro il banco c'era ancora la Jole, benché ormai molto vecchia, e seduto al tavolo il volto abbronzato e scolpito di rughe di Libero Manicardi, detto «Picelli», dal nome dello storico eroe delle barricate. Irriducibile, teorico fino al punto da scindersi anche da se stesso, rappresentava il perfetto impasto tra l'anarchia e il comunismo che aveva infiammato la città fino agli anni Settanta. Era stato compagno di liceo del commissario e un amico saltuario nelle pause tra un viaggio e l'altro.

«Franco!» esclamò vedendolo. Era uno dei pochi a chiamare Soneri per nome.

Si abbracciarono sotto gli occhi compiaciuti e stanchi

della Jole. «Incontrarci qui per caso è più difficile che fare un tredici», commentò il commissario.

«E ancora più difficile è che io abbracci un bastardo di poliziotto», aggiunse Picelli.

Si sedettero e si guardarono intensamente come due innamorati. Sui loro visi apparve un sorriso triste e ciascuno constatò quanto l'altro fosse invecchiato. Libero era appena tornato da un viaggio a Cuba, ma aveva smesso di sognare i paradisi lontani del socialismo. Era passato dalla fase rivoluzionaria alla meditazione orientale fino all'impeto ribelle dell'America latina per approdare a una sorta di cinico distacco dal mondo. Di Castro parlava malissimo, tutto andava a catafascio.

«L'unica consolazione è l'amore», proclamò Picelli alzando il bicchiere. «Sto con una che ha vent'anni di meno», confidò, «ed è come ritornare indietro.»

Soneri lo squadrò. Il viso segnato e vissuto, i capelli quasi bianchi ma lunghi sul collo, gli occhi chiari che risaltavano sulla pelle color cuoio, dovevano affascinare le donne giovani che probabilmente lo vedevano come un eroe da fumetto.

«Io sto perdendo anche quello», borbottò il commissario.

Picelli si rabbuiò. «Questo è grave, Franco. Molto grave. Tieni aperto uno spiraglio di vita. E se non puoi, aprine un altro. Non siamo così vecchi da non poterlo fare.»

«No. Ma alla nostra età, dopo tante disillusioni, forse non si crede più in nessuna storia», replicò Soneri.

«Quando succederà saremo davvero vecchi. Allora tanto vale finirla. Cosa ci sta a fare uno al mondo? Meglio un colpo.»

«Io c'ho anche la pistola...» scherzò Soneri.

«Certe volte penso al liceo, ai nostri scazzi con i fasci e con i professori... Ti ricordi? Se tiro un bilancio dovrei portare i libri in tribunale. Non ci è rimasto niente. Pensa cos'è la politica oggi: una grande ammucchiata di qua e di là, destra e sinistra che in fondo non la pensano molto diversamente. Un unico pensiero conformista con il divieto di dissentire e una massa di ebeti a rincoglionirsi sognando il weekend.»

Soneri guardò la Jole che trafficava serena: un'altra pasta, l'ultima generazione con le palle. Quella che aveva attraversato la miseria e si era sentita sfiorare dalla morte durante la guerra. A gente così, anche questi anni vuoti potevano sembrare leggeri.

«E tu non sogni il weekend?» chiese il commissario.

«Ho altro. Sto con una che vuole sposarmi e avere dei bambini, capisci? Ha poco più di trent'anni, è credente e pensa di vivere con me. Suppongo che mi veda come una conquista, anche perché le ho detto che sono ateo e vorrebbe convertirmi.»

«E ce l'ha fatta?»

«Mi sono innamorato e questo mi basta. Il resto vada a fare in culo. Con lei sono finalmente uscito dalla mia solitudine, quello che ho cercato di fare per anni con i compagni. Ma con loro non sono mai riuscito a condividere niente di veramente intimo. Franco», e Picelli si raddrizzò con un'espressione drammatica, «nessuno ci ha creduto fino in fondo: la maggior parte desiderava solo farsi i cazzi suoi.»

«Be', io me li sono sempre fatti», ribatté Soneri, «nel senso che ho sempre seguito la mia strada. Sai che detesto il branco.»

«Ti ho sempre criticato per questo e ti ho anche lasciato perdere per un bel po'. Ma avevi ragione tu nello stare a distanza.»

«Comunque adesso siamo qui con niente in mano, più di metà della vita passata e con un po' di disperazione che ci stringe i coglioni», sintetizzò il commissario osservando via d'Azeglio offuscata dalla nebbia.

Dentro la latteria sentiva di essere avvolto da una coperta rassicurante come l'abbraccio di una madre. Fuori, invece, lo aspettava la solitudine. Veniva da lì il senso di estraneità. E senza la presenza di Angela sarebbe stata totale. Picelli glielo aveva detto che non restava che quello: due anime che si cercano e si sentono vive solo stando vicine. In quel gesto antico e arcano che è provare a perdersi nell'altro stringendosi. Si alzò di scatto quasi folgorato da quella nuova consapevolezza. Salutò Picelli con un cenno e non si voltò più. Non sapeva se l'avrebbe più rivisto... Solo la Jole lo capì, perché da sempre era abituata ad accettare il mondo e il destino di tutti senza rammarico.

8

La conferma arrivò mezz'ora dopo: la ragazza della foto non era Ines, ma la sorella Nina. «L'ufficio stranieri ha controllato anche i dati del ministero, da cui risulta che a Ines sono stati rilasciati più permessi di soggiorno negli ultimi due anni», lo informò Juvara al telefono, interrompendosi subito dopo di fronte al suo silenzio.

«Vai avanti», lo invitò allora il commissario.

«In concomitanza con questi permessi, Ines è rimasta in Romania», proseguì l'ispettore.

«Quindi il vecchio sul pullman veniva a cercare Nina», concluse Soneri. «Ma cosa fa Ines?» domandò poco dopo.

«Da quanto mi hanno detto lavora in locali per stranieri a Bucarest», rispose Juvara. «Su questo il mio poliziotto è stato un po' vago, ma sa cosa vanno a fare gli occidentali nei locali notturni all'Est... Ines è bella...»

Al commissario tornò in mente Angela e provò l'angoscia del tempo che stava scadendo. Frugò in tasca e prese il foglietto con scritto il numero di cellulare della rumena che gli aveva dato la Robutti.

«Nina ha lasciato questo recapito», disse il commissario dettando. «Ho provato più volte, ma è sempre staccato. Vedi un po' di capire dal traffico telefonico se si trova qualche aggancio.»

Riattaccò e si avviò verso il tribunale. Era deciso ad aspettare che Angela uscisse, ma doveva stare attento a non incrociare qualche avvocato o magistrato che l'avrebbe riconosciuto. Magari proprio la Marcotti, che si occupava della ragazza bruciata. E se poi fosse uscita con l'altro... Ogni volta che ci pensava stava male e gli veniva voglia di sentire la voce di lei. Ma poi incappava nel telefonino spento.

Mandò un paio di messaggi che non ebbero risposta e si decise a passare qualche ora sotto i cornicioni o dentro un portone, mentre la nebbia intorno scorreva calma a velocità di passeggio. Si sentiva ridicolo e colpevole al tempo stesso. Ridicolo a pensare che una donna come Angela potesse cambiare idea solo per un corteggiamento tardivo. Colpevole perché la pedinava anziché occuparsi della ragazza bruciata. E, per di più, tutto questo accadeva proprio di fronte al tribunale al quale avrebbe dovuto rendere conto. Per fortuna erano già le nove, la città sembrava dormire sotto la nebbia e ciascuno poteva scegliersi il dopocena che desiderava.

Attese quasi due ore passeggiando nei vicoli deserti, dove stagnava una quiete di camposanto. Verso le undici, la porta del tribunale si aprì e uscì un gruppo di persone tra le quali riconobbe Angela, il magistrato e un avvocato. Gli ultimi due si allontanarono in direzione di piazzale Boito, mentre Angela e un altro signore alto imboccarono vicolo Politi per dirigersi in via Farini. Doveva essere lui.

Soneri li seguì finché li vide entrare in un'enoteca. Sentiva che avrebbe potuto fare una sciocchezza che non poteva permettersi, perché avrebbe compromesso definitivamente tutto. Non era in grado di farci niente, la sua indagine finiva lì e si sentì così perduto che cercò la protezione di casa, l'unico luogo che gli appariva ancora familiare. S'immaginava lei a letto con quel tizio. Oppure in macchina, in una carraia, loro due sul sedile posteriore. Quando gli venne da ridere di sé, pensò che stava perdendo la dignità e per questo all'ironia subentrò una rabbia impotente.

Angela comparve improvvisamente come in un agguato. Soneri si era addormentato sul divano e se la trovò china sopra di lui. Gli parlava senza che capisse cosa diceva. Ma il suo sguardo era dolce, tanto che per qualche secondo il commissario dimenticò la scena che aveva visto. Quando ne ebbe coscienza sentì freddo e tutto il corpo dolorante.

«Vieni a letto», sussurrò lei tendendogli la mano.

Soneri la seguì, si spogliò e si mise sotto le coperte. Lei lo raggiunse e quasi lo aggredì prendendo l'iniziativa. Il commissario si sentiva piacevolmente irretito dai sensi, anche se non capiva. Quando lei gli salì sopra, diede un calcio ai dubbi e si lasciò andare.

Dopo, ritornò a pensare a quella foga e incrociò lo sguardo di Angela a pochi centimetri sul cuscino.

«È il desiderio che non finisca?» chiese pensando più a se stesso che alla compagna.

«Credi che possa produrre questi miracoli?» ridacchiò lei.

«A volte gli addii sanno essere molto intensi.»

Angela scosse la testa, ma non disse niente.

Soneri aveva un disperato bisogno di conferme. Avrebbe voluto essere rassicurato. Sentiva che gli si era sciolto dentro qualcosa che colava come un'emorragia lasciandogli un tremito di paura.

«Dimmi cosa vuoi fare», si decise infine. «Anche se sarà terribile per me, devo saperlo. Non ce la faccio a vivere in quest'incertezza.»

«Se fossi sicura di quel che voglio, te lo direi. Ma sono confusa, devo capire», rispose Angela.

«Se stare con me o con quell'altro?» la incalzò Soneri.

«Io non sono capace di stare con un uomo per abitudine. Cerco di capire quanto è solido questo nostro legame. Ma posso farlo solo mettendolo in discussione. Come fai tu quando indaghi e ti metti in testa una tesi: per capire se è vera cominci ad attaccarla. Se resiste, significa che è ben fondata», spiegò Angela tutto d'un fiato.

Lui conosceva i metodi della sua donna: l'aveva più volte vista all'opera nelle arringhe e perciò temeva il peggio. «Questa non è un'indagine», replicò. «La razionalità non c'entra con i sentimenti. Non puoi misurare quanto uno stia male, né mi consola sapere che stai facendo una verifica.»

Lei si mostrò consapevole muovendo la testa sul cuscino. «Lo so. Ti chiedo di restare nell'incertezza, di accettare i miei dubbi, anche se è dura. Ma lo è anche per me. In fondo», aggiunse con triste leggerezza, «dovresti essere abituato alla precarietà delle convinzioni, visto il mestiere che fai.»

«Appunto. E ne ho abbastanza. Vorrei avere qualcosa di solido in questo mondo troppo liquido. Pensavo che almeno tu fossi un punto fermo... Oggi», continuò il commissario, «ho incontrato Picelli, te lo ricordi? Mi ha fatto pena. Ha mollato tutto, lui che era l'intransigenza fatta persona. Sta con una trentenne cattolicissima con cui vuol fare dei figli.»

Angela scosse la testa stupita.

«Mi ha detto che i sentimenti sono una delle poche cose che contano. Cosa ti resta? Passa tutto ciò che la tua testa può pensare, ma resta quell'oscuro grumo di sensazioni che chiamiamo sentimenti. Forse proprio perché la nostra testa non può capirne nulla: l'amicizia, l'amore, l'arte...»

«Non ha tutti i torti», mormorò Angela.

«Forse. Ma noi rischiamo di perdere anche quelli», constatò Soneri e nello stesso istante avrebbe desiderato che lei gli dicesse che no, non era vero. Ma Angela tacque.

Rimasero in silenzio, pensosi, appoggiati allo stesso cuscino.

«È inutile piagnucolare», sbottò alla fine il commissario, «essere precari è la condizione umana. La differenza è che a pensarci sono in pochi e la maggior parte fa finta di niente», concluse sentendo che la rabbia aveva preso il sopravvento sulla tristezza come era successo davanti all'enoteca.

«Però è te che voglio», esclamò lei. «Di questo, almeno, sono certa.»

Soneri si sentì leggermente sollevato e trovò la forza di continuare a fare domande. Indagava sempre e per questo spesso trovava il male. In questura e nella vita.

«Dimmi, ci sei andata a letto?»

Angela non rispose. Lo guardava seria, con gli occhi vuoti, e il commissario capì tutto senza bisogno di parole. Non avrebbe mai immaginato che potesse ferirlo a quel punto. I suoi fantasmi prendevano corpo e deflagravano raschiando l'inconscio con tutto ciò che conteneva. I pensieri deragliarono uscendo dai binari della razionalità e, senza controllo, lo travolsero fino a farlo vergognare. Si sentì pazzo. Tutti i vecchi arnesi con i quali misurava le cose erano finiti fuori scala. Niente poteva contenere il dolore né la disperazione. Niente poteva salvarlo da quel precipitare senza mai il tonfo liberatorio. Ogni tentativo di spiegare, ogni dialogo sarebbe stato inutile. Così l'antidoto parziale fu solo una carezza di Angela senza una parola. Unicamente la sua mano che passava sulla guancia, sul collo e scivolava sul petto lavando via per qualche istante la sofferenza.

«È successo due volte», aggiunse lei dopo qualche minuto di silenzio. «E forse non succederà più.»

Quel «forse» aumentò l'angoscia di Soneri. Angela manteneva l'ambiguità che lo consumava istante dopo istante. Un gioco continuo di affermazioni e smentite che producevano nuovo caos.

Vagò con la mente in un'apnea di pensieri, poi si arrese. Non poteva pretendere nessuna rassicurazione da Angela, perché lei stessa era indecisa. La guardò e non la riconobbe. Per la prima volta gli appariva imperscrutabile, estranea. Era quella la sensazione più brutta.

«Quell'uomo ti piace, ti attrae e forse sarà il tuo futuro», buttò lì Soneri alzandosi con rabbia.

Lei cercò di trattenerlo sul cuscino, ma riuscì solo a farlo girare leggermente di lato. «È bello, è una persona intelligente, ma sei più importante tu. Lui non sa niente del legame fra noi, né io gliene ho parlato. Prima di tutto ci siamo tu e io e saremo tu e io a decidere», gli spiegò con spietata chiarezza.

Il commissario sedette contro la testiera del letto: l'indagine era arrivata al momento finale, la confessione era piena e totale, ma la pena più pesante toccava a lui. Capiva di avere delle colpe, per aver dato troppo per scontato il loro legame. Oppure, come aveva detto Picelli, per non essere mai riuscito a uscire da se stesso aprendosi completamente all'altro. Si sentiva un groppo in gola, ma non sarebbe riuscito a scioglierlo con le parole e allora lo soccorse il linguaggio del corpo. Si avvicinò a lei e si abbracciarono aggrappandosi l'uno all'altro per tenersi in equilibrio.

Malgrado tutto, quando uscì di casa si sentì fisicamente meglio. Aveva dormito poco, in testa gli frullavano tanti pensieri, ma aveva le gambe elastiche, il passo sciolto e il respiro profondo nella nebbia densa che avvolgeva ancora la città. Juvara credeva ai bioritmi e forse aveva ragione. Oppure il corpo decide per sé quando rispondere alla vita, fregandosene di tutto, anche della psiche.

In questura trovò sul tavolo il tabulato del traffico del telefonino di Nina. Non c'era niente di rilevante: pochi numeri tra radiotaxi, pizzerie da asporto, la Robutti, un autonoleggio e un centro estetico. Più interessante l'elenco delle chiamate ricevute: c'erano numeri di cellulari ricorrenti e la lista occupava un intero foglio.

«Piuttosto desiderata...» commentò Soneri.

«Dicono che fosse bellissima», intervenne Juvara. «Ma anche piuttosto malandrina», aggiunse dopo qualche istante.

Il commissario lo fissò con un cenno interrogativo.

«Mi hanno appena comunicato che in Romania è ricercata per un giro di furti d'auto, ma pare sia un pesce piccolo. Avrebbe fatto da prestanome per qualcuno», lo informò l'ispettore.

«Hai verificato di nuovo tra le denunce di scomparsa?» cambiò discorso Soneri, alludendo alla donna bruciata.

«Nessuna denuncia, dottore», rispose Juvara. «La scientifica sta comunque ricostruendo il volto per arrivare a un identikit attendibile.» Dopo qualche istante, continuò: «Sa cosa dicono i criminologi sui cadaveri bruciati?»

Soneri si tolse il sigaro spento di bocca e fece cenno di no.

«Che si tratta di persone che l'assassino conosceva e con cui aveva un rapporto.»

«Una storia, un amore...» esemplificò il commissario piombando senza volere nel tombino aperto dei suoi guai.

«Quello», confermò Juvara, «o un legame famigliare.»

Per un attimo gli tornò in mente Angela e scoprì di provare rancore. Avrebbe voluto allo stesso tempo abbracciarla e allontanarsi da lei. Qualcuno, invece, aveva voluto eliminare per sempre quella ragazza distruggendola con il fuoco. Tutto appariva vago nella sua vicenda. Un gioco di apparenze e realtà, un'impalpabile danza di figure di fumo. O di nebbia, visto che la cappa non mollava e continuava a schiacciare la città. Soneri gironzolò nella stanza sotto gli occhi dell'ispettore che stava seduto al suo posto e pareva sul punto di dire qualcosa. A un certo punto il commissario si girò e i loro sguardi s'incrociarono: «Dottore, ho il sospetto che 'sta Nina...»

«Sia la donna bruciata», concluse Soneri.

«Ma forse mi sbaglio. Forse abbiamo collegato un po' troppo le due storie ed è andata a finire che si sono sovrapposte.»

Il commissario scosse la testa riprendendo a osservare dalla finestra l'andirivieni delle pattuglie nel piazzale. «Non credo», mormorò poi con un sospiro. «Adesso capisci perché continuavo a seguire la vicenda di quel vecchio morto sul pullman?»

«Dottore, lei ha un fiuto...»

«No», lo corresse amaro Soneri, «ho solo più anni di te.»

«Bastasse quello...»

«Stare a lungo con i delinquenti ti fa capire l'umanità. Arrivi al punto di pensare che la malvagità ci è così familiare da vivere dentro di noi senza che ce ne accorgiamo», rifletté il commissario.

Quando si girò di nuovo, si accorse che Juvara lo fissava con un'espressione imbambolata. «Anche io e te potremmo accorgerci un giorno di averla accanto», continuò. «E quasi sempre succede quando si manifesta. Allora è troppo tardi.»

Il commissario si staccò dalla finestra e cambiò discorso: «Se Nina è la ragazza bruciata, lo sapremo appena avremo l'identikit: è questione di ore».

Il quel momento squillò il telefono e Soneri scattò verso la cornetta. Sperava sempre che fosse Angela, ma lo sorprese la voce di Pasquariello: «Abbiamo interrogato quel Mariotto... lo zingaro...»

«Che cosa dice?»

«Continua a ripetere che è caduto e ha battuto la testa, ma nessuno gli crede, anche se tecnicamente parlando non è escluso...»

«Secondo te com'è andata?»

«La convivenza tra rom italiani e rumeni non era facile. C'è un giro di furti... Per me è un regolamento di conti, ma se Mariotto non parla non ci si cava i piedi.»

La conversazione con Pasquariello venne interrotta da un altro squillo: quello del cellulare di Soneri. Il capo delle volanti si congedò frettolosamente: «Ti faccio sapere».

Nemmeno stavolta era Angela. Nanetti, intuendo la delusione del commissario, scherzò: «Pensa se fosse stato Capuozzo».

«No è che ho sempre in mente...» si giustificò Soneri.

«Credi che non capisca. Almeno tu te la puoi ancora giocare con Angela. Io, invece, ho perso. Però mica demordo. Intanto continuo a occuparmi di lingerie.»

«Sei di quelli che fanno la collezione di mutandine?»

«Per chi mi hai preso? Collega, stammi a sentire: ti ricordi l'etichetta che si è salvata dalle fiamme tra le chiappe? Ecco, c'è un negozio di intimo monomarca in via Garibaldi. Di quella marca. Mi hai capito?»

«Dici che ha comprato lì?»

«Non è che quelle mutandine si vendano solo lì, ma per il calcolo delle probabilità è più facile.»

«Hai ragione. Visto che te ne intendi potresti farci un salto...»

«Hai paura di far la figura del frocio?» ribatté Nanetti. «Non le faccio io le indagini, mi limito a fornire delle prove.»

«Scherzavo.»

«Non mi freghi, commissario. Ci sono già passato. È la

sindrome del vedovo, che ti fa stare lontano da tutto ciò che è femminile per una sorta di rancore.»

«Io sono già vedovo», replicò incarognito Soneri.

«Scusa», mormorò Nanetti, «ho toccato un brutto tasto.»

Ma il commissario già vagava con la mente altrove, in un mondo onirico in cui il passato e il presente si confondevano. Tra la perdita irreversibile di Ada e la probabile perdita di Angela. Era quello l'invecchiare: il veder morire parti di sé e pezzi di vita condivisi. Mentre tornava con il pensiero al delitto, i ricordi della moglie morta e del bimbo mai nato si saldarono con l'immagine della ragazza e gli fecero montare dentro l'indignazione.

«Hai fatto bene a darmi questa dritta», tagliò corto il commissario schivando il rituale delle scuse, «ci farò un giro», concluse chiudendo la conversazione.

Nina gli muoveva dentro un vortice di sentimenti, perché lo riportava al trauma della perdita di Ada e all'improvvisa virata impressa alla sua vita. Quell'indagine s'incrociava troppo con il suo vissuto. Lo infastidiva constatare che le esistenze delle persone non erano poi così diverse e si sovrapponevano. Nemmeno un solitario come lui poteva rivendicare l'originalità.

«Che idea ti sei fatto di Nina?» domandò un attimo dopo a Juvara.

L'ispettore non riuscì a dirgli niente e il commissario lo invidiò per il suo distacco. Era giovane e poteva evitare di porsi delle domande: bastava lasciarsi vivere, tempo ce n'era.

«Il fotografo, Dimitriescu, mi ha riferito che era una ragazza molto timida, che viveva la sua bellezza quasi come un ostacolo», gli spiegò Juvara.

«Ha confermato che le foto sono sue?»

«Sì, ricorda anche quando le ha scattate: la prima alla fine del liceo, la seconda un paio di anni dopo.»

«Sembrano due persone diverse.»

«Il fotografo ha avuto l'impressione che lei avesse cambiato vita, ma non sa altro.»

Soneri rimase muto e riprese a guardare fuori. Nel piazzale si notava una frenesia insolita rispetto al ritmo sonnolento di una città come Parma. Istintivamente pensava a Nina come a una ragazza ingenua che attirava l'attenzione per la sua bellezza. Forse l'avevano illusa ed era finita in brutti giri. Gli ricordava la sorte dei cani abbandonati sulle autostrade d'estate: presi da piccoli come peluche e scaricati alla prima pisciata sul divano.

«Cos'è tutto 'sto casino?» cambiò ancora discorso il commissario.

«È per il maniaco», rispose Juvara. «Un tipo che violenta le donne seguendole nei giardini, dentro i portoni, nei parchi... Ne ha già stuprate tre: dicono che sia uno straniero. Se ne occupa Musumeci.»

«Mica si metterà all'opera di giorno?» constatò Soneri guardando il cielo grigio.

«In città c'è la psicosi. La gente non parla d'altro e telefona in continuazione al centralino. Vedono maniaci dappertutto», gli raccontò l'ispettore.

Lui si stupì di non saperne niente e pensò che era andato un po' fuori di testa. «Sarà come con i tori», borbottò, «ma questo che cercano dà meno nell'occhio.»

9

«Pare che l'abbiano preso», annunciò Alceste posando davanti al commissario gli anolini in brodo.

«Chi?» sussultò Soneri soprappensiero.

«Ma come? Se non lo sa lei... il maniaco, no? Un extracomunitario, hanno detto.»

«Adesso comincerà la caccia allo straniero», mugugnò Soneri tra i vapori del brodo di carne. Sentiva avvicinarsi il monotono rituale ripetuto infinite volte: la destra che alza la voce contro gli immigrati, la sinistra che invita a non fare di tutta l'erba un fascio e i fasci a minacciare di dissotterrare il manganello. La realtà era sempre altrove, i fatti negati. Lui, invece, doveva farci i conti.

Meno male che si consolava a tavola: l'unico piacere che gli restava assieme a quelli di passeggiare nella nebbia e starsene a casa nelle sere d'autunno a leggere un libro. Pensava a tutto questo osservando i cerchi nel brodo quando si trovò davanti Sbarazza. Aveva un modo così silenzioso e discreto di muoversi che era difficile notarlo anche per un occhio esperto come quello del commissario.

«Meno male che è arrivato lei», esordì l'uomo, «altrimenti oggi avrei digiunato. Non c'è un tavolo libero e la gente aspetta di sedersi.» Di fianco intanto si erano alzate tre donne e Sbarazza allungò il braccio afferrando un piatto con una costata quasi intonsa. Un altro agile gesto e prese la bottiglia rimasta a metà posandola di fronte a Soneri.

«Dolcetto di Ovada», proclamò. «Non male.»

Soneri si guardò intorno imbarazzato, ma nessuno pareva far caso a loro.

«Non si preoccupi, commissario», lo rassicurò Sbarazza, «l'importante è avere sicurezza e disinvoltura. Anche il gesto più plateale, in questo modo, non susciterebbe nessuna obiezione, perché per reagire ci vuole almeno un po' di fegato. E qui», aggiunse con un'occhiata che indicava la sala, «chi crede che abbia un po' di fegato?»

Al commissario venne in mente la ragazza bruciata: forse lei ne aveva da vendere. «Merce rara», constatò subito dopo. «Le piaceva una delle donne che erano sedute lì?» domandò.

«Ogni donna ci attrae in un altro mondo. La seduzione, in fondo, è questa: ci viene mostrata la nostra parte mancante», spiegò Sbarazza.

«Molto mancante», ribatté con voce sorda il commissario pensando alla sua situazione.

«Manchiamo sempre di qualcosa», riprese l'uomo. «A me, ormai, sta per scadere il tempo. A quello che assale le donne là fuori manca una compagna. Ma alla fine sono tutte passioni insignificanti e passeggere. È come uno che si lamenta per la fame davanti al plotone d'esecuzione.»

Ragionava con leggerezza e soavità. Soneri lo ascoltava e quasi si consolava un po'.

«Non la invidio, sa», continuò Sbarazza. «Dev'essere così frustrante ricostruire i gesti di chi ruba e ammazza se si pensa all'assurdità della nostra vita... Se riflettessimo dovremmo stare tutti buoni, misurare ogni cosa... Ma siamo esseri profondamente irragionevoli governati dalle passioni. È sempre la nostra animalità a prevalere. L'uomo saggio è quello che si sottrae alle passioni, che fa vincere il cervello.»

«Fosse facile...» borbottò Soneri. «E poi anche lei con le donne...»

«Sfizi puramente intellettuali», precisò l'uomo. «Fruizione solo estetica. L'età mi aiuta», concluse strizzando l'occhio. «Posso dirlo perché non è sempre stato così. Ero un ragazzo focoso e per questo mi sono rovinato. Però rifarei tutto. Anche se ti fanno sbattere il culo per terra, le passioni ti spingono avanti. È per loro che ci diamo da fare. Sono loro che muovono tutto trasformando il mondo in una gazzarra persino ripugnante, ma in questo casino c'è comunque la molla di una continua competizione verso un futuro imprecisato. La saggezza», aggiunse Sbarazza avvicinando il viso al commissario, «è una cosa da vecchi. E non creda che sia una conquista del tempo: è solo decadenza del corpo.»

Dentro di sé Soneri si sentì definitivamente rincuorato. Se stava male per Angela, significava che era ancora vivo. Passarono due pattuglie con le sirene e lui pensò che Sbarazza forse aveva ragione: il mondo era mosso dalle passioni.

«L'hanno preso?» domandò distrattamente l'uomo.

«Pare di sì», rispose senza convinzione il commissario e, prima che il vecchio gli chiedesse dell'altro sul maniaco, si alzò con uno scatto che assomigliava a una fuga.

Scappava con quel gruzzolo di consolazione ricavato dalla chiacchierata, diretto al negozio di intimo di via Garibaldi. Ma prima di arrivarci chiamò Juvara: «Allora, hanno beccato il maniaco?»

«Macché! Hanno fermato un marocchino, ma è stato rilasciato due ore dopo perché non c'entrava nulla. Stava litigando con la sua compagna e qualcuno ha pensato che la stesse aggredendo.»

«Spiegami meglio, quando è cominciata 'sta storia?»

«Ieri sera una donna è stata aggredita in via San Leonardo e la descrizione del violentatore coincide con quella fatta due giorni fa da un'altra signora in via Solferino. È probabile che sia lo stesso che ha tentato di stuprare una ragazza in viale Toschi.»

Era vero: erano gli istinti e le passioni a muovere le persone. E quando esplodevano oltre il confine della legge, toccava a lui occuparsene. Si sentivano sirene attraversare la nebbia, mentre la città viveva sottopelle la tensione di sentirsi addosso un virus insidioso che si spargeva dappertutto e poteva colpire a caso in qualunque momento.

La titolare del negozio di intimo in cui entrò poco dopo doveva essersi sentita per qualche istante la prescelta perché scrutò Soneri con un'occhiata guardinga che si sciolse solo quando il commissario si presentò.

«Viene da lei una ragazza rumena...» cominciò interrompendosi per mostrare la foto.

«Ines! Certo. Una ragazza stupenda.»

Evidentemente si spacciava per la sorella.

«Compra qui la biancheria?»

«È una cliente molto affezionata. Ne avessi di quelle...»

«Che tipo di cose compra?»

«Oh, di tutto. Non ha un gusto definito come certe clienti. Può prendere un completo molto femminile tutto pizzi e nastrini e due giorni dopo se ne porta a casa un altro castigato. A volte sceglie biancheria molto sexy piena di trasparenze e in altri casi completi quasi da bambina con stampati gli angioletti. Va dall'articolo costosissimo a quello più a buon mercato. Non ha regole, insomma.»

«Una strana, quindi...» concluse Soneri cogliendo quello che la donna sembrava volesse intendere.

«In generale le mie clienti hanno gusti precisi e scelgono sempre cose dello stesso tipo. Più o meno c'azzecco quando interpreto i loro desideri, ma con Ines... Inoltre, una ragazza tanto bella... Ho idea che gli uomini impazziscano con una così.»

«È mai venuta con degli uomini?»

«Le donne non comprano mai biancheria intima con gli uomini. Se non altro per non guastare la sorpresa», lo ammonì civettuola la donna. «Però, adesso che ci penso, proprio per questo mi ha colpito una volta che Ines è scesa da un'auto scura. Al volante c'era un uomo, ma non è entrato e non l'ho visto in faccia.»

«Si ricorda che macchina era?»

«Mi dispiace, non me ne intendo. Ho visto solo che aveva un cavallo disegnato su un lato.»

Il commissario collegò il racconto con quello di Manservisi: doveva trattarsi dello stesso adesivo. «Sa dove abita Ines?» domandò.

«Qui vicino, in via Felice Cavallotti, ma il numero non lo so. Non parla molto di sé e quando si finisce sull'argomento cambia discorso.»

Il commissario fece per andarsene e la donna lo seguì fino alla porta.

«Lo prenderete?» chiese apprensiva.

Lui scrutò la sua taglia forte, gli enormi polpacci, i piedi trabordanti dall'orlo delle scarpe e pensò che non avrebbe corso il rischio di un'aggressione. Si limitò ad allargare le braccia e se ne andò.

Un centinaio di metri dopo imboccava via Cavallotti deserta a metà pomeriggio. Iniziò a scrutare i campanelli come un postino alle prime armi, ma mancavano tanti nomi e quelli che c'erano appartenevano quasi tutti a immigrati. Arabi, moldavi, russi, albanesi, indiani: il suono di quei cognomi letti in fretta dall'alto in basso pareva l'appello mattutino di una brigata della legione straniera. Al numero 12, in un palazzo ristrutturato di fresco, non c'erano nomi, ma solo i numeri degli appartamenti: interno uno, interno due... Per intuito pensò che Nina abitasse lì. Glielo suggeriva l'aria di lussuoso mistero che aleggiava intorno a quella casa, difesa da un arcigno portone di castagno con gli anelli di ottone lustro. Fu tentato di entrare, ma pensò che prima doveva ottenere un decreto di perquisizione dalla Marcotti. Il magistrato non sapeva ancora della sua convinzione che Nina e la ragazza bruciata fossero la stessa persona, con quel che ne conseguiva.

La luce scemò con l'avanzare di un fronte di nebbia che prese d'infilata via Garibaldi sbuffando dagli archi della Pilotta come se il torrente fosse improvvisamente evaporato e sfiatasse dai parapetti. Una pennellata scura tinse il cielo e la città piombò nella penombra. Compose di nuovo il numero di Angela, ma gli rispose ancora la voce della segreteria. Un attimo dopo il cellulare squillò e il commissario rispose con una prontezza da scattista.

«Ti ho deluso un'altra volta», ghignò Nanetti.

«Lascia stare», borbottò con fastidio Soneri.

«Stai aspettando una telefonata, lo so.»

Il commissario mugugnò qualcosa: si stava spazientendo. Il collega lo accompagnava lungo una strada che non gli piaceva, rimarcando ogni tappa come una guida turistica. Ma lui non aveva rinunciato ad Angela, la voleva ancora. «Novità?» chiese per cambiare discorso.

«Abbiamo l'identikit della ragazza e somiglia molto alla foto. Direi che non ci sono dubbi», annunciò Nanetti.

«Manderò Juvara dalla Robutti e dalla merciaia che vendeva le mutande a Nina per il riconoscimento», decise il commissario.

«Merciaia... Parli come se vivessi ancora negli anni Sessanta! Il negozio si chiama *Intim shop* e non vende mutande, ma lingerie! E poi non è corretto nemmeno chiamarlo negozio: hai visto che roba? È una boutique!»

«'fanculo!» sbottò Soneri, mentre l'aria fu di nuovo squarciata dal suono delle sirene. Chiuse la comunicazione senza salutare e poco dopo vide una volante frenare di colpo sotto un platano secolare di piazzale della Pace. Esposito schizzò fuori come in un film americano correndo sull'erba verso il laghetto e il monumento a Verdi. Il commissario lo seguì e dopo poche falcate si accorse di quanto fosse giù d'allenamento. Il cuoio delle suole scivolava sull'erba fradicia e ogni spinta si perdeva per metà. I chili di troppo, poi, lo costringevano a correre sulle ginocchia. Ciò nonostante, raggiunse in pochi secondi il capopattuglia che già rantolava senza fiato.

«L'ha visto?» gli sbuffò addosso Esposito.

«E chi dovevo vedere? Inseguivo te», rispose ridendo Soneri.

«Mannaggia 'sto bastardo!» imprecò Esposito, mentre altri agenti erano sbucati dalla nebbia. «C'hanno telefonato che ce stava er maniaco ch'era zompato addosso a 'na ragazza...»

«Comunque», scherzò il commissario, «se non cali di peso prenderai solo gli zoppi. Ti ho dato cento metri su trecento.»

«Eh, commissa'! Con 'sta vita de merda sto pure a guarda' de magna' poco!»

Nel frattempo si era assiepata una folla di curiosi che adesso apparivano delusi. «Dovete prenderlo 'sto marocchino schifoso!» urlò una signora truccatissima con una borsetta di coccodrillo. I marocchini assurgevano al ruolo di cirenei per tutto il male compiuto dagli stranieri.

«Qui ormai ce sta la psicosi», bofonchiò Esposito tornando alla macchina. «Meno male che nun me tocca er turno de notte», esclamò. «Tutti vedono er mostro e quanno se spegne la luce...»

Rimasero un po' senza parlare con il fiato che si acquietava in lunghi sbuffi dentro il nebbione.

«Vabbe', commissa', amo fatto anche un po' de sport», lo salutò Esposito risalendo in macchina e sgommando via nello stesso momento in cui squillava ancora il telefonino.

Fu di nuovo deluso sentendo la voce di Juvara: «Dottore, ha saputo dell'identikit?»

«Me l'ha detto Nanetti. Dovresti fare un salto dalla Robutti per il riconoscimento.»

«Va bene, ma volevo informarla che abbiamo i dettagli delle chiamate ricevute da Nina», annunciò l'ispettore.

«Hai riconosciuto qualcuno?»

«Sono in tanti, quasi tutti uomini.»

«Non l'avrei mai immaginato...» commentò sarcastico Soneri.

«Volevo dire gente che non mi sembra della sua età, uomini maturi.»

«Nei tabulati c'è scritto anche l'età?»

«No, ma se uno è un professionista con tanto di studio, mica può avere vent'anni...»

«Tutti così?»

«Un telefono risulta intestato a una ditta. Ho guardato su Internet e ho visto che è un'azienda orafa: produce e commercia preziosi.»

«Lasciami tutto sul tavolo», concluse il commissario. «Fra un po' rientro e me lo studio.»

Sentiva che qualcosa cominciava a tornare. Niente di dimostrabile, solo sentori, sensazioni, familiarità tra piccoli indizi che componevano nella sua testa un contesto plausibile. Il resto lo faceva l'immaginazione e la consuetudine a trattare di quella cosa così umana che è il male.

Lo distrasse ancora il telefonino. Questa volta lo prese

distrattamente: si aspettava una telefonata della Marcotti o di Capuozzo con corredo di strigliata per i giorni di silenzio e la mancanza di un rapporto.

«Mi hai cercata molte volte, vedo», esordì Angela con voce calda.

«Non hai mai il telefono acceso...»

«In questo periodo lo tengo spesso spento», ribatté lei. «I clienti mi chiamano in studio... Il cellulare ce l'hai tu e pochi altri...»

«Dovresti dire l'altro...»

Sentì un leggero sbuffo, ma poteva anche essere un sospiro. Poi Angela lasciò cadere il discorso: «Ho voglia di vederti adesso. Perché non passi in studio? Sono sola...»

Subito la desiderò, ma l'impeto fu smorzato dal silenzio di Angela sull'altro. Lo attirava con le lusinghe dell'amante, ma a ferirlo era la mancanza di una risposta che lo rassicurasse o lo facesse sperare. Angela lo teneva sulla corda, in quell'angoscioso limbo d'incertezza. Certe volte la detestava per questo e mai come adesso gli sembrava vero il discorso di Sbarazza sulla prigionia imposta dalle passioni.

«Non ti sento molto entusiasta», lo incalzò Angela.

«No, è che mi hanno chiamato in ufficio...»

«Lo vedi? Per te è più importante lavorare.»

«No. Sapessi...» borbottò il commissario.

«E allora? Cosa fai? Non vorrei essere troppo pressante e disturbare il lavoro di un pubblico ufficiale.»

«Vengo», concluse Soneri con una foga insolita e subito dopo spense il telefonino.

Angela gli si avvinghiò addosso prima ancora che si togliesse il cappotto. Era aggressiva come ai primi tempi, quando la passione si nutriva della scoperta dell'altro. Lui l'assecondò con un'urgenza altrettanto insolita che Angela sembrò apprezzare molto. Una sorta di eccitante lotta tra il divano, la scrivania e le poltrone. La danza nuziale di una coppia d'insetti a primavera.

Dopo, si accasciarono sfiniti e appagati, guardandosi lievemente stupiti con occhi da ragazzi. Benché euforico, appena pensava alla causa di quelle reazioni sopra le righe, Soneri s'incupiva ripiombando nel bagnomaria dolceamaro della sua precarietà. E quell'amplesso non riusciva a scrollarsi di dosso il sapore d'estate morente, di ultima follia.

«Quell'uomo ti piace e ti eccita. È lui che vuoi, non me», sussurrò il commissario.

«E allora perché voglio far l'amore con te?»

«Io sono la consuetudine che si riveste di nuovo. L'altro ti ha accesa e il desiderio si proietta anche su di me.»

«No», scosse la testa lei in un modo che a Soneri parve dettato più dalla volontà che dalla convinzione, «allora cercherei lui. Invece cerco te.»

«È la paura a legarti a me. La paura di cambiare.»

«Io avrei paura di cambiare?» ribatté Angela con un sussulto d'orgoglio.

«Se tra noi si fosse intromesso il rancore avremmo la forza di lasciarci. Sarebbe tutto più semplice. Invece siamo legati da un'intesa profonda, che forse alla nostra età riteniamo irripetibile. È lì che nasce la paura. Ma al tempo stesso», continuò il commissario con uno scatto del viso per guardare la compagna negli occhi, «desideriamo l'emozione che non sappiamo più darci e la cerchiamo altrove. Tu l'hai trovata in quell'uomo, ma l'eccitazione che provi è una moscacieca con il futuro e questo ti impaurisce. Torni da me elettrizzata e provi a trasferire sull'uomo che ti dà sicurezza i brividi che senti con il tuo amante. Se tu fossi una ragazza non ci penseresti un attimo: mi avresti già lasciato perché avresti davanti tanto tempo per rimediare a un errore. Con l'età si diventa più attenti.»

Angela rimase in silenzio e il suo mutismo ferì molto Soneri che calcava la mano per strapparle qualche reazione che gli confermasse il suo amore.

«Lui non sa di te», ribadì lei.

«Mi sembra ovvio. L'adulterio o i tradimenti si fondano sull'inganno.»

«A te l'ho detto.»

Angela aveva la faccia imbronciata e gli parlava con frasi brevi. Sembrava a sua volta cercare qualche rassicurazione. Ma nessuno dei due poteva darne all'altro.

«Devi decidere, Angela», tagliò corto il commissario. «Devi scegliere tra l'incertezza eccitante del nuovo e la rassicurante continuità di quello che hai. In entrambi i casi ti prendi dei rischi.»

Poi si alzò per andarsene.

Angela lo accompagnò alla porta e lo salutò con un abbraccio, senza una parola.

10

Lui tornò in questura sentendosi svuotato e camminando in fretta lungo i marciapiedi della città già buia. A raffica gli arrivarono le telefonate di Capuozzo e della Marcotti. Chiedevano le stesse cose, ma il questore con urticante, lamentosa ridondanza, il giudice con rapidità nevrotica.

«A che punto siamo?» sparò subito la Marcotti.

«La vittima si chiama Nina Iliescu», la informò Soneri.

La donna emise un mugolio d'assenso, come se sapesse già tutto, e lui immaginò che avesse interrogato Juvara.

«Credo di aver capito dove abitava», aggiunse, «ma ci vorrebbe un decreto...»

«Lo avrà. In questi casi è una procedura consueta, no? La casa era sua?»

«Non lo sappiamo. La vita di questa ragazza è un mistero ancora tutto da sondare. Per ora abbiamo solo dei tabulati telefonici, un appartamento da perquisire e un'auto scura con un cavallo su una fiancata», rispose Soneri.

«Un cavallo?»

«È l'auto che ha scaricato il corpo lungo la scarpata dell'autostrada. La stessa che hanno notato la signora che vendeva la biancheria intima alla ragazza e Manservisi, il capo della tribù di zingari accampata in una discarica vicino all'area di servizio di Cortile San Martino. È da lì che viene Mariotto, l'unico testimone che abbiamo sinora...» Il commissario dovette fermarsi perché il giudice cominciò a strillare.

«Che confusione mi sta facendo, commissario! Le telefono perché mi informi e lei comincia con una tiritera incomprensibile», lo rimproverò.

Lui non si era accorto che stava riassumendo a se stesso anziché raccontare. Ma finora aveva solo accumulato sensazioni, frammenti scompaginati e quella era stata l'occasione per metterli assieme.

«No, non ricominci», lo pregò la Marcotti appena tentò di ripartire. «Mi faccia un rapporto e io me lo leggerò con calma.»

La conversazione si chiuse su quella frase che gli pareva assurda. Cosa poteva spiegare un rapporto? Al punto in cui era l'indagine equivaleva a una foto senza didascalia. Esattamente quel che si sentiva lui in quel momento camminando tra la gente che affollava i bar e sciamava verso casa. Sentiva di perdere di tanto in tanto il suo equilibrio interiore e di scivolare per questo verso una sorta di anestesia dei sentimenti che appiattiva tutto nell'indifferenza. Sapeva che era un modo per evitare il dolore. Qualche volta, invece, si attaccava al passato, agli anni vissuti con Ada, a quel figlio mai nato che continuava a immaginarsi intorno identificandolo in qualche ragazzo incontrato nei suoi lunghi giri a piedi. Ma quando gli capitava, finiva per ricordarsi di Nina. I volti delle due donne si sovrapponevano e le loro vicende finivano per accavallarsi. Forse era per quello che si era preso così a cuore la vicenda.

Mentre varcava l'ingresso della questura, sentì gravargli addosso, fastidioso, il silenzio di Angela. Fece per chiamarla, ma rinunciò per paura di risentire la voce della segreteria telefonica. Allora tirò dritto ed entrò in ufficio.

«Dottore, l'ha cercata...» tentò di avvertirlo Juvara prima che il commissario lo interrompesse.

«Già fatto», tagliò corto lui. «Qualcuno, invece, ha cercato la ragazza? Denunce di scomparsa, intendo», aggiunse alludendo a Nina.

«No, nessuno», scosse il capo l'ispettore.

«Con tutte 'ste telefonate...» constatò Soneri scorrendo il dettaglio del tabulato. «Da viva la cercavano in tanti... Guarda quanti nomi...» E intanto pensava a quei due cadaveri, il vecchio e la ragazza, accanto all'obitorio. Due fantasmi che nessuno reclamava e che forse sarebbero stati buttati in una tomba qualsiasi nel campo dei poveri del cimitero di una frazione.

Si rese conto che gli si stava riaccendendo la curiosità: il mondo tornava a suscitargli un po' di interesse. Riprese in mano il tabulato e compose il primo numero a partire dall'alto. Secondo l'elenco di Juvara corrispondeva al notaio Federico Paglia. Diversi squilli, poi sentì una voce annoiata chiedere chi era.

«Commissario Soneri, avrei bisogno di parlarle di Nina.»

«Nina?»

«Oppure Ines? La chiamava così?»

Il notaio restò in silenzio per qualche secondo, poi: «Venga fra mezz'ora».

Soneri prese il tabulato con sé e uscì. Si apprestava a passare una serata ad ascoltare i racconti sulla ragazza imparando a conoscerla attraverso gli uomini che l'avevano desiderata e forse amata.

Paglia aveva lo studio in borgo del Parmigianino. Gli apparve un uomo corpulento, ma un po' flaccido, con un viso da putto invecchiato e grandi labbra carnose.

«Perché mi chiede di Ines?» domandò subito, lievemente allarmato.

«L'hanno ammazzata e poi bruciata», rispose seccamente Soneri.

L'altro restò muto come un'ora prima al telefono. «È quella...»

«Quella dell'autostrada», terminò il commissario. «Lei l'ha chiamata...» si interruppe per guardare il tabulato, «due giorni prima che morisse. Diciassette minuti di conversazione alle due e venti del pomeriggio», precisò Soneri.

«Ci sentivamo...» ammise cupo Paglia. «Non è facile dimenticare una donna come quella.»

«Era la sua amante?»

«Quasi per un anno.»

«È stata Ines a lasciarla?»

L'uomo annuì. «Difficile trattenerla», scosse la testa. «È una di quelle con il fuoco dentro... Non te la puoi scordare. E io ci ho perso la testa. Quella ragazza ci sa fare come nessuna. D'altronde, per stare con lei bisogna perderla, la testa, seguire l'istinto, assecondare i suoi desideri e mollare il quotidiano. Io non ho retto alla sua energia.»

«Così è finita?»

«Sarei impazzito, ma in quel momento era esattamente ciò che volevo. Ines mi dava tutto ciò che io ho sempre desiderato da una donna.»

«Aveva l'impressione di essere sfruttato?»

«No. Se l'ha fatto è stata un'attrice straordinaria. Io mi sono sempre sentito amato», precisò Paglia.

Il commissario pensò per qualche istante a cosa significava essere amato e per questo gli ripiombò addosso il silenzio di Angela.

«Capisco cosa intende», riprese Paglia. «Sì, Ines a letto era uno sballo. Ma non mi è mai sembrato che fosse solo abile. In quei momenti ho sempre creduto che ci stesse anche con la testa. Sfrenata, ma pure piena di attenzioni. So benissimo cosa cerca un uomo della mia età in un'amante», continuò, «ma se dura un anno non può essere solo sesso. Soldi ne ho per quello. Potrei farmene una alla settimana.»

«Ines gliene chiedeva?»

«Mai. Voleva cose nuove, avventurose. Voleva viaggiare con me. Oppure si incantava davanti a una vetrina ammirando un anello al punto che glielo regalavo. Non mi faceva mai richieste dirette.»

Il commissario si attardò per qualche istante a osservare il notaio che parlava adagio. Tutto sembrava rallentato in lui a partire dai movimenti goffi da tricheco. Solo lo sguardo aveva un guizzo quando ricordava l'amante. C'era qualcosa in quell'uomo che gli suggeriva un fondo di frustrazione. Doveva essere stato un ragazzo infelice, forse proprio per colpa di quel fisico poco attraente che Ines invece riusciva a far sentire desiderabile.

«Crede che l'amasse davvero?» domandò Soneri alzandosi.

Paglia ci rifletté un attimo. «Sì», rispose. Ma con un residuo di incertezza, come se avesse dovuto fare uno sforzo per imporsi di crederci.

Quando il commissario uscì dallo studio la città apparve più sgombra e silenziosa. Cominciava a piacergli nell'acquietarsi dell'ora di cena, ma a un tratto ripresero a passare le volanti. Incrociò un paio di agenti a piedi che pattugliavano le strade più appartate del centro. Dalla loro radio udì le frasi concitate di un inseguimento. Distinse via Cavestro e poi sentì parlare di una studentessa inseguita da un uomo fin quasi in via Mazzini. Uno dei due agenti riconobbe Soneri.

«Quanti maniaci ci sono in questa città?» domandò il commissario.

«È il terzo allarme dalle sette», rispose il poliziotto che teneva la radio in mano, una bella ragazza con i capelli raccolti a coda. «Due erano falsi, ma in questo caso pare che ci sia stato davvero un tentativo di aggressione.»

Si sentivano voci affannate e le tre note metalliche di stacco tra una conversazione e l'altra. Passò una volante a tutta velocità con il lampeggiante acceso e sgommò nell'area pedonale di via Cavour. La città palpitava sotto la nebbia con il gorgoglio sordo di un fango termale. L'atmosfera consueta era infranta e nemmeno la notte avrebbe forse recuperato il suo immobile incanto, fatto di sfrigolii di lampioni, del fruscio dei raggi di una bicicletta e dallo sgocciolare dei rami.

Soneri estrasse il tabulato e compose il numero del secondo cellulare: quello di Sebastiano Goretti. A fianco, Juvara aveva precisato: «Artigiano che fabbrica infissi». Gli rispose un uomo con la voce molto imbarazzata, forse perché c'era una moglie ad ascoltare. Si diedero appuntamento in piazza Garibaldi, ai piedi della statua del generale.

Goretti era un tipo molto diverso da Paglia. Tozzo e muscoloso, aveva un'espressione piuttosto aggressiva.

«Come le ho detto al telefono volevo parlarle della ragazza rumena, di Ines», cominciò il commissario.

Si trovò di fronte la stessa espressione stupita che aveva avuto Paglia. «Non so chi sia.»

«Nina? Insomma, quella a cui telefonava spesso», tagliò corto Soneri.

«Doina», precisò Goretti. «Aveva altri nomi?» chiese sospettoso.

«Abbiamo faticato a identificarla», sviò il commissario. «È stata con lei, vero?» domandò poi azzardando.

«Qualche mese», rispose l'uomo, guardingo.

«E poi? Vi siete lasciati? Vedo che continuava a cercarla...»

Goretti sembrava imbarazzato. Poi la sua espressione si fece meno arcigna e si sciolse: «Ho perso la testa per quella donna», sussurrò, quasi se ne vergognasse.

«E non riesce a dimenticarla?»

L'uomo fece un cenno di diniego. «Proprio perché avevo perso la testa, ero diventato geloso fino all'ossessione, così è scappata via.»

Soneri pensò che correva lo stesso rischio. Ma come avrebbe fatto a non essere geloso?

«Capisco», annuì con una consapevolezza nel tono che fece trasalire Goretti.

«Io ho moglie e due figli, un'azienda e non riuscivo a starle dietro», riprese l'uomo. «Ogni volta che lei se ne andava avevo il sospetto che fuggisse da un altro e allora la chiamavo in continuazione. Non potevo sopportare...»

Goretti si interruppe, ma il commissario comprendeva tutto con una chiarezza che gli risultava persino fastidiosa. Quel racconto risvegliava a tal punto le sue angosce da indurlo a pensare che la vita di tutti ricalcasse lo stesso schema.

«E allora cos'ha fatto?» volle sapere.

L'altro alzò lo sguardo e lo fissò perplesso. La domanda poteva includere un'accusa e tuttavia il tono celava una curiosità che non aveva niente di inquisitorio.

«Ha fatto tutto lei: è scomparsa per una settimana, poi ci siamo visti e mi ha detto che le dispiaceva, ma non ce la faceva più a vivere così», spiegò Goretti.

«Crede che avesse già un altro? Era una donna piuttosto calda, da quel che ho saputo...» insinuò Soneri.

«Non so. Non mi sembrava il tipo che va in caccia di uomini e a me piaceva proprio per quello», riprese Goretti. «Sono geloso e mi girano in fretta: non riuscirei mai a stare con una che si mette in mostra. Doina aveva tutto per piacermi: bella, ma discreta, passiva, sempre piena di paure...»

«Una così bella, però...» obiettò il commissario.

«Non prendeva mai l'iniziativa, nemmeno quando eravamo soli, mi capisce? Adoro le donne che si lasciano fare e magari sono anche un po' ritrose. Mi piace pensare di dominarle. Niente di perverso eh!» puntualizzò Goretti, «tutto dentro la natura delle cose che succedono tra un uomo e una donna. Era la mia bambolina... La mia bambolina ingenua...»

«L'aveva incontrata di recente? Voglio dire, prima che l'ammazzassero?» chiese ancora il commissario.

«Non mi dirà che è lei la ragazza...» mormorò l'uomo. E dopo qualche istante aggiunse: «Non so chi abbia potuto... Io ero furioso per il fatto che mi aveva lasciato, ma non avevo perso la speranza».

Nemmeno Soneri aveva perso la speranza con Angela, ma il suo silenzio sembrava suggerirgli la fine.

Per questo, dopo aver lasciato Goretti, riprovò a telefonarle. Il cellulare era di nuovo spento. Tentò in ufficio, ma gli rispose la segreteria, così come al numero di casa. In piena agitazione, pensò di dover fare qualcosa ma non gli venne in mente niente. Allora si diresse verso l'enoteca di via Farini e, in un angolo, vide il suo rivale che mangiava una piadina come se avesse appena finito di lavorare e quella fosse la sua cena. Era solo, ma forse aspettava qualcuno. Soneri sedette in un posto da cui poteva tenerlo d'occhio. L'altro, invece, non pareva affatto interessato a ciò che lo circondava e solo ogni tanto alzava lo sguardo verso il bancone. Il commissario estrasse il tabulato e compose il terzo numero. Si disponeva ad ascoltare un'altra storia di frustrazione amorosa chiedendosi se l'avrebbe sopportata.

Secondo l'elenco di Juvara, toccava a Ernesto Greci, dirigente d'azienda. Per lui Nina era Monia, come gli spiegò lo stesso Greci quando lui nominò genericamente la ragazza.

«Dovrei parlarle urgentemente proprio di Monia», gli

annunciò. «Posso venire da lei o ci incontriamo da qualche parte?»

«No, vengo io. Mi dica dove», rispose l'uomo lievemente allarmato.

Il commissario aspettò un attimo, il tempo di guardarsi intorno e inquadrare il rivale e poi disse: «Mi trova all'enoteca, in via Farini».

Nel frattempo i profumi del locale gli ricordarono che aveva saltato la cena. Così ordinò un piatto di salumi e torta fritta. Fece aggiungere un po' di scaglie di grana e mezzo litro di rosso. Siccome il clima era quello dei tradimenti, scelse il barbaresco anziché un vino locale.

L'altro continuava a mangiare mentre il commissario lo studiava con occhio poliziesco. Era alto, distinto, molto curato nel vestire e aveva i lineamenti fini tipici di chi è ricco da più di una generazione. Si aspettava che da un momento all'altro entrasse Angela. Era curioso di vedere la sua reazione quando se lo fosse trovato davanti. L'avrebbe salutato come un amico qualunque o avrebbe fatto finta di non vederlo? Un azzardo che poteva sancire la fine della loro storia, ma in quel momento il commissario era solo arrabbiato.

Arrivò prima Greci. Era un signore sulla cinquantina, con i capelli bianchi, un paio di occhiali rotondi e il farfallino. Alla prima occhiata appariva un tipo molto bizzarro, ma quando cominciò a parlare, Soneri si trovò di fronte un'altra prevedibile storia di abbandono.

«Io e Monia giocavamo a marito e moglie», gli raccontò l'uomo. «Lei aveva capito che io desideravo la vita normale che non ho mai avuto. Ho viaggiato sempre molto e sono riuscito solo a collezionare storie precarie. Adesso avrei voglia di una famiglia, ma forse è troppo tardi.»

Soneri lo ascoltava, sentendo riaffiorare la solita, forse inguaribile, pena. Malediceva tra sé quell'inchiesta, anche se forse il dolore che provava era benefico come quello di una medicazione.

«E Monia era una buona moglie?» domandò lanciando un'occhiata astiosa al rivale due tavoli più in là.

«Con lei ho vissuto i mesi più belli della mia vita», rispose trasognato l'uomo. «Tutte le sere tornavo a casa e la trovavo in cucina. La tavola era già apparecchiata e lei con il grembiule... Mi sentivo felice. Poi talvolta uscivamo per andare al cinema, oppure stavamo seduti sul divano davanti alla televisione. Al sabato sera cenavamo fuori e tornavamo a casa come due innamorati. Monia sapeva come comportarsi in tutte le occasioni: sembrava una vera signora, dimostrando più anni di quelli che aveva. Anche nell'intimità mostrava certi pudori... Per questo l'adoravo», concluse con aria sognante Greci.

Il commissario lo ascoltava e, nella sua angoscia, si sentiva un po' consolato. Ma poi si voltava, vedeva il rivale e quella piccola medicina lasciava posto al virus che riacutizzava il male.

«Com'è finita?» chiese allora per evitare di pensare ai suoi guai.

«Non lo so nemmeno io», sussurrò l'uomo. «Un giorno mi ha detto che doveva partire urgentemente per la Romania perché la madre aveva avuto un incidente, e da allora non l'ho più vista. Le ho telefonato tante volte, ma qualcosa si era incrinato: era fredda, evasiva, solo formalmente cordiale. Allora ho capito che era finita e mi sono sentito crollare tutto addosso: il mio sogno era durato quanto il salto di un gatto.»

Soneri riconobbe quell'espressione tipicamente parmigiana e gli venne una fitta di nostalgia.

«Tutti i sogni durano alla stessa maniera», constatò. Avrebbe voluto dire la vita, ma si trattenne. «Cos'è successo, secondo lei?» sviò di nuovo, attaccandosi all'inchiesta.

«Non ne ho idea», replicò cupo Greci. «Forse ha trovato un altro o forse si era stufata. Capisco che a una ragazza giovane una routine coniugale possa sembrare di una noia mortale. Ma lei durante il giorno faceva quello che voleva e io nemmeno sapevo come passava il tempo. D'altra parte», aggiunse rassegnato, «sapevo che prima o poi... Trent'anni di differenza pesano. Ma mi illudevo che queste ragazze nate così povere si accontentassero di poter fare le signore. Lei me lo diceva spesso: 'Qui faccio una vita da regina. Tu non sai com'è da noi in Romania. Nel paese dove abitavo c'erano solo casupole e fango...' Credevo che questo bastasse a tenerla legata a me: in fin dei conti non le negavo niente.»

«C'è una forte concorrenza...» insinuò cinicamente Soneri osservando ancora l'altro che mangiava con calma e l'aria sicura.

«Lo so», sospirò l'uomo, «di gente bella, con i soldi e per giunta più giovane di me, ce n'è in giro un mucchio. Anche questo è un mercato e c'è sempre chi offre di più o di meglio.»

«Eh già...» sospirò a sua volta Soneri, spazientito dal tono lamentoso di Greci. Ma in realtà lo rodeva la consapevolezza che sul mercato si sentiva perdente rispetto a quel tipo così distinto, attraente, probabilmente colto e sicuramente ricco.

«Ma chi può averla ammazzata?» domandò Greci.

«Sto cercando di scoprirlo», ribatté il commissario. «Per questo parlo con tutti quelli che l'hanno frequentata negli ultimi tempi», precisò omettendo le differenti descrizioni e la miriade di nomi con cui Nina si faceva chiamare. Con ognuno era una donna diversa: lei era tante donne. Forse era una caratteristica femminile e poteva darsi che anche Angela nascondesse un'altra faccia.

«Forse faceva gola a tanti... Ha avuto molti uomini, lo sa?»

Greci restò muto per qualche istante e scosse la testa gravemente: «Non ho mai voluto sapere niente dei fatti suoi», riprese. «Ho preferito vivere felice senza indagare perché ho sempre temuto di scoprire che non ero l'unico. Però, dentro di me, un sospetto ce l'avevo: una donna così bella e intelligente...»

«Sapeva che era incinta?»

Greci sbiancò e fece un lungo sospiro infilando un dito nel colletto della camicia. «Dice che potrei essere io il padre...» balbettò.

«Non saprei. Conosco troppo poco la vita della ragazza. Solo l'esame del Dna potrà chiarire. Certo, sempre che i tempi siano compatibili», inferì il commissario, «lei non può essere escluso.»

Altro sospiro. Di fronte a Nina, tutti quegli uomini sembravano bambini senza mamma. Eppure, nella vita, non erano animali da combattimento? Tuttavia non riusciva a immaginare la rumena come una donna cinica e calcolatrice. Piuttosto gli pareva una povera ragazza che si attaccava alla vita con le unghie alla maniera di un gatto affamato.

Al contrario di quell'uomo seduto poco distante da lui che ora, finito di mangiare, si puliva le labbra con un gesto elegante a misura di galateo e posava uno sguardo olimpico sulla sala. Sentì di detestarlo anche da parte di Nina, che forse di tipi così ne aveva incontrati tanti e ne aveva subito i modi altezzosi.

Fu distratto da Greci che si mosse inquieto sulla sedia. Il suo volto pensieroso mostrava l'urgenza di andarsene. Infatti si alzò imbarazzato quasi non trovasse le parole per congedarsi.

«Se non ha più niente da chiedermi...» mormorò timidamente.

Soneri restò seduto e fece solo un cenno di diniego con il

capo. Allora l'altro si girò allontanandosi a passi lenti. Poco dopo, il commissario vide che anche il rivale si era alzato. Restò in piedi dietro il tavolo, estrasse dalla tasca della giacca una graffa nella quale teneva alcune banconote, ne posò una accanto al piatto e si avviò con eleganza verso l'uscita, senza neanche girarsi verso l'oste. Soneri si alzò a sua volta e indossò i panni del questurino. Era tentato di seguirlo, ma si limitò a osservarlo dalla porta dell'enoteca. Del resto sarebbe stato inutile, visto che l'uomo salì su una Mercedes e partì.

Quando rientrò provò di nuovo a cercare Angela, ma non rispose. Il sospetto che si incontrasse con quel tizio si acuì fino a diventare una fitta dolorosa. A quel punto pensò di rifugiarsi a casa come una bestia ferita.

11

Appena sveglio si sentì sul viso una maschera di malumore. Aveva dormito malissimo, afflitto da incubi. Uno su tutti lo perseguitava: era in un ospedale, con addosso solo un paio di mutande e una camicia verde come quella dei chirurghi, steso su un letto in un corridoio dove passava incuriosita mezza città. Tutto questo lo faceva star male al punto che si svegliava, ma quando riusciva a riprendere sonno, il sogno tornava, riproducendo il ciclo angoscioso di prima. Dopo alcuni incubi di questo tipo, si svegliò definitivamente confidando stremato nella luce tenue che filtrava dalle imposte. Scivolò infine verso la vita quotidiana alla prima telefonata.

«Ti ho cercato ieri sera», esordì Angela materializzandosi direttamente dai suoi pensieri. «Avevi già staccato il telefonino.»

«L'ho spento tardi. Tu, invece, non l'hai mai acceso.»

«Avevo da fare...»

«Cosa?» scappò detto al commissario prima di rendersi conto che si trattava di una domanda inopportuna.

«Ci vediamo oggi?» replicò lei cambiando discorso.

«Quando?»

«Alle due, è l'ora più tranquilla.»

Soneri avrebbe voluto chiederle perché non alla sera, ma questa volta riuscì a trattenersi.

«Va bene», si limitò a rispondere accorgendosi solo dopo aver chiuso la telefonata di quanto fosse remissivo nei confronti di lei.

Passarono alcuni secondi e si fece vivo Juvara: «Dottore, la Marcotti ci ha fatto avere stamattina il decreto di perquisizione per l'appartamento di via Cavallotti, ma dice che lei non le ha comunicato il numero civico».

Era vero. Non ne era certo, ma l'intuito lo portava davanti a quel palazzo ristrutturato con sul citofono solo l'indicazione degli interni.

«Ha aggiunto che si fida di lei e che il civico può metterlo anche dopo, tanto in quella casa non ci sarà nessuno e si può fare uno strappo alla regola», continuò l'ispettore.

Quella donna era un portento. Lavorava dodici ore al giorno e aggiustava sempre tutto. Aveva messo a posto anche l'umore di Soneri, che ora si sentiva provvidenzialmente trascinato via dagli incubi.

«Fammi trovare un fabbro apriporta in via Cavallotti 12 fra un'ora», disse il commissario, felice di affidarsi alla corrente del lavoro quotidiano.

Si lasciava andare all'istinto, come sempre. All'appuntamento trovò una volante, da cui smontò Esposito, più che mai scocciato dall'incombenza.

«Dotto', me tocca anche de fa' er tassinaro. Mo' me infilo pure 'na scopa in culo e spazzo la strada mentre cammino», brontolò.

Nel frattempo era spuntato dalla macchina un ometto piccolo con una cassetta in mano.

«Se non è di quelle blindate sarà questione di poco», rassicurò l'artigiano rivolto al capopattuglia.

Esposito si appoggiò alla portiera aperta e fece una smorfia di sopportazione. «Intanto dirigo er traffico.»

«Qual è l'appartamento?» domandò l'uomo.

«Non lo so», rispose Soneri lasciandolo basito.

Non fu difficile trovarlo. Al pianterreno suonarono al primo campanello finché non comparve una signora anziana, molto intimidita.

«Cerchiamo una ragazza rumena che abita qui...» spiegò il commissario, mentre il fabbro stava due passi indietro un po' incredulo.

La vecchia non lo lasciò neppure finire e indicò con l'indice in alto, ma non genericamente: intendeva l'appartamento appena sopra. Allora salirono e Soneri ordinò all'uomo di aprire.

«Ma è sicuro?» chiese quello timidamente.

Il commissario annuì.

«Se mi autorizza lei...» L'artigiano estrasse una sorta di ferro con tante minuscole alette e l'infilò nella toppa cominciando a manovrare con movimenti lenti e all'apparenza ripetitivi. Dopo qualche minuto di lavoro paziente, la porta si aprì e Soneri entrò. Prima, tuttavia, avvisò Nanetti. La perquisizione vera e propria l'avrebbe fatta lui con la sua squadra.

L'arredamento era piuttosto freddo e dava l'impressione di una casa non vissuta. Sembrava la foto di una rivista d'architettura. A dominare erano il vetro e l'acciaio. Soneri si sentì come nella suite di un albergo e cominciò a girare cercando qualcosa di personale. Perciò entrò nella camera, dove c'erano un armadio con le ante a specchio, un cassettone, un letto e un comodino: tutti color alluminio. Prese un fazzoletto e tirò uno degli sportelli dell'armadio. Vide cose molto giovanili, da ragazza: pantaloni, gonne e camice casual dai colori vivaci. Nello scomparto accanto trovò invece vestiti eleganti e persino un abito da sera. E poi tailleur, completi civettuoli tutto pizzo, minigonne e gonnelloni a pieghe, magliette sbarazzine e castigatissime: sembrava che in quella casa abitassero almeno quattro donne diverse. Quindi aprì il cassettone, dov'era sistemato tutto il campionario di lingerie che gli aveva descritto la merciaia di via Garibaldi. Lei era una bambola, come l'aveva definita Goretti, e si svestiva e rivestiva ogni volta alla maniera delle bambole.

Nanetti lo sorprese proprio in camera, mentre stava cercando di entrare in sintonia con quell'atmosfera ambigua, impermeabile, che aleggiava nella casa. Appena dentro, il collega emise un fischio: «Che lusso!»

«A me dà l'impressione di miseria», replicò il commissario.

«Cominci di nuovo con il tuo moralismo?» lo rimproverò Nanetti. «Guarda che roba! Non si può dire che non ci sia stile qui dentro.»

«Non dico di no. Ma non riesco a trovarci nessuna traccia di vita vera», continuò Soneri passando un dito sul tavolo e lasciando una scia nella polvere.

«Non toccare», scherzò Nanetti, «che inquini le prove.»

Lui non rispose e continuò a riflettere.

«Hai sentito che nottata?» soggiunse il capo della scientifica. «C'erano almeno dieci stupratori che si aggiravano nella nebbia. Un bordello da non finire.»

«Chissà chi è che salta addosso a tutte», borbottò Soneri. Pensava tra sé che ai tori si fosse sostituito questo fantomatico personaggio che appariva e spariva nella nebbia.

«Uno abile, se riesce sempre a scappare...»

«Per forza, il più delle volte la gente vede fantasmi.»

«Quanti fantasmi vediamo, eh?» insinuò Nanetti.

«Un mucchio», rispose il commissario. «O forse è sempre lo stesso che si traveste», aggiunse pensando a Nina.

Nanetti gli porse una busta strappata che aveva tirato

fuori dal primo cassetto del comò. Soneri la afferrò distrattamente e ne estrasse un foglio bianco piegato in quattro. In grande, tracciata con un pennarello nero, c'era una frase: RUMENA DI MERDA, TROIA, PUTTANA SCHIFOSA. MOLLALO O TI FAREMO FARE UNA BRUTTA FINE.

«Chi ha scritto questa roba non deve essere granché simpatico», constatò il commissario mostrando il foglio a Nanetti.

«Soprattutto con gli stranieri», aggiunse il collega.

Soneri mise il foglio in tasca e restò in silenzio mentre gli agenti della Scientifica gli passavano di fianco schivandolo come uno spartitraffico. Anche Nanetti si allontanò per impartire alcuni ordini e a quel punto lui capì che non aveva più niente da fare in quella casa in cui si sentiva come dentro una farmacia.

«Io, allora, sono libero?» domandò il fabbro.

Il commissario annuì e uscì, seguito dall'uomo. Davanti al palazzo, Esposito parlava alla radio.

«Io sto in via Cavallotti per quer servizio», diceva. «Mo' non posso correre appresso ar maniaco con 'st'omo in macchina...»

Pasquariello voleva forse mandarlo a verificare una segnalazione, ma si era dimenticato del fabbro.

«Commissa', qui son tutti matti. La gente sta a chiama' er centotredici appena vede n'omo che piscia contro er muro. C'hanno er patema!»

Fece salire l'artigiano e partì sgommando, mentre Soneri si avviava in questura. Percorse via Garibaldi fino a piazzale della Pace, quindi oltrepassò il museo Glauco Lombardi, il Regio, la Steccata, il Parmigianino e s'infilò infine sotto i portici di via Mazzini, uno degli scempi della ricostruzione postbellica con il loro geometrico rigore cementizio. Mentre pensava a come si potesse far l'abitudine al brutto, incontrò Angela assieme all'altro. Lei si fermò per salutarlo, anche se appariva un po' nervosa. Il tipo, invece, fece qualche passo mettendosi in disparte davanti a una vetrina.

«Stiamo andando a prendere un caffè, vuoi venire?» gli domandò lei.

«Ho da fare», scosse la testa Soneri indietreggiando, «e anche tu, vedo», aggiunse freddamente.

«Ti sbagli», replicò Angela in tono deluso. «Comunque dobbiamo parlarne.»

«Appena ne avremo il tempo», tagliò corto il commissario andandosene. Non sapeva cosa gli aveva preso in quel momento: un misto di rabbia, frustrazione, rimpianto e quel senso di vuoto che aveva bisogno d'essere placato con un'impennata di furioso orgoglio. Anche se poi, camminando attraverso la piazza, tra i rintocchi dell'orologio del palazzo del Governatore che suonava le undici, dovette ammettere che non si trattava solo di gelosia. La verità era che di fronte a quell'uomo si sentiva inferiore, in tutto: più basso, più povero, più brutto e persino ridicolo con quel suo montgomery paragonato agli abiti di marca dell'altro. Perché Angela avrebbe dovuto scegliere lui?

Quando entrò in ufficio, Juvara vide il malumore stampato sulla sua faccia ed evitò di parlargli.

«Ci sono novità?» chiese dopo un po' Soneri.

«La Marcotti ha bisogno di conoscere il civico dell'appartamento perquisito», rispose l'ispettore. «Inoltre, ha deciso di ordinare i test genetici anche sul feto.»

«Si sa di che sesso era?» chiese il commissario. Lo sconforto l'aveva buttato ancora una volta sui ricordi.

«No», rispose Juvara, «forse il medico legale...»

Soneri fece un cenno per dire che non importava e già annaspava tra i pensieri quando il telefonino vibrò. *Sei stato stronzo poco fa. Vieni da me alle due.* Il messaggio di Angela sembrava un ordine e per un po' il commissario rifletté se risponderle mettendo avanti l'orgoglio e rifiutando l'invito oppure accettarlo mostrandosi ragionevole. Alla fine decise per la seconda soluzione.

Poi, per non pensare all'incontro di poco prima, si mise al lavoro: scrisse su un foglio i nomi degli ex amanti di Nina con cui aveva parlato la sera precedente e lo porse all'ispettore. «Cerca di saperne di più su questi tre», gli raccomandò. «Magari lavoraci con Musumeci. Hanno un alibi per la notte dell'omicidio, ma non si sa mai...»

Si ricordò che c'era anche un altro numero da controllare, quello intestato a una ditta orafa.

«Com'è che si chiama quell'azienda?» chiese a Juvara.

«Golden», rispose l'altro. «È a Lemignano di Collecchio.»

«Si sa nient'altro?»

«La titolare è Giulia Martini e anche la figlia, Micaela Soncini, è socia.»

«Cosa fanno? Gioielli?»

«Commissario, le sembrerà strano, ma lavorano molto con le curie vescovili. Fabbricano oggetti sacri in oro e argento. C'è anche un catalogo di oreficeria nel loro campionario. Se vuole lo può vedere on line, basta che vada su www...»

Soneri lo interruppe appena sentì quella triplice ripetizione. Non c'era cosa più sciocca che passare del tempo appiccicati a un video sostituendo la realtà con la sua imitazione. Era convinto che si trattasse di una delle tante forme di ipocrisia che stavano dilagando nel mondo: l'incapacità di guardare le cose per come sono realmente, anche se ci fanno schifo. E il commissario aveva il voltastomaco da un pezzo.

«Ci farò un salto oggi pomeriggio», stabilì. «Ma questa Martini ha un marito o è divorziata?»

«Dottore, le ho detto che lavora per i preti... È sposata regolarmente con un tale, Roberto Soncini, il padre di Micaela. Però lui non fa parte della ditta: va in giro a vendere.»

Il loro dialogo fu interrotto da un gran trambusto nel cortile della questura. Mezza dozzina di auto erano entrate in fila e altre vetture civetta stavano parcheggiando sotto gli abeti. Dalla ressa di portiere sbattute, urla e imprecazioni, sbucarono due agenti con un tizio sottobraccio che aveva l'aria di uno straniero. Solo quando il primo flash illuminò il grigiore del cortile, Soneri si accorse che, con mirabile tempismo, era stata convocata anche la stampa.

«L'hanno preso, finalmente!» sospirò Juvara.

Il violentatore che da due giorni teneva in apprensione la città era finito nella tonnara dei poliziotti e ora Parma avrebbe potuto tornare a pensare di essere il migliore dei mondi possibili.

«Almeno un caso è risolto», sentenziò l'ispettore.

«Il nostro per niente», completò Soneri. «Eppure mi sembra anche più grave.»

«Commissario, alla gente interessa quel che la minaccia da vicino. Di una rumena bruciata cosa vuole che gliene freghi? Molti vorrebbero bruciarli tutti gli stranieri», commentò Juvara. «Piuttosto, nell'appartamento non è stato trovato qualcosa di utile?» domandò.

«Una lettera minatoria, ma poco altro. Questa Nina è un personaggio sfuggente, come tutto quello che le sta intorno. Insomma», scosse la testa il commissario, «non ci sto capendo niente.»

L'ispettore tacque. Soneri si alzò senza aggiungere altro e uscì. Juvara lo osservò dalla finestra passare attraverso un gruppo di agenti eccitati. La sua calma faceva quasi pena al centro di tanta euforia.

Davanti al *Milord* incontrò Sbarazza. «Oggi non ce n'è per nessuno», scosse la testa il vecchio indicando la ressa dentro il ristorante. «C'è la mostra sul Parmigianino e a quest'ora lo stomaco ha avuto ragione della cultura», ironizzò.

«Tutto ciò è molto umano», sorrise Soneri. «Posso offrirle salumi e torta fritta all'enoteca?»

Si avviarono mentre il commissario pensava che quel locale, una imitazione posticcia delle vecchie osterie, fosse diventato per lui un'ossessione, al punto da trovare ogni pretesto per entrarci. Ma questa volta constatò che non c'era chi temeva di incontrare, così si rilassò. Sbarazza era un uomo che trasmetteva buonumore.

«Lei è uno dei pochi a sapere che sono un barbone», disse l'uomo con l'aria di chi fa una confidenza. «Vivo in questa città come 'il marchese', tutti mi rispettano, si scappellano. Se sapessero come me la passo, non mi guarderebbero nemmeno. Mi prenderebbero in giro perché qui, dove tutto dev'essere lucente, non si sopporta chi ha perso. Ma io non ho mica perso, anzi! Sono loro a perdere. Io ho vinto.»

Soneri lo guardò sorridendo. Sbarazza gli appariva sincero come sanno esserlo quelli che hanno raggiunto un buon grado di spregiudicatezza. «Immagino che lei si senta molto libero, molto più di prima, intendo», osservò.

«Non mi fa paura niente», ammise l'uomo, «io sono un vero rivoluzionario. Cerco di praticare la vita che predicano i preti. E siccome loro si guardano bene dal farlo, ci provo io. Se ci pensa bene, Cristo è il più grande rivoluzionario che sia mai comparso su questa terra. Una figura scandalosa, insopportabile. Molto più dei comunisti, non le pare?»

«Dice che è per quello che l'hanno messo in croce?»

«Se accantoniamo la teologia, è per quello. Certo che è per quello», ribadì. «S'immagini cosa gli farebbero oggi. Direbbero che è un estremista, un fanatico, un provocatore. Oppure cercherebbero di metterlo in croce con mezzi ben più atroci dei chiodi, trattandolo come un matto, ironizzando sui suoi comportamenti, ignorandolo. È tutto ciò che farebbero con me se non avessi questa patina di nobiltà a ingannarli. Se fossi solo povero non avrei cittadinanza, ma sono 'il marchese'... Come i prodotti griffati: non valgono niente, fanno schifo, ma hanno il marchio e allora costano. O meglio, valgono», sogghignò Sbarazza. «La differenza è tutta qui, cioè niente», aggiunse sciogliendosi in una risata.

Parlava senza rancori, con una leggerezza che lasciava trasparire tanta serenità da fare invidia.

«Tutti si sbattono per questo niente», constatò Soneri guardando intorno le tavolate di impiegati e professionisti in giacca e cravatta, uguali come gli anolini usciti dallo stesso stampo.

«A questo siamo arrivati. Puoi essere un puzzolente verminaio, ma l'importante è che tu abbia un bell'aspetto», sghignazzò Sbarazza e in quel momento il commissario ebbe la sensazione che proprio l'aspetto, quello paradossale, del mondo, lo divertisse come l'operetta. «Questa città, poi...» riprese. «Piena di pidocchi rifatti che vanno in giro con addosso un patrimonio in vestiti per coprire la volgarità.»

Soneri, malignamente, volle pensare che anche il rivale appartenesse a questa stirpe. «Bisogna capirli: i loro padri spalavano merda nelle stalle e loro vivono questo passato come una vergogna. Cercano di rimuovere», osservò.

«Un bel gippone con gli interni in pelle è la miglior medicina contro gli incubi del passato. Magari con i paraurti paravacca, per tenere lontane le vacche e la loro merda», rise ancora Sbarazza. «Io che ho avuto un padre pieno di soldi e di donne, sono stato più sfortunato», aggiunse con un altro dei suoi paradossi. «Ho scoperto che tutto quello che ci invidiavano gli altri era, in realtà, la nostra condanna. È brutto non avere desideri. I poveri di cui mi occupo io desiderano cose molto umane: mangiare, stare al coperto, difendersi dal freddo, sopravvivere ai malanni. Tutto li lega a ciò che è realmente importante, spazzando via il superfluo. In questa dimensione si riscopre la vita vera. A me è successo e mi sembra di rinascere ogni volta. Prendo per il culo tutta questa gente», dichiarò con un gesto circolare, «perché mi comporto come una maschera e vivo di ciò che loro scartano. Poi mi presento alle istituzioni con le mie maniere da nobiluomo e li incanto come un pifferaio. Mi creda: è un vero spasso. Un ballo in maschera... Niente.»

Al contrario di Sbarazza, Soneri trovava tragico quello sfogo. Non riusciva a scovare nulla di esilarante nella leggerezza della vita.

«È una questione da cui non si esce», riprese Sbarazza. «O lei crede e allora tutto quello che vede in questo mondo le apparirà momentaneo e di poca importanza, o lei, non credendo, arriverà alle stesse conclusioni perché niente può aver senso. Allora sa cos'ho deciso io? Di essere un buon cristiano non credente. Se poi ci sarà qualcuno lassù, confido nella grazia d'ufficio. Sempre meglio che essere ipocriti.»

«Non le manca la praticità», dichiarò Soneri. «Dai poveri ha imparato molto bene la prudenza.»

Il vecchio lo fissò con un cenno d'intesa che riassumeva tutto.

«Non è solo quello. Trovare negli altri uno scopo è il solo modo per avere un ruolo e per sentirsi amati. Non è l'unica cosa che desideriamo, alla fine? Sentirci amati. Fin da piccoli, quando strilliamo per succhiare una tetta e calmarci nel calore di un abbraccio. Poco importa che intorno a noi ci sia qualcuno che ci vuol bene per interesse: ne basta uno che sia sincero.»

Il commissario sentì che Sbarazza aveva ragione: a lui sarebbe bastato avere vicino Angela. Guardò l'orologio e vide che mancava un quarto d'ora alle due. Si alzò più rasserenato. Parlare gli era servito e Sbarazza era ogni volta come una boccata d'aria fresca. Tutto sommato, c'era ancora chi teneva acceso il lumino della speranza. Si augurò che non fosse un cero da morto.

«Domani vado dall'assessore ai Servizi sociali», aggiunse il vecchio mentre il commissario stava avviandosi. «L'ho convinto ad aprire un altro dormitorio e una mensa. Sono un grande attore!» concluse con un passo di tango e un abbozzo di piroetta.

Anche Soneri fece una mezza piroetta, quando Angela lo afferrò per un braccio tirandolo a sé appena mise piede nello studio. Ma una volta faccia a faccia, constatò che la sua espressione non era cattiva.

«Sei stato stronzo», ribadì lei, ma con voce dolce.

«Dovevo approvare?»

«Era solo un caffè...»

«Anche ben altro...»

Lei lo baciò per troncare la discussione, ma il commissario si sarebbe aspettato una smentita che non venne. Nemmeno altre parole. Scivolarono verso quella comunicazione di gesti, contatti e sguardi che attraversa lo sconfinato mondo senza geometrie e suoni delle emozioni. Un canale sintonizzato su quel caos di paure e gioie che ribolle dentro ciascuno di noi e che quasi sempre le parole tradiscono. Si poteva stare assieme in quel modo anche senza aver del tutto digerito il rancore per un tradimento. Come due tigri che si amano e contemporaneamente si addentano.

«A che punto sei con la rumena?» gli domandò più tardi Angela quando si furono rivestiti.

Soneri non rispose e cambiò discorso: «Poco fa ho mangiato con Sbarazza».

«Il missionario», commentò lei lievemente sarcastica.

«È un ottimista, uno che ancora ci crede. Mi piace la sua spregiudicatezza in questo mondo ingessato.»

«E tu mi piaci perché sei ancora capace di scaldarti», replicò lei abbracciandolo.

Il commissario la lasciò fare restando passivo. «Solo per quello?»

«Ho lavorato per te in questi giorni», svicolò ancora Angela. «Ho un certo numero di rumene tra le mie clienti, per di più ragazze che difendo d'ufficio. Alcune conoscevano Nina e me ne hanno parlato molto bene. Dicono che era una brava ragazza, che gli uomini s'innamoravano a frotte di lei perché era bellissima, ma pare che non li abbia mai sfruttati per soldi. Lei voleva sposarsi con un italiano e vivere qui, avere dei figli... Insomma, un'esistenza finalmente normale dopo tanta miseria. Andava a fare le pulizie in giro per mettere assieme un po' di soldi. Proprio una brava ragazza.»

Il commissario l'aveva ascoltata e lentamente s'era sentito crescere dentro la frustrazione per quel delitto irrisolto. Doveva qualcosa a quella rumena, tanto più che gli ricordava di continuo la moglie. «Magari mandava anche dei soldi a casa...» mormorò.

«Una brava ragazza, certo», ribadì Angela. «Ma non farne un'eroina», lo avvertì pacatamente. «La tua voglia di emergere dalle porcherie che tratti ogni giorno ti porta a idealizzare troppo.»

«I delinquenti a volte sono anche meglio di tanta gente fasulla con la puzza sotto il naso che gira in questa città», ringhiò Soneri. «I poveri di Sbarazza sono più solidali. I rumeni che si ritrovano al palasport hanno ancora un senso di comunità, si aiutano...»

«Si aiutano e si accoltellano», gli rammentò Angela con realismo. «Da poveri hanno bisogno della protezione di un clan. Appena diventeranno ricchi dimenticheranno tutto questo come hanno fatto molti di noi. Il benessere corrompe e sono in pochi a resistergli. Solo quelli come Sbarazza, che ne hanno avuto fin troppo, possono permettersi il lusso di vivere una vita grama con serenità.»

«Adesso sei tu a esagerare con il realismo», bofonchiò il commissario.

«Ti riporto in terra. Ti ho detto che mi piaci perché sai ancora indignarti e t'incazzi», sorrise Angela. «A te il benessere non ha fatto male, sei rimasto l'erba selvatica che eri quando ti ho conosciuto. C'è qualcosa di solido dentro di te, nonostante le tue incertezze. Qualcosa di cui ci si accorge sempre.»

«Sì, mi hai riportato in terra», riprese Soneri, «anzi, mi hai buttato al tappeto.»

Lei scrollò la testa per rimproverarlo bonariamente. «Continui a esagerare, non è così», lo contraddisse, ma poi non aggiunse altro lasciandolo come sempre sull'orlo di una spiegazione. «Ci vediamo domani?» soggiunse un attimo dopo con uno dei suoi repentini cambiamenti di discorso.

Il commissario accennò di sì, ma si sentiva molto deluso. Davvero trovava la vita leggera, impalpabile, ancorata solo a fragilissime intenzioni. Un niente, come aveva detto Sbarazza.

12

Viaggiando nella nebbia lungo la Statale della Cisa, gli vennero in mente i tori di Cortile San Martino: chissà se vagavano ancora nella Bassa o se erano riusciti a prenderli. Sperava che l'istinto li avesse spinti a migrare verso i boschi dell'Appennino e adesso vivessero lì in compagnia dei cinghiali. Pensava ai suoi monti distesi al sole mentre svoltava nel quartiere artigianale di Lemignano tra capannoni, magazzini e villette. A un tratto scorse una targa ovale di ottone con la scritta Golden in elegante corsivo. L'aria era quella di un ambiente riservato per gente con i soldi. Suonò e vide accendersi la luce del videocitofono. Una voce femminile chiese: «Chi è?», ma fu coperta da un coro di cani che abbaiavano in un cortile vicino. Lì intorno tutto aveva un'aria piuttosto ostile tra telecamere, cani da guardia e porte blindate. Solo gli operai in tuta dentro le officine e l'andirivieni dei camion rompevano il clima da trincea.

Soneri si presentò a un segretaria dall'aspetto serio e triste. L'interno era molto accogliente: moquette, mobili in legno massiccio e un gradevole profumo di rosa canina.

Giulia Martini doveva essere intorno ai quarantacinque anni e aveva un aspetto ascetico da madre superiora. Era magra, bassa di statura e i lineamenti taglienti del viso le davano una severità che metteva a disagio.

«Posso sapere perché è venuto qui?» domandò, lievemente scocciata.

«Una ragazza rumena è stata uccisa. Avrà letto i giornali...»

«E allora?»

Prima di ricominciare, il commissario passò lo sguardo sulla parete alle spalle della donna, dov'era attaccato un grande ritratto del papa. «Al suo telefonino risultano alcune chiamate da un cellulare intestato a questa ditta», la informò Soneri.

La donna sembrò incassare il colpo, ma seppe dissimulare benissimo. Si prese solo qualche istante per pensare.

«Abbiamo avuto una dipendente rumena tempo fa: veniva a pulire gli uffici dopo le sei», rispose seccamente.

«Si chiamava Ines Iliescu?»

«Sì.»

«Il suo vero nome è Nina. È stata uccisa e poi bruciata», spiegò il commissario.

La donna non sembrò affatto turbata. Rimase ancora un po' a riflettere e stette zitta.

«Non pensa che debba spiegarmi qualcosa?» riprese Soneri. «Quando veniva a fare le pulizie qui?»

«È venuta fino a qualche settimana fa.»

«E poi?»

«Non si è più fatta vedere né sentire: sparita.»

«Le telefonate risalgono proprio a una settimana fa», le fece notare il commissario.

«Abbiamo continuato a cercarla. Era molto brava e oggi non è facile trovare persone affidabili.»

Soneri sorrise con un ghigno, passando in rassegna con lo sguardo il campionario di arredi sacri esposto in un armadio da gioielleria.

«Chi la cercava, l'ha anche trovata», sibilò. «Ventuno minuti di conversazione: voleva proprio convincerla.»

La donna stava innervosendosi. Si aggiustò una ciocca di capelli dietro l'orecchio e fissò il commissario con aria ostile.

«Ho fatto quel numero e mi ha risposto Roberto Soncini», continuò Soneri con tranquillità. «È suo marito a occuparsi del personale?»

«Mio marito non c'entra nulla con la ditta. È bravo a vendere e quello è il suo mestiere», puntualizzò la Martini.

«Vuol dire che gira per le curie, i vescovadi...»

«Non vendiamo solo oggetti sacri», specificò la donna. «Anche articoli di gioielleria. Senta, commissario», tagliò corto, «posso dirle in tutta franchezza che noi non c'entriamo niente con l'omicidio di quella ragazza. Lei mi chiede delle spiegazioni e la capisco, ma le assicuro che queste spiegazioni hanno a che fare solo con la sfera personale. Mi intende?»

«Certo, benissimo. Nina era o è stata l'amante di suo marito», concluse il commissario.

La Martini lo squadrò freddamente. Soneri non capiva se in quello sguardo ci fosse odio o semplicemente il bisogno di studiare una strategia.

«Lei è pratico delle cose del mondo», riprese l'altra, come se fosse ritornata padrona del discorso. «Mio marito si comporta in modo spesso superficiale», aggiunse tornando a fissarlo.

Il commissario ebbe l'impressione che lei se lo fosse già venduto. Scrutò la donna e pensò che Soncini non aveva tutti i torti a cercare altrove. D'altro canto, a lei non doveva interessare più di tanto la vita sentimentale e in quel momento dichiararsi tradita la cavava d'impiccio. Sembrava che lo sfidasse: sì, mio marito ha un'amante, e allora? Crede che mi preoccupi?

«Sapeva di questa relazione?»

«Non è mica la prima e non sarà l'ultima», rispose la Martini ostentando ironia e distacco.

«Con la donna delle pulizie... Un po' banale, non trova?»

«Gli uomini sono dei porci», affermò lei con tono fatalista guardando il commissario come se intendesse includerlo nel giudizio.

«L'ha licenziata lei? In questi casi succede sempre così...»

«Macché!» scosse la testa. «Le ho detto che è sparita. D'altro canto, sul lavoro si è sempre comportata bene. Il suo difetto era di essere molto bella e credo che se non s'è fatta più vedere è per evitare spiacevoli conseguenze.»

«Suo marito non ha parte in questa azienda vero?»

«No. Di fatto è un nostro dipendente», precisò con puntiglio la donna mentre, con straordinario tempismo, si apriva la porta alle sue spalle e compariva una ragazza magra, con un vestito scuro fin sotto il ginocchio, lunghi capelli castani e anche lei di aspetto molto severo. Con freddezza si avvicinò porgendo la mano: «Micaela Soncini».

Forse per via di quelle pareti piene di oggetti sacri, Soneri ebbe l'impressione che la ragazza avesse una vaga aria monacale.

«Micaela, il commissario si sta interessando della morte della ragazza rumena che ha lavorato qui per un certo periodo», riassunse la Martini, lanciando un cenno d'intesa alla figlia per poi cambiare rapidamente argomento.

«Le stavo dicendo che le titolari dell'azienda siamo io e mia figlia.»

La ragazza si era avvicinata alla poltrona su cui si era seduta la madre e aveva posato la mano sullo schienale in una posa fotografica da dépliant. «Io mi occupo della parte operativa, del rapporto con i clienti», spiegò la Martini, «mentre mia figlia cura la parte economica e finanziaria: si è laureata alla Bocconi.»

«E suo marito vende...» buttò lì il commissario tentando di riportare la discussione sull'argomento che gli interessava di più.

«Esatto», confermò la donna con uno scatto di voce.

«Gli pagate un fisso e la provvigione?» scherzò Soneri.

«Ha le mani bucate», intervenne la figlia, «mia madre le avrà già spiegato...» proseguì con una breve occhiata verso quest'ultima. «Fosse per lui l'azienda sarebbe già fallita», concluse poi tagliente.

«Il telefonino dal quale sono partite le chiamate per la Iliescu è sempre in uso di suo marito?» chiese il commissario rivolgendosi alla madre.

«Sì, ma per quello abbiamo un contratto a canone forfetario», precisò la donna allusiva. «Se non ha nient'altro da chiederci...» aggiunse Micaela.

A quel punto Soneri si alzò percependo tutta la loro ostilità. Aveva la sensazione di trovarsi in un luogo tra la sacrestia e la cripta che lo metteva a disagio. Persino le file di capannoni e di villette che si trovò di fronte una volta fuori gli apparivano più accoglienti. Risalì in auto e riprese la strada verso la città. Durante il tragitto tentò nuovamente di chiamare Angela, ma senza successo. In ufficio scattava la segreteria così come al cellulare. Cominciò a innervosirsi, riacciuffato da quella paura che lo faceva sentire vuoto e inconsistente.

«Fammi un po' di ricerche su queste due», ordinò a Juvara appena arrivò in ufficio, tendendogli un foglietto con i nomi di madre e figlia titolari della Golden. Poi chiese: «È finito il casino per l'arresto del mostro?»

«Lo stanno interrogando», rispose l'ispettore. «Penso che Musumeci impazzirà prima di mezzanotte.»

«E magari finirà per violentare Capuozzo», sibilò Soneri, indispettito dal silenzio di Angela.

«Dottore», intervenne l'ispettore, «io vorrei tanto aiutarla, ma in questa vicenda non ci sto capendo niente.»

Soneri quasi si intenerì. Ogni tanto Juvara gli riservava queste sortite di generosità con l'impeto scomposto di un giovane bracco.

«Nemmeno io», rispose sorridendogli, «ci vorrebbe un colpo di culo. In questo caso sono state importanti le coincidenze, chissà che non ce ne capitino altre. In fondo Parma è piccola: non è forse vero che prima o poi si incontrano tutti?»

«Mah...» bofonchiò Juvara. «Io giro da tempo ma non ho ancora trovato quel che cercavo.»

«Anche quello è questione di coincidenze, sai? Per quanto cerchiamo di costruire la nostra vita, non possiamo fare niente contro il caso. Questa povera ragazza rumena era inseguita dagli uomini perché bellissima, poteva campare dandosi al miglior offerente, ma voleva costruirsi un futuro a suo modo, anche a costo di spaccarsi la schiena pulendo cessi e scrivanie. Voleva una vita normale, un marito, un figlio... Poi arriva un pazzo e la fa fuori», concluse il commissario.

«È proprio sicuro che sia così?» insinuò l'ispettore.

«Ma come no!» alzò la voce Soneri. «Credi che una vada a fare la domestica a cuor leggero? A lavare mutande, rifare letti e cambiare federe?»

«Intendevo dire che a volte...» tentennò Juvara. «Insomma, m'è capitato di assistere a cambiamenti così veloci di certe storie da sorprendermi.»

«Lo so», replicò il commissario. «Ma adesso la vedo così e per questo mi fa ancora più incazzare non riuscire a pescare chi ha fatto fuori 'sta ragazza.»

L'ispettore lo fissò, un po' intimorito e un po' comprensivo.

«Dottore», riprese dopo qualche istante, «non ha preso in considerazione il messaggio.»

«Quale messaggio?»

«Quello che c'è qui nel tabulato. Non l'ha visto?»

C'erano parecchi messaggi, tutti dai numeri degli ex fidanzati di Nina tranne uno. Non aveva letto bene. Aveva dato tutto troppo per scontato. Provò subito a telefonare, ma gli rispose la solita voce registrata. «Sai a chi è intestato questo telefono?» chiese.

«Gliel'ho scritto sotto», indicò Juvara. «Risulta rubato a un tal Giorgio Pagni una quindicina di giorni fa nel corso di un furto in casa. Aveva lasciato il cellulare nel cassetto e se n'era andato due giorni al mare così s'è accorto del furto solo al ritorno e ha bloccato in ritardo la scheda. È spiegato nel verbale che mi sono fatto mandare dall'ufficio denunce.»

«E in quei due giorni è stato mandato un solo messaggio?»

«Solo quello.»

«Già...»

«*Vieni, è tutto pronto*, dice», lesse Soneri a voce alta. Poi soggiunse: «E qual è il ripetitore a cui s'è agganciato il telefonino?»

«A proposito di coincidenze: qui arriva il bello. Il messaggio è stato agganciato dall'impianto di Cortile San Martino.»

«Questo sì che è un passo avanti!» esclamò Soneri.

«Non ne sono molto sicuro», borbottò Juvara. «Da lì passano tutte le conversazioni di un buon tratto d'autostrada, di una zona molto vasta della Bassa e di tutto l'ipermercato. Aggiunga che in quel periodo c'era anche il luna park e che il messaggio è stato spedito il sabato pomeriggio alle diciotto e tredici.»

Soneri mugugnò e gran parte del suo entusiasmo si spense. Come d'incanto, quella che gli era sembrata una strada fruttuosa terminava in un ginepraio. Nel ginepraio di sempre. Lo prese di nuovo l'inquietudine. Era già buio da due ore, passavano le giornate e l'indagine non si muoveva. Sollevò il telefono e compose il numero di Soncini. Avrebbe dovuto farlo prima. Se ne rendeva conto solo ora mentre l'altro gli rispondeva, per nulla stupito che lo chiamasse.

«So che ha già visto mia moglie e mia figlia...» disse.

Soneri constatò allarmato di perdere dei colpi. Non aveva notato quel numero diverso dagli altri nel tabulato, non aveva letto le note di Juvara e adesso si rendeva conto che Soncini era già stato avvertito dalle due donne sul possibile interrogatorio. Probabilmente avevano anche concordato le versioni per non insospettirlo. Non c'era con la testa, come sosteneva bonariamente la Marcotti.

«Avrei bisogno di parlarle», spiegò il commissario. «Possiamo incontrarci all'enoteca di via Farini fra un'ora?»

«Va benissimo», acconsentì l'uomo con estrema remissività. Dopo aver riattaccato, Soneri si accorse di avergli dato appuntamento per l'ora di cena. Per scrupolo provò a chiamare Angela: aveva molta voglia di passare da lei e avrebbe voluto sentirsi invitato. Il cellulare era spento, ma il numero dell'ufficio suonava libero. Quando già temeva l'irrompere della segreteria, lei gli rispose: «Mi trovi per caso: stavo andando in carcere».

«Ci vediamo dopo?»

Angela aspettò qualche istante prima di rispondere e Soneri colse un imbarazzo che gli risultava ormai familiare.

«Credo che ne avrò per un po' e già adesso sono molto stanca...»

Lui non sapeva se crederle o pensare a una bugia diplomatica. Avrebbe potuto comunque controllare perché entrambi possedevano le chiavi della casa dell'altro, ma non gli andava di fare il poliziotto. Inoltre, aveva paura di quel che poteva scoprire.

Stava per chiederle cos'avrebbe fatto in carcere, quando lei cambiò discorso: «Hai novità per la vicenda di Nina?»

Questa volta fu lui a restare in silenzio per qualche attimo. Non gli importava niente di spiegare di Nina: voleva parlare di loro due. Ma si sentì così arreso che raccontò della visita alla Golden.

«Non sarà stato piacevole parlare con quelle arpie», constatò Angela.

«Le conosci?»

«La Martini è una che ha trovato nei soldi l'unica ragione di vita dopo i tanti tradimenti del marito. E si vendica con lui facendogli pesare che di fatto è un mantenuto.»

«Perché non lo molla, allora?»

«Scherzi! Lavora con i preti, è gente cattolicissima. Se si separasse o divorziasse, addio affari con il vescovo. E lei agli affari tiene più che a tutto il resto. Ha trasformato in un affare anche il futuro matrimonio della figlia», gli rivelò Angela.

«Perché? Chi sposa?»

«Il maggiore dei Dall'Argine. Sai, quelli che fanno motori e pompe idrauliche...»

«Ah!» esclamò Soneri distrattamente. Non capiva perché dovessero continuare a parlare di matrimoni.

«Sento che le mie informazioni non ti interessano», commentò alla fine Angela. «Non so a che ora torno a casa, ma mandami un messaggio prima di andare a letto.»

«Volevo che parlassimo di noi», borbottò il commissario. «Dovremmo prendere qualche decisione, non ti pare? Quanto tempo intendi tenermi a bagnomaria?»

«Non sei a bagnomaria», protestò Angela.

«Continui a frequentare quel tipo, non sai decidere...»

Dall'altra parte sentì uno sbuffo: «Senti, parliamone domani, adesso non ci sono con la testa».

Il commissario chiuse la comunicazione con il respiro accelerato e addosso la solita agitazione che gli faceva come mancare l'aria. Uscì per cercare sollievo da quella sorta di asfissia, ma s'illudeva di riempire i polmoni nella morta gora di nebbia. Piuttosto, era lui a sgonfiarsi e a viaggiare sui cerchioni.

Si trascinò fino all'enoteca dove aveva dato appuntamento a Soncini. Notò la Mercedes del rivale parcheggiata con due ruote sul marciapiede e quando si avvicinò alla porta del locale, nella penombra del portico, scorse una figura alta e slanciata. L'altro rallentò il passo e nel momento in cui vide che Soneri metteva la mano sulla maniglia per entrare, virò leggermente con uno scarto morbido da barca in regata, tirando dritto verso il fondo della via.

Il commissario aveva avuto l'impressione che fosse diretto all'enoteca, ma che la sua presenza gli avesse fatto cambiare idea. Forse aveva appuntamento lì con Angela e voleva evitare spiacevoli incontri?

Soneri lo osservò allontanarsi parlando al telefonino: un sospetto gli suggeriva l'idea che stesse chiamando proprio Angela per cambiare il luogo del loro incontro.

Non ebbe il tempo di pensarci che arrivò Soncini. Lo riconobbe, malgrado non lo avesse mai visto. L'idea che si era fatto di lui coincideva perfettamente con il tipo d'uomo che ora si trovava di fronte. Capelli lunghi, brizzolati, impomatati di gel, baffi scuri, alto, magro, leggermente ingobbito, la pelle del viso ripassata da decine di lampade abbronzanti, dava un'idea complessiva di fragilità come una torre malconcia. Gli disse di essere stato un modello e di aver lavorato a lungo nel settore delle sfilate milanesi della moda. Forse era lì che aveva incontrato la moglie, una donna con i soldi ansiosa di esibirlo.

«Ultimamente lei era l'amante di Nina?» esordì Soneri inquisitorio.

«La nostra storia durava da molto tempo, tra alti e bassi», rispose Soncini con irritante distacco. «Ci lasciavamo e riprendevamo...»

«L'ha conosciuta perché lavorava alla Golden o prima?»

«No», sorrise ironicamente lui, «prima. È stata lei a volere che le trovassi un lavoro. Nina teneva molto alla sua autonomia e desiderava una vita normale. Parlava spesso di matrimonio e figli.»

«Non era certo lei che poteva garantirle tutto questo», constatò Soneri.

«No», scosse la testa l'altro, «ma era giovane, aveva tempo per queste cose. E noi eravamo davvero molto legati. È stata con altri, ma in realtà non ci siamo mai lasciati.»

«Già», mormorò il commissario pensando al suo caso. «Nelle ultime settimane eravate tornati assieme?»

«Sì. Lei mi diceva che non ci avrebbe pensato due volte a sposarmi se fossi stato libero. Non le importava la differenza di età. Mi creda, ci volevamo molto bene.»

Soneri fece una smorfia per invitarlo a tralasciare. «Come mai la sera del delitto Nina non era con lei?»

«Avevo un impegno. Ero con un amico avvocato: c'era in ballo una commessa di oreficeria... Poi siamo andati in un locale del comasco. Non so cos'abbia fatto quella sera Nina. Mi aveva detto che sarebbe uscita con alcune amiche rumene che io non conoscevo.»

«Come si chiama il suo amico avvocato?»

«Che fa? Vuole controllare?» si stupì Soncini. «Guardi che non le racconto balle... Comunque si chiama Arnaldo Razzini, può verificare da lui.»

«Verificare è il mio mestiere», gli fece notare Soneri.

«Allora controlli», rimarcò spavaldamente l'uomo. «Io sono un imprenditore, mica vado in giro ad aggredire le donne come fanno questi stranieri. Nina mi ha raccontato cosa succedeva in Romania.»

«Sul fatto che lei è un imprenditore sua moglie avrebbe

da eccepire», sottolineò Soneri malignamente. «La considera un dipendente a provvigione...»

Soncini fissò il commissario con astio, ma non resse a lungo: doveva essere un tipo senza spina dorsale, un mezzo rammollito.

«Allora diciamo che sono un professionista, va bene? So vendere e questo non me lo può togliere nessuno. Nemmeno mia moglie.»

L'aveva citata come se avesse diritto di vita e di morte.

Il commissario lo guardò e pensò alla Martini: una coppia che si odia, ma è tenuta assieme dagli affari come i consiglieri di amministrazione. Lei che lo mantiene in cambio di una parvenza di vita coniugale da vendere di fronte a vescovi e cardinali. Lui che passa da un letto all'altro illudendo giovani straniere. Il commissario si divertiva a mettere zizzania tentando di sconvolgere quel minuetto: «Sua moglie e sua figlia dicono che lei ha le mani bucate...»

L'altro alzò appena le spalle con un gesto annoiato. «Mia figlia», replicò, «mi voleva molto bene. Poi è finita sotto il controllo della madre...»

Sembrava che quel distacco gli spiacesse molto, anche se tutto in Soncini appariva improbabile. Era un uomo che doveva aver sperimentato così a fondo e sprecato le possibilità offerte dalla vita da non riuscire più a provare un sentimento autentico. Il commissario fissò quel suo viso dall'aria da Casanova fuori tempo ed ebbe la sgradevole impressione di aver davanti un uomo amareggiato, stanco e insoddisfatto, tradito dal corpo e dall'età. Di colpo Soncini si trasformò in uno spettro.

«Non ho più niente da chiederle», dichiarò a quel punto Soneri ansioso di sbarazzarsi di lui.

L'uomo allora si alzò lentamente in piedi. Manteneva una bellezza ormai sfiorita di primo autunno e l'andatura con cui si allontanò aveva già la lenta macchinosità di un anziano.

Poco dopo anche Soneri uscì. Il colloquio con Soncini non aveva aggiunto niente a quello che già conosceva. Gli lasciava solo alcune impressioni che ancora non riusciva a decodificare. E lui sapeva quanto fossero importanti le impressioni quando tutto appare inspiegabile.

13

La notte era per il commissario il momento pacificante in cui tutto l'inspiegabile cessava di tormentarlo. L'oscurità dei borghi della città vecchia opponeva un ostacolo naturale all'ansia di fronte a cui non restava che arrendersi. Dopotutto, la momentanea rinuncia rappresentava un grande sollievo e Soneri, passeggiando nella nebbia, si prendeva le ferie dai suoi incubi.

Durò poco. Di nuovo le sirene tornarono a farsi sentire correndo nel labirinto delle strade intorno al duomo. Poi l'eccitazione esplose e si trasformò in ressa. Giunsero un'ambulanza e curiosi a piedi. Si dirigevano verso vicolo del Vescovado, il cui imbocco era ostruito da un paio di volanti. In mezzo scorse Musumeci piuttosto agitato e subito dopo vide una donna scarmigliata tenuta sottobraccio da Esposito.

«Dotto', amo fatto un buco nell'acqua!» esclamò il capopattuglia.

«Non era lui», constatò il commissario alludendo al marocchino già crocifisso come il bruto della città.

«No, manco per sbaglio. Oh, intendiamoce, mica è un santo eh! Lui pure ci ha provato a ingroppa' quella ragazza.»

«Uno dei tanti, Esposito. Ci sono migliaia di potenziali violentatori, soprattutto fra insospettabili padri di famiglia.»

«Sarà pure vero dotto', ma questo c'ha er trip», concluse l'altro con un gesto eloquente delle dita.

Musumeci stava interrogando e un paio di persone facevano la fila appoggiate al muro del Vescovado. C'era qualcosa di blasfemo o forse di volutamente provocatorio nel violentare una donna in quel luogo. Una coincidenza simbolica e Soneri continuava a credere sia alle coincidenze che ai simboli.

Alla radio dell'assistente di Esposito arrivò una nuova segnalazione. Un uomo con i connotati del violentatore era stato visto sotto i Portici del Grano del palazzo comunale. Dopo il potere spirituale, era la volta della sfida al potere temporale. Le auto partirono sgommando e il commissario s'avviò a piedi. Fatti pochi metri, alcuni ragazzi lo superarono di corsa e allora si mise a correre anche lui, abbandonandosi a un'eccitazione infantile che risvegliava ricordi di quando saltava sui sassi nelle carraie scavate dall'acqua e dai cingoli dei trattori o delle gare giovanili su piste assolate contornate di pioppi, misurando quanto il tempo sia spietato nel consumarci.

Si fermò in via Repubblica, di fronte alla questura, non riuscendo più a distinguere se l'affanno fosse dovuto alla commozione o alla corsa. Soneri sentiva che quella notte aveva improvvisamente preso la ruzzola. Qualcosa doveva succedere tra la nebbia che sembrava srotolarsi continuamente sulla città. Apparentemente, invece, tutto stava ritornando alla quiete, ai suoni soffusi delle ore piccole. Camminò lungo via Mazzini e scorse le luci fioche dell'oltretorrente bucare l'oscurità, mentre la campana del duomo suonava il quarto d'ora prima della mezzanotte. Si appoggiò alla spalletta del ponte di Mezzo e stette sospeso sull'acqua del torrente che si udiva appena qualche metro sotto. Volava finalmente leggero come si sentiva ormai da un po' di tempo. Niente più di un palloncino sfuggito alla mano gracile di un bimbo, che sale senza vento e lentamente si affloscia fluttuando dimenticato.

Il telefonino lo riportò sulla terra.

«Dottore», irruppe la voce del vice di Pasquariello, «abbiamo fermato l'auto che lei ci ha descritto, la Bmw nera, ricorda?»

«Quella con il cavallo sulla fiancata, certo», rispose il commissario.

«Be', il cavallo non si vede granché, perché la macchina ha strisciato la fiancata, ma pensiamo che sia quella che cercava.»

«Dov'è adesso?»

«Qui da noi.»

«Chi la guidava?»

«Commissario, due rumeni. Abbiamo fatto un controllo al terminale e l'auto risulta rubata.»

Soneri mugugnò qualcosa di incomprensibile. «Quando?»

«Un paio di mesi fa», rispose il poliziotto. «Ma non è finita qui: i due che c'erano sopra sono minorenni. Chi guidava ha diciassette anni e l'altro sedici.»

«Come li avete presi?»

«Hanno urtato un'altra macchina alla Crocetta e sono scappati. Una pattuglia li ha inseguiti finché hanno imboccato una strada chiusa. Probabilmente c'era un terzo che è scappato.»

«Non far toccare la macchina a nessuno e domattina chiama immediatamente la Scientifica, voglio che venga esaminata», ordinò infine Soneri.

In poco tempo arrivò in questura. Nel tragitto tentò di chiamare Angela senza successo e allora le spedì un messaggio allusivo: *non so se andrò a letto stanotte, e tu?* Nel cortile vide la Bmw parcheggiata, un modello non recentissimo ma ancora molto in voga. Aveva un lungo graffio sulla fiancata, però si distingueva sempre il cavallo al galoppo.

«Dove sono i fermati?» chiese Soneri.

Un agente lo scortò fino alla stanza degli interrogatori, ma prima di entrare lo avvertì: «Credo che perderà il suo tempo, questi non spiccicano una parola».

Erano davvero giovanissimi, però con l'aria già vissuta.

«Avete rubato la macchina sbagliata», cominciò il commissario. «Chi ce l'ha in mano rischia grosso, molto più di una semplice condanna per furto.»

I due sembravano impassibili. Pareva non capissero quello che veniva loro detto. Per questo Soneri si rivolse al piantone.

«Ma questi sanno l'italiano?»

«Lo capiscono benissimo, ma fanno finta di non conoscerlo», sibilò l'agente.

«Vi conviene spiegare, è molto meglio», li minacciò il commissario, senza che sui volti dei ragazzi si muovesse un muscolo.

«Anche se siete minorenni, un'accusa di omicidio non è cosa da poco», rincarò.

Solo a quel punto i due si scambiarono una breve occhiata restando però muti. Davano l'impressione di trovarsi in una sala d'aspetto più che in una questura e che l'idea di finire in galera non li sfiorasse proprio. Impassibili, guardavano di fronte a sé con occhi inespressivi, quasi ottusi. Il commissario si chiedeva come si poteva resistere in quella condizione se non anestetizzando il cervello, abituandolo al vuoto di ore e ore d'attesa con l'unico scopo di lasciare scorrere il tempo. Avrebbe voluto prenderli a pugni e scuoterli da quel silenzio che lo irritava.

«Di dove siete?»

Nessuna risposta. Soneri rivolse allora un cenno interrogativo all'agente.

«Erano senza documenti, commissario. Stiamo facendo accertamenti con l'ufficio stranieri», lo informò.

Lui scrutò i due, impotente: era furioso, ma si limitò a sedersi di fronte a loro cercando di intercettarne lo sguardo. Occhi chiari che sfuggivano come visioni e quando si fermavano avevano la vacua fissità di una scaglia di vetro.

«Non capisco perché ci si debba mettere nei guai!» sbottò a un tratto. «Rovinarsi la vita ancora prima di cominciarla.» E poi, rivolto all'agente: «La macchina è quella dell'omicidio della Iliescu».

Voleva impressionare i ragazzi, cercando di smuoverne l'apatia, ma i due dovevano essere dei duri. O semplicemente erano stati allevati all'obbedienza cieca al clan imposta a suon di botte. Oppure avevano paura. Solo una volta, il più giovane tradì un briciolo di ansia lanciando un'occhiata al compagno in cui il commissario lesse un cedimento. Dopo, tornò tutto uguale a prima: la stessa apatia, la stessa immobilità, lo stesso sguardo di ramarro.

«Bene!» tagliò corto allora il commissario. «Vorrà dire che passerete la notte in cella di sicurezza.»

Si alzò e si diresse a passi lenti verso la porta. Incrociando il piantone si fermò e rivolse un ultimo sguardo alla coppia di rumeni: guardavano nel vuoto, impassibili come sempre.

Nel corridoio incontrò Pasquariello. Aveva una brutta faccia, quella di un uomo buttato giù dal letto nel cuore della notte.

«Allora? Dove sono 'sti due stronzetti?»

Soneri accennò con il mento alla stanza da cui era appena uscito.

«È inutile che vai a trovarli, sono come statue», lo avvisò.

Allora entrambi entrarono nell'ufficio del capo delle volanti. Tre agenti lavoravano già al caso e il commissario, in quel momento, sentì la mancanza di Juvara, con la sua abilità nel cavare informazioni dal computer.

«La macchina è stata rubata a una ditta», annunciò uno dei poliziotti.

«Come si chiama?» domandò Pasquariello.

«Golden», rispose l'agente. «È una ditta orafa di Lemignano.»

Nella mente di Soneri qualcosa scattò, anche se non avrebbe saputo spiegare quale accoppiamento si era prodotto. Certo si trattava di un'altra coincidenza: aveva appena parlato con l'irreprensibile famiglia che tirava le fila dell'azienda.

«La conosci?» chiese Pasquariello.

Il commissario annuì. «La Iliescu ha lavorato lì per un po' ed è stata l'amante del marito della proprietaria.»

Il capo delle volanti mugugnò qualcosa con tono malizioso. «Figurati se non c'era di mezzo una storia di pelo! E questi due rumeni? Abbiamo i nomi?» riprese Pasquariello rivolto agli agenti.

«No. O sono clandestini o bisognerà fare ricerche lunghissime. Intanto abbiamo preso le impronte», replicò il poliziotto.

«Provate nei campi nomadi», suggerì Soneri. «È probabile che vengano da lì», aggiunse ricordandosi della fuga maldestra di Medioli.

«Forse hai ragione», convenne Pasquariello. «Scappare con una macchina senza avere la patente è tipico dei nomadi. Non è la prima volta che succede.»

«A Cortile San Martino c'erano dei rom rumeni nel piazzale della discarica: sono partiti un po' di giorni fa e non si sa dove siano finiti», lo informò il commissario. «Ho chiesto di rintracciarli, ma occorre la collaborazione dei nostri cugini», lo avvertì alludendo ai carabinieri.

«Non riusciamo a farli parlare?» chiese Pasquariello.

«No», rispose Soneri, «e se parlassero ti direbbero un nome falso. Chissà quanti alias avranno...»

«E un pacco di fogli di via...» rincarò l'agente, continuando a osservare lo schermo del computer.

«È stato trovato niente sulla macchina?» insistette il capo delle volanti.

«A occhio no. Forse domani Nanetti ci dirà qualcosa in più», ipotizzò il commissario, che a quel punto uscì scortato da Pasquariello.

«Credi che questi due sfigati c'entrino qualcosa con il delitto Iliescu?» domandò quest'ultimo.

Soneri scosse la testa: «Non penso. Però potrebbero portarci sulla strada giusta, chissà...»

Si avviò senza salutare. Sentì rintoccare l'una dal campanile del duomo mentre passava sotto la volta che sfocia in borgo della Posta e immediatamente dopo il telefonino sussultò dentro la tasca. *forse nemmeno io*, lesse sul visore. Riconobbe il numero di Angela: intendeva dire che nemmeno lei andava a letto quella notte. Lo prese l'agitazione. Tre parole che potevano indicare un lavoro complesso oppure che non sarebbe rientrata a casa.

Sentì la mancanza di qualche scaglia di grana e di un buon lambrusco nero: in certi momenti erano la medicina più efficace. Allora si diresse verso casa, ma appena fuori dalla questura, dovette scansarsi per evitare una volante che arrivava a tutto gas. L'auto restò a lampeggiare rombando sotto la volta, in attesa che il piantone alzasse la sbarra, mentre altre due macchine arrivavano velocissime.

Allora rientrò nel cortile quasi correndo. In mancanza di grana e lambrusco, buttarsi nella mischia poteva essere un'alternativa contro i cattivi pensieri.

«Stavolta l'amo pizzicato! Stavolta l'amo beccato cor

sorcio en bocca!» gridò Esposito strattonando un tizio dall'aria distinta ma con la faccia stravolta.

Soneri lo vide passare cereo e a capo chino, vestito come un consigliere d'amministrazione: giacca e cravatta, cappotto di panno fino al ginocchio, scarpe inglesi, pantaloni eleganti con il risvolto... Il commissario seguì il piccolo corteo fin dentro gli uffici delle volanti e pensò che quella era la notte della resa dei conti. Lasciò che i colleghi si togliessero la soddisfazione di un primo interrogatorio e si diresse alla macchinetta del caffè. In quella pausa si sentiva di nuovo leggero. Tutto il clamore che ruotava intorno a lui gli appariva vano, una grottesca pantomima, e per questo riusciva a guardare il mondo con una consapevolezza del tutto nuova. Con quella freddezza che segue la delusione e il distacco da una passione perduta.

Pasquariello gli comparve di fianco all'improvviso: «Vieni dentro anche tu, lo stiamo interrogando».

L'uomo si chiamava Vincenzo Candiani ed era un docente universitario abbastanza noto in città. Soneri cercò di immaginare la reazione dei benpensanti parmigiani quando avrebbero scoperto che il bruto non era uno straniero e nemmeno un poveraccio drogato, ma uno stimato professore di diritto. Osservarlo ora, seduto sulle sedie di compensato della questura, abbattuto sui gomiti come un vecchio olmo schiantato dal vento, faceva quasi pena. E il commissario vedeva riflessa nell'uomo tutta l'instabilità umana. Tra il professore riverito nelle aule e il turpe orco violentatore passava un confine labilissimo. «Un niente», come diceva Sbarazza valutando che tutto coabitava dentro ciascun uomo in una confusione continuamente miscelata dalle circostanze.

«Dotto'», sussurrò Esposito accostando la bocca all'orecchio di Soneri, «stava dentro a un portone de borgo Scacchini e c'aveva già er zufolo in mano pronto all'uso.

C'ha telefonato 'na vecchietta che a novant'anni è la più sveglia de tutto er palazzo. Mo' nun ce credevamo: un professore come quello. Pensi che l'amo visto un sacco de volte in tribunale.»

«Non siamo niente di certo, Esposito. Prendiamo tante forme come la nebbia», replicò il commissario.

Il capopattuglia lo guardò senza capire granché e rimase in silenzio per un po' prima di allontanarsi andando a dare ordini agli agenti.

«Professore, cosa dobbiamo fare?» domandava minacciosamente Pasquariello.

«Ho perso la testa...» ripeteva in continuazione Candiani che per il caldo si era aperto il cappotto e aveva allentato la cravatta. Sembrava uno che si fosse addormentato vestito sul divano dopo pranzo. Guardava gli agenti con una sorta di candore, come se volesse scusarsi di quel che aveva fatto, ma non reputasse di aver commesso qualcosa di veramente grave.

«Poteva farsi tutte le donne che voleva...» riprese Pasquariello. «Ma com'è possibile?» esclamò incredulo scuotendo le mani giunte.

«Ho perso la testa...» ripeté ancora l'uomo. E stavolta aggiunse: «È stato per colpa di una donna. È cominciato da lì...»

Pareva tutto paradossale. Eppure quell'uomo doveva essere davvero roso da una fissazione, un rospo che continuava a saltargli dentro lo stomaco. Gli occhi gli brillavano balenando e il viso si muoveva a scatti come quello di un uccello. Aveva addosso un'agitazione febbrile che a tratti si smorzava e a tratti si riaccendeva nel rispondere alle domande di Pasquariello e di Musumeci. Dava l'idea di essersi definitivamente arreso e appariva quasi felice di liberarsi da un peso, come già era successo a Medioli in quella stessa stanza, giorni prima.

«Vuoi chiedergli qualcosa?» domandò Pasquariello a Soneri lasciando Candiani a Musumeci in attesa che arrivasse il magistrato.

«Non adesso», rispose lui. «Non so se c'entra con le mie indagini, anche se Parma è piccola e quasi tutto si tiene.»

Gli era venuta l'idea di chiamare Angela per chiederle di quel professore, ma la paura lo trattenne. Non avrebbe retto di fronte a un telefono spento e alle congetture che gli avrebbero affollato la mente. Tutte finivano per fondersi nella stessa immagine della compagna che faceva l'amore assieme all'altro, con quanto poteva esserci di nobile e di osceno in un amplesso.

Uscì per fumarsi un toscano. Nel cortile della questura, nell'immobilità dell'aria torbida, ritrovò un po' di quiete. Il trambusto degli arresti a raffica l'aveva infastidito. Sentiva il bisogno di lasciare decantare le impressioni e setacciare la memoria e poteva farlo solo se si allontanava dal gorgo dell'azione. Solo guardando da lontano.

Sentì dei passi dietro di sé mentre rifletteva su tutto quanto era successo in quella notte. Si voltò e vide arrivare Juvara con la sua andatura un po' goffa, la sciarpa al collo e l'aria vagamente trasognata di chi ha bevuto un goccio in più.

«Sembri appena uscito da una discoteca», lo accolse Soneri.

«Ero a una festa», si giustificò l'ispettore. «Per il baccano non ho sentito il telefonino.»

«Potevi anche andare a letto», minimizzò il commissario, «tanto fino a domattina non si saprà granché per le nostre vicende.»

«Ma cos'è successo? C'è un casino...»

«Hanno beccato il violentatore ed è un noto professore universitario», lo informò Soneri. «Ma quel che conta per la nostra indagine è che sono stati fermati due minorenni rumeni a bordo dell'auto da cui Mariotto ha visto scaricare il cadavere di Nina lungo l'autostrada. Fino a domattina, però, non sapremo molto di più. Bisogna aspettare che Nanetti dia un'occhiata dentro.»

«Sono stati loro?»

«Non credo. Sono due ragazzetti... L'auto è stata rubata due mesi fa alla Golden: questa è la cosa più interessante.»

Juvara annuì. «E 'sto violentatore?» chiese.

«Dice che ha perso la testa per una donna e da allora gli si è scocomerato il cervello. Vuoi vedere che è stata Nina?» rise il commissario.

«Quella sarebbe stata capace. Non era certo il primo...»

«Non è colpa sua se gli uomini le correvano dietro. Nemmeno se poi ci perdevano la testa. Volevano solo scoparla e poi ci lasciavano le penne, tutto qui. È una colpa, forse? Lei cercava un uomo per sposarsi, ma questi la volevano come giocattolo per poi frignare se se ne andava.»

«No, dicevo solo...» balbettò Juvara, colpito dalla reazione piccata del commissario. Ogni volta che si parlava di Nina un riflesso condizionato lo spingeva a partire caricando.

«Vai pure a letto, adesso ci vado anch'io», gli suggerì Soneri, rabbonito. «Tanto non ho più niente da fare, stanotte.»

Lasciò che l'ispettore si allontanasse prima di avviarsi. Voleva restare solo, magari a un tavolo da osteria con mezzo litro di vino. Ma non c'era niente di aperto a quell'ora. La vita notturna si era rintanata in squallidi night e nessuno girava più con il buio perché era forse troppo difficile sopportarne il silenzio.

Quel silenzio che il cellulare interruppe in via Saffi con lo stesso effetto di un trillo in pieno sonno.

«Sei ancora sveglio?» gli domandò Angela.

«Non sono nemmeno a casa», rispose lui.

«Con chi sei uscito?»

«Mi prendi per il culo? Sei tu che esci con un altro.»

«Se la metti su questo piano sbagli strada», ringhiò Angela. «Ti avverto che non mi sembra un buon metodo per ricominciare.»

«Ma io non ho mai finito! Ancora non capisco perché hai voluto farmi soffrire tanto. È difficile sopportare che la persona a cui vuoi più bene sia il tuo più feroce aguzzino. Non so più come inquadrarti, mi sconvolgi...»

Si era accorto di aver parlato per la prima volta lasciandosi andare, senza più filtri né cautele e Angela parve molto colpita. Soneri aveva vinto la sua ritrosia di montanaro infrattato dentro se stesso e si scioglieva nel lento riscaldamento delle passioni che gli ribollivano da lungo tempo nell'animo come lo stufato. «Ma forse hai finito tu con me», terminò lui con la voce che gli si incrinava leggermente.

«No, non è così», lo contraddisse Angela con improvvisa dolcezza. «Sono stata in carcere per un interrogatorio fino a mezz'ora fa. Non sono uscita con nessuno.»

«Potevi farlo?»

«Certo», rispose lei seccamente.

«E ti ha trattenuto solo il lavoro?»

«Ha contribuito molto», replicò sibillina tenendolo sulla corda.

Soneri non reggeva più la sua franchezza. Avrebbe preferito una misericordiosa bugia. Ma poi pensò che sarebbe stata inutile e che quel desiderio di sicurezza era del tutto assurdo.

«Vado a letto, sono quasi le tre», annunciò infine dopo aver atteso invano per qualche secondo che lei parlasse.

«Non fosse così tardi... Domani passa da me in ufficio», gli propose Angela.

«Non ci vediamo più alla sera...» replicò il commissario, allusivo.

«Mi piacciono i nostri incontri nella pausa pranzo», sviò lei. «Sono meno prevedibili.»

«Cosa devi fare la sera?» la incalzò Soneri.

Sentì uno sbuffo di impazienza. «Ricominci con le domande da poliziotto?» alzò la voce Angela. «Sai che è il verso sbagliato.»

«Ma come mi vorresti? Cornuto e silenzioso?»

«Oddio, cornuto! Parli come mezzo secolo fa.»

«Puoi anche usare un altro termine, ma io preferisco parlare schietto.»

«Passa da me domani», lo invitò di nuovo Angela, di colpo suadente.

«Ti racconterò del professor Candiani», le preannunciò il commissario.

«Cos'ha fatto il nostro cattedratico?»

«Violentava le donne.»

«Lui? Girava voce di una qualche studentessa... Quando l'avete preso?»

«Un'ora fa. E in flagrante, in borgo Scacchini.»

«È un consulente del tribunale e amico di numerosi avvocati», lo informò Angela.

«Anche di Paglia?»

«Credo proprio di sì. Si ritrovano in un circolo ippico in collina, dalle parti di Traversetolo. Mi pare che si chiami Cerreto.»

L'immagine dei cavalli toccò un punto sensibile della memoria del commissario. Si ricordò l'adesivo sulla fiancata della Bmw.

«Le volanti hanno intercettato la macchina che ha scaricato il corpo di Nina nella scarpata», spiegò poi.

«Allora siete a cavallo!» esclamò Angela.

«Non proprio a cavallo, ma i cavalli c'entrano», rispose Soneri, mentre lei gli rinnovava l'invito all'ora di pranzo.

14

Si svegliò di colpo e si mise a sedere sul letto. Nella stanza che conservava il buio della notte, vagò invano con lo sguardo finché incontrò la fosforescenza della sveglia: quasi le nove. Cercò il cellulare tastando sul comodino, poi vide qualcosa illuminarsi sul pavimento. Non si ricordava di aver messo la vibrazione e, a forza di sussulti, l'apparecchio era caduto per terra.

«Ti cerco dalle sette», brontolò Nanetti.

«Ho fatto le tre», biascicò di rimando il commissario.

«Ottimo segno, vuol dire che hai ripreso l'attività.»

«'Fanculo!» ringhiò Soneri. «Ho lavorato. Ti avranno detto cos'è successo mentre tu dormivi o ti leggevi un poliziesco.»

«Mai letti in vita mia. Io che conosco i poliziotti veri come te...»

«Vuoi che ti rimandi dove ti ho appena spedito?»

«Sarebbe sempre meglio che qui dove sono. Dentro questa macchina c'è una puzza che farebbe vomitare un pitone. Devono averla usata per le consegne di una friggitoria da asporto.»

«Oddio, adesso anche gli odori... Hai trovato qualcosa di utile?» domandò il commissario.

«Finora niente. Le impronte sono quelle dei due ragazzi e di un esercito di altre persone. Non quelle di Nina, se è ciò che vuoi sapere.»

«Tutto qui?»

«C'è uno scontrino», lo informò Nanetti distrattamente. «Non credo che appartenesse ai due rumeni. Loro la roba preferiscono prenderla senza passare dalla cassa.»

«Che tipo di scontrino è?»

«Di un negozio di computer. Si chiama *Elettronica Sauro* ed è in borgo Regale.»

«Una grossa spesa?»

«No, duecento euro. Forse un accessorio, chissà...»

«C'è la data?»

«È di sei mesi fa. Dev'essere caduto ed è finito sotto il sedile. Comunque, te lo metto in una busta e lo allegherò alla relazione. Non c'è nient'altro di interessante.»

Soneri si vestì in fretta e riprese in mano il telefonino. C'erano sette chiamate senza risposta. L'avevano cercato Juvara, Nanetti, Musumeci e Angela. Ma lui cercò solo la compagna, incappando nella solita segreteria. Lo prese una rabbia sorda e per poco non scagliò il cellulare contro il muro. Allora uscì e si diresse in questura con la sgradevole impressione di dover rincorrere i fatti.

Incontrò per primo Musumeci. Aveva la faccia stanca, ma l'espressione euforica: «Ho avuto i complimenti da Capuozzo», esordì.

«Aggiungo i miei», rispose con voce spenta Soneri al quale non interessavano le esternazioni del questore.

«I giornali sono riusciti a mettere solo un'ultim'ora, ma sapesse che sfracello!» spiegò Musumeci.

«Così i parmigiani imparano a considerarsi nel migliore dei mondi possibili», sibilò il commissario. «Come si è giustificato il nostro professore di diritto?» chiese poi accorgendosi solo in quel momento di quanto fosse curioso che un docente di diritto infrangesse così clamorosamente la legge.

«Commissario», si avvicinò l'ispettore con aria complice, «quello è fatto di coca. L'abbiamo trovata anche in casa sua e siccome ce n'era un bel mucchietto, è scattata pure l'accusa di spaccio.»

«Chi l'avrebbe mai detto eh!» esclamò sarcastico Soneri.

Musumeci allargò le braccia: «Rovinarsi così...»

«Ha detto che ha perso la testa per una donna. Ha spiegato chi è?»

«Una rumena», rispose Musumeci. «Ha detto che si chiama Doina e che l'ha lasciato di punto in bianco. Credo di aver capito anche perché», aggiunse l'ispettore.

Il commissario si accese il sigaro e mentre tirava la prima boccata vide l'ispettore muto e imbarazzato di fronte a lui.

«E allora?» gli domandò.

«È che sono notizie da confermare...» tentò di minimizzare Musumeci. «Abbiamo sentito un paio di ex fidanzate del professore e insomma... Pare che 'sto qui fosse un po' perverso, capisce?»

«Visto quello che faceva, normale non poteva certo essere», sbottò il commissario.

«Certo, certo», si affrettò a dire Musumeci, «tutto torna. È che non trovavo le parole», proseguì imbarazzato mentre a Soneri scappava quasi da ridere. Aveva sentito spesso l'ispettore parlare con gli agenti in un linguaggio scurrile e ora quasi arrossiva di fronte a lui. Effetto del grado, certo, ma Soneri sapeva che c'entrava ancora una volta l'età.

«Non c'è bisogno che mi spieghi i particolari», tagliò corto, «li immagino benissimo.»

Pensò che fosse logico che Nina fuggisse. Quella ragazza trovava solo uomini disposti a ridurla un giocattolo. Una bambolina, come l'aveva definita Goretti. Ma troppo bella da far perdere la testa a uomini maturi apparentemente sicuri di sé.

Rifletteva su tutto questo mentre si avviava lungo il corridoio che portava alla Mobile.

Appena Juvara lo vide ebbe uno scatto come se fosse stato colto in fallo. «Eccola, finalmente!» esclamò con un tono sollevato. «La Marcotti ha telefonato più volte perché voleva parlarle.»

«A proposito di che?»

«I carabinieri hanno trovato i rom rumeni che si erano accampati a Cortile San Martino.»

«Dove sono?» lo interruppe Soneri.

«A Suzzara. Per quello la Marcotti la cercava, ma alla fine ha deciso per conto suo. Le ho spiegato che lei aveva fatto tardi e che...»

Un cenno con la mano del commissario lo zittì. «Sali in macchina e vai subito là. Prendi su Musumeci, è un mezzo zingaro e se la intende con questi qui.»

«Dottore, ma la Marcotti ha già incaricato i carabinieri di identificare i due ladri d'auto...»

«Intanto è da vedere se i rom parleranno. Poi non è detto che questa coppia appartenga a quel gruppo. Inoltre chissenefrega. L'indagine è nostra e i caramba non sanno niente di quel che c'è dietro.»

Juvara si alzò, dando l'idea di essere entrato in totale confusione, ma Soneri non ci fece caso perché già si preparava a uscire.

«Dottore», lo richiamò l'ispettore, «ho scoperto a chi è intestato l'appartamento di via Cavallotti...»

Il commissario gli rivolse un cenno interrogativo.

«È un commercialista, si chiama Gino Aimi.»

«Il nome non mi dice niente», mormorò Soneri.

«Nemmeno a me, all'inizio. Ma quando ho fatto una visura camerale del maneggio di Traversetolo, ho scoperto che ne è il presidente.»

«Vedi dove possono portare le coincidenze?» annotò allusivo il commissario.

«Cominciano a essere tante», ribatté l'ispettore altrettanto allusivo.

«Questo è buon segno», concluse Soneri uscendo.

Un minuto dopo salì sull'Alfa e si diresse alla Golden. Aveva bisogno di parlare con Soncini e soprattutto con la moglie.

La campagna appena fuori città assomigliava a una foto in bianco e nero. S'era ingrigito persino il frumento in erba, fradicio d'acqua. I platani della via Spezia sembravano rivoltati all'insù, con i rami spogli che si perdevano dentro la nebbia e parevano radici scavate dalla corrente. L'ultima parvenza di colore si perse definitivamente una volta imboccata la via del quartiere artigianale. Ogni volta che finiva in uno di quei posti si chiedeva come si facesse a uccidere in modo così radicale ogni spiraglio di bellezza.

Nemmeno la vista delle pissidi, dei calici e dei crocefissi negli uffici della Golden riuscì a risarcire gli occhi di tanta bruttura.

Tanto più che si trovò di fronte l'espressione per nulla accogliente della Martini. La donna era però troppo conformista per permettersi di mostrare insofferenza. Si fermava alla freddezza, a quell'espressione insulsa con la quale doveva aver accettato i rovesci di una vita opaca.

«Spero non ci porti cattive notizie», esordì con una smorfia. «I poliziotti, sa...»

«Ne porto una buona: abbiamo ritrovato la vostra macchina. Ammaccata, ma intera», ribatté Soneri.

Il viso della donna non tradì nessuna emozione, salvo un lieve sorriso di circostanza. «Dov'era?» si limitò a chiedere.

«Stava viaggiando con due ragazzini a bordo: due nomadi minorenni.»

Come la prima volta, entrò la figlia e si mise di fianco alla madre in uno schieramento preordinato sopra il quale campeggiava l'immagine del papa.

«Chi adoperava quella Bmw?» domandò il commissario.

«Mio marito, è lui che viaggia. Io e mia figlia abbiamo auto più piccole.»

«C'è suo marito?» s'informò Soneri.

«Micaela, vai a chiamare tuo padre», ordinò la Martini con il tono di chi è abituato a comandare.

«Venderemo quella macchina», anticipò la donna, «era a fine leasing e l'avremmo comunque cambiata.»

Il quel momento entrò Soncini, seguito dalla figlia. Adesso la famiglia era al completo di fronte a lui e aveva facce spaiate come quelle di casuali passeggeri di un tram. L'uomo pareva nervoso e privo della sicurezza da viveur che solitamente mostrava. La moglie dava l'idea di aspettare tenendo la situazione sotto controllo, mentre la figlia inquadrava il commissario con uno sguardo malevolo.

«Ho letto sul verbale che la Bmw è stata rubata in via Cavallotti, dopo le ventidue. Presumo che non fosse lì per lavoro a quell'ora...» iniziò Soneri.

«Presume? I miei clienti non ricevono necessariamente in ore d'ufficio.»

«I preti vanno a letto dopo il vespro, oppure pregano», ribatté il commissario.

L'uomo stava per replicare quando intervenne la moglie: «Era dalla sua amante», tagliò corto così perentoria che seguirono alcuni istanti di silenzio in cui nessuno osò dire niente. «Voleva arrivare lì, vero commissario?» continuò la Martini. «Sanno già che la rumena aveva un appartamento in quella strada», concluse lanciando al marito un'occhiata di rimprovero.

Ma Soncini non aprì bocca. Sembrava sollevato di poter lasciare l'iniziativa alla moglie.

«Lei ha presentato denuncia solo alle dieci del mattino successivo...» proseguì Soneri in tono lievemente inquisitorio.

La Martini fissò il marito con aria di sfida: sembrava lo invitasse a cavarsi fuori dai pasticci da solo.

«Me ne sono accorto al mattino, quando sono andato a riprenderla», si giustificò l'uomo.

«Commissario», intervenne a quel punto la moglie con il solito piglio perentorio, «mi sembra che le abbiamo chiarito tutto no? L'auto è stata rubata due mesi fa e quel che è successo dopo non ci riguarda.»

Era lei il capo, lo si capiva dagli sguardi gregari della figlia e del marito. E lei aveva il compito di difendere la famiglia, l'azienda e una parvenza di rispettabilità.

«Lei conosce bene Gino Aimi?»

«Certo», replicò Soncini, «è un caro amico. Non vedo cosa...»

«È stato tramite lui che ha trovato casa alla Iliescu?»

L'uomo era tremendamente imbarazzato e la moglie lo squadrava godendosi lo spettacolo.

«È logico che mi sia rivolto agli amici...»

La donna sorrise perfida, ma il suo atteggiamento metteva più a disagio Soneri del marito. Significava che non temeva nulla, che le sue domande non la scalfivano. E lui si accorse di non avere altre armi da usare.

«La solita complicità maschile», chiosò sardonica la Martini.

Il commissario non ci fece caso: «È però molto curioso che la sua amante sia stata gettata in una scarpata dopo essere stata scaricata da un'auto simile alla sua», sibilò.

Il viso della Martini si oscurò leggermente.

«Ha detto simile», intervenne Micaela con puntiglio. «Mica siamo gli unici ad avere una Bmw in questa città.»

«Commissario», la interruppe Soncini, «non le ho riferito una cosa importante: Nina stava tagliando i ponti con i suoi parenti. Voleva una vita propria, senza più dover rendere conto a una famiglia, capisce? Un ramo era invischiato con i rom e lei sa cosa significa: quelli non ti mollano mai, battono continuamente cassa. In più, volevano anche decidere del suo futuro, combinarle un matrimonio... Lei si è ribellata e gliel'hanno fatta pagare. Ci hanno provato tante volte... Io, per loro, ero un ladro, uno che portava via le donne al clan. E Nina, per il clan, era un pozzo di denaro, mi capisce? Come sua sorella.»

Quello che appariva più stupefacente era osservare la moglie ascoltare impassibile quella storia come se riguardasse un estraneo. E Micaela si era perfettamente sintonizzata con la madre senza tradire nessuna emozione. Era quello il vero clan. Per giunta inossidabile, calcolatore, temprato all'indifferenza. Soneri invidiava un po' quella donna così dura, pensando alla sua angoscia di fronte al tradimento di Angela.

«Commissario», lo sorprese ancora la voce di Soncini, «non ho nessuna prova per dirlo, ma sono quasi sicuro che quei rumeni abbiano tentato di incastrare anche me. In fondo cosa c'è di meglio che fregare la mia macchina e poi usarla per ammazzare la donna con cui stavo? Forse volevano farlo subito dopo il furto, ma hanno dovuto rimandare...»

«Crede che siano fessi? Potevano pensare che lei non sporgesse denuncia?»

«Intanto hanno buttato dei sospetti su di me. E la prova è la sua presenza qui», constatò l'uomo.

«Lei si è fatto una brutta idea su di noi, ma i nostri peccati non riguardano il codice penale», s'intromise la moglie lanciando di nuovo un'occhiata accusatoria al marito.

«Per questi ve la vedrete voi», tagliò corto Soneri ormai

infastidito da quella conversazione. Sullo sfondo, il catalogo degli oggetti sacri della Golden faceva sembrare la stanza una sagrestia. Si alzò lievemente nauseato, passò di fronte allo sguardo trionfante di Micaela e, come la prima volta, uscendo trovò la nebbia confortevole, amica. Era bello perdercisi come nel sonno e non vedere.

Guidò verso la città con un vago, fastidioso malumore che gli gravava addosso. Nel tragitto lo chiamò la Marcotti per avvertirlo che i due rumeni fermati per l'auto rubata si avvalevano della facoltà di non rispondere. Per quanto riguardava il campo da cui provenivano, aspettava un rapporto dei carabinieri. Lui avrebbe comunque avuto notizie più fresche da Juvara e Musumeci mandati in missione a Suzzara.

Quando arrivò in ufficio trovò sul tavolo la visura camerale del circolo ippico di Traversetolo, lasciata dall'ispettore prima di partire. C'erano gran parte dei protagonisti della vicenda e Nina sembrava il perno attorno al quale girava la commedia degli amanti. Bastava spostare leggermente la prospettiva e la storia cambiava, mutevole come i suoi personaggi, ogni volta differenti nella continua negazione di se stessi.

Chissà quale lato avrebbe rivelato quello scontrino dell'*Elettronica Sauro* che aveva trovato Nanetti... Aveva deciso di fare una capatina in negozio, ma si accorse che era l'una passata: svegliarsi tardi significava ruzzolare lungo la giornata, come lo ammoniva sempre suo padre. Infatti, con tempismo, squillò il cellulare.

«Allora vieni o ci hai ripensato?» lo sorprese Angela.

«Sei come un gatto, decidi tu quando fare le fusa.»

«Sbrigati.»

Fu un altro incontro molto intenso. Soneri vi si abbandonava con l'amara convinzione che quell'ardore non fosse merito suo. Poi i pensieri si spegnevano e tutto si trasformava in puro istinto, desiderio che scavalcava la razionalità. Il sesso poteva avere lo stesso effetto narcotico del sonno, con l'unica differenza che durava molto meno.

Poi il risveglio, un rinvenimento verso i consueti spettri. Doveva capitare lo stesso a chi si drogava: la medesima crisi di astinenza dopo il flash dell'endovena.

«Angela, hai deciso cosa fare di noi?»

Sentì un lieve sbuffo al suo fianco. «Perché vuoi sempre rovinare ogni momento bello?»

«Ho bisogno di certezze. Un bisogno assoluto.»

«Sai che non ce ne possono essere, vero?»

«Mi basterebbero quelle illusorie.»

«Se anche ti rassicurassi, se anche ti dicessi che starò sempre con te, usciresti di qui dubbioso come adesso», sussurrò Angela. «Un attimo dopo, ti saresti già dimenticato le mie parole. E tu questo lo sai, ne sei convinto. Allora non capisco perché insisti. Non voglio ingannarti, disprezzando quello che sei e sei sempre stato. È la tua razionalità a rivoltarsi contro di te. Non hai forse sempre dichiarato che detesti le persone dominate dagli istinti? Non hai sempre detto che non saresti mai stato così?»

«Cazzo, Angela, io voglio solo sapere se vuoi stare con me o con quell'altro! Mica ti chiedo una promessa eterna!»

«Sai benissimo che le cose vanno costruite giorno per giorno...»

«Io ne ho piene le palle di costruire! È crollato tutto, Angela. Quello in cui credevo da ragazzo, la mia professione, il matrimonio, mio figlio che non ho mai visto, i sogni... E adesso vai in pezzi anche tu. Sono pieno di cocci, non ne voglio altri.»

Angela lo abbracciò, ma in quel gesto, lui percepì più tenerezza che vero trasporto.

«Se proviamo tutto questo significa che abbiamo ancora tanto da darci», gli mormorò lei all'orecchio tenendolo stretto e stavolta comunicandogli una piacevole sensazione di calore.

«Almeno di una cosa sono contento», borbottò Soneri, «fra noi non è ancora subentrata la pietà per l'altro come capita spesso a chi sta assieme da tanto...»

Angela si scostò per guardarlo meglio e più intensamente. Quindi disse semplicemente: «No, non c'è pietà fra noi». Ma quella frase che avrebbe potuto essere molto cruda, suonò, al contrario, dolcissima.

Poco dopo, quando era già sulla porta e stava per andarsene, il commissario si sentì molto confuso. «Dovevi parlarmi di Candiani...» ricordò all'improvviso.

«Posso prendere informazioni, se vuoi. Ma forse preferisci di no», concluse lei sibillina.

«Perché no?»

«L'altro», riprese con un certo imbarazzo alludendo all'amante, «è molto amico... Se vuoi lo chiamo e provo a chiedergli... A me non negherebbe delle risposte.»

«Lascia stare», tagliò corto Soneri, «mi arrangerò da solo.» Poi quasi scappò lungo le scale per sfuggire all'angoscia che stava per riafferrarlo.

15

L'*Elettronica Sauro* era trenta metri quadrati tra esposizione e laboratorio. La gestiva Giorgio Sauro, un ragazzo sui trent'anni che aveva l'aria di averci scommesso tutto. Del resto doveva essere un tipo coraggioso, a partire dal fatto che non aveva dato un nome inglese al negozio. Per questo gli risultò immediatamente simpatico.

«Conosco il signor Soncini, è venuto qualche volta e l'ho messo nella mia lista clienti. Con la posta elettronica, li avviso delle occasioni», spiegò il ragazzo.

Il commissario tirò fuori lo scontrino che Nanetti gli aveva fatto avere: «Si ricorda a cosa si riferisce?»

Sauro osservò la data e l'importo, poi aprì un cassetto e spulciò una sorta di quaderno contabile. Doveva essere un tipo molto preciso e per un attimo Soneri pensò che avrebbe dovuto presentargli Juvara.

«Si riferisce alla riparazione di un computer portatile, un Sony. Non funzionava più la connessione a Internet.»

«È il portatile del signor Soncini?» domandò il commissario.

«Non saprei», rispose il ragazzo. «Se è il suo, forse ne ha un altro visto che non è mai venuto a ritirarlo.»

«Ce l'ha ancora lei?»

«Sì, mi ha pagato e poi mi ha detto che sarebbe passata una sua amica, una ragazza. Ma non si è mai fatta vedere. Ho chiamato un paio di volte e mi ha risposto che sarebbe passata. Come vede, qui non ho molto spazio e non posso tenere troppe cose.»

«Soncini è venuto altre volte da lei?»

«Un paio nei mesi scorsi», replicò Sauro consultando il quaderno. «L'ultima pochi giorni fa.»

«Motivo?»

«Problemi all'hard disk del computer del suo ufficio.»

Soneri incassò l'informazione senza sapere a cosa si riferisse e quando l'altro tentò di spiegarglielo lo fermò con un gesto perentorio: «È inutile, non ne capisco niente».

«Pensavo che i poliziotti...»

«Non tutti», precisò il commissario, «non quelli vecchi come il sottoscritto.»

«È solo questione di dimestichezza», minimizzò Sauro. «Ho un cliente della polizia che sarebbe in grado di insegnare a me.»

«Si chiama Juvara?» chiese Soneri convinto di andare a colpo sicuro.

«Vede? L'ha indovinato subito. Non se ne intende di computer, ma il fiuto ce l'ha.»

«È molto famoso», si schermì il commissario uscendo.

Nel breve lasso di tempo di quella visita, la luce del pomeriggio precipitò. Tra le case dei borghi già avanzava la notte, ma la frenesia era ancora quella del giorno. Soneri svoltò in via Farini e sfociò in piazza Garibaldi. L'orologio del palazzo del Governatore segnava le quattro e dieci, ma le vetrine di via Repubblica erano già illuminate. L'accelerazione del buio accentuava il senso di impotenza che provava nei confronti di quell'indagine e il rimorso verso Nina a cui doveva qualcosa in più del desiderio di verità. In certi momenti, il pensiero di lei incinta, uccisa e oltraggiata dal fuoco lo commuoveva. Ogni volta andava a sbattere contro quel nervo scoperto. Qualcosa di simile a quel che stava succedendo in città da quando i quotidiani avevano strillato la notizia di Candiani. Tuttavia Parma, pur essendo un alveare di sussurri, già cominciava a metabolizzare il fatto, tra il sospiro di sollievo per la scoperta del mostro e l'esorcismo di ritenerlo un pazzo estraneo a una comunità proba e laboriosa.

La città digeriva tutto con un sorriso e un rutto soddisfatto, pensò oltrepassando il portone della questura.

Juvara, invece, aveva la faccia di uno a cui è rimasto il pranzo sullo stomaco.

«C'erano tori in libertà anche a Suzzara?» ironizzò Soneri.

«Commissario, quei rom non sono molto simpatici. Eravamo in due contro sessanta.»

«Mica dovevate sfidarli a pugni...»

«Ce l'hanno con noi, preferiscono un branco di tori a una nostra visita.»

«A chi siamo simpatici? Juvara! Ormai ci guarda in cagnesco anche la gente normale che piagnucola a ogni borseggio», si sfogò il commissario. «La sinistra ci accusa d'essere di destra, la destra ci accusa di essere troppo teneri...»

L'ispettore fece un gesto rassegnato. «Questo per dirle che non abbiamo scoperto granché», puntualizzò.

«Vale sempre la pena di tentare.»

«I cugini hanno fatto meglio: hanno perquisito il campo. Forse anche per quello i rom erano così incazzati.»

«E cos'hanno trovato?»

«Oro. Questi erano specializzati in furti di oro.»

«Non è una novità...»

«Mica vero», rispose Juvara. «Oggi si sono buttati sul rame, rende molto ed è facile da trovare: cantieri, magazzini e persino le linee elettriche. Ho visto certe statistiche su Internet...»

Il commissario lo zittì con un gesto. «Che altro avete scoperto?»

«Che odiano la Iliescu.»

«Come, la odiano?»

«Appena abbiamo pronunciato il suo nome ne hanno dette di tutti i colori sputando per terra: puttana è stata la parola più gentile.»

Tutto collimava con il racconto di Soncini. Nina doveva davvero essere sola e disperata a difendere se stessa, contesa tra gli amanti e un clan spietato. Proprio per questo, la ragazza gli appariva ancora più ammirevole. Sentiva che l'indagine scavalcava progressivamente il confine del semplice dovere.

«Senti, Juvara», cambiò discorso Soneri all'improvviso, «che tipo è Sauro, quello che ha il negozio di informatica? So che sei cliente.»

«Ci sono andato solo qualche volta», precisò subito l'ispettore.

«Juvara! Sei un poliziotto! Non devi difenderti. Magari tocca agli altri rispondere alle tue domande!»

«Pensavo che l'avesse beccato in qualche giro...»

«Macché! Ha fra i clienti Soncini, che si è rivolto a lui un paio di volte per un portatile e per un'altra cosa che non ho capito. Be', il portatile non l'ha mai ritirato. Dice che doveva passare un'amica, ma non s'è mai vista. Potrebbe trattarsi di Nina, però non ci si può giurare con un tipo come quello.»

«Dottore, lo vede che i computer possono essere degli ottimi indizi?»

«Non illuderti. Se dentro quel portatile ci fossero cose compromettenti, dubito che l'avrebbero lasciato dal tuo amico.»

«Non è mio amico: è un tipo competente. Credo anche onesto.»

«Allora, vedi di lavorartelo un po'. Sai, tra esperti... Comunque anche a me è molto simpatico», concluse il commissario.

In quel momento squillò il telefono sul suo tavolo.

«Commissario, finalmente la trovo», esordì la Marcotti.

Lui stava per giustificarsi, quando il magistrato cambiò subito discorso: era una donna che non si perdeva in fronzoli e aveva sempre fretta. Per questo Soneri ci andava d'accordo.

«Ho chiesto le autorizzazioni a mettere sotto controllo i telefoni degli amanti della Iliescu. Spero che il gip me le conceda tutte», spiegò. «Nel frattempo i suoi colleghi mi hanno mandato il resoconto di un'ambientale registrata nella camera di sicurezza dove c'erano i nostri ladri d'auto. Poca roba, devo ammettere. L'unica cosa rilevante è che il più vecchio s'è rivolto all'altro dicendogli che erano stati incastrati. È una frase che può voler significare tutto e niente», concluse scettica la Marcotti.

Il commissario annuì mugugnando e, prima che potesse parlare, lei lo fulminò con una domanda: «Si è per caso fatto un'idea di questa storia?»

Non sapeva cosa risponderle. Ogni volta che se ne faceva una veniva smentita un momento dopo. E poi non avrebbe saputo tradurre quell'insieme di sensazioni che gli vorticavano in testa di continuo. «Ancora no», brontolò con voce imbronciata.

Sentì una risata dall'altra parte: «Andiamo bene! Quindi siamo in due a non capirci niente».

«Non sarà sempre così», replicò Soneri.

«Lo spero», riprese il magistrato. «Tutti i casi attraversano quella fase di buio in cui non si sa da che parte andare, ma abbiamo buttato tante reti, vedrà che qualche pesce ci resterà dentro», concluse la Marcotti da inguaribile ottimista.

In quel momento Soneri avrebbe voluto sposarla. Avere accanto una donna così equivaleva a un'endovena di ginseng. Anche Angela era della stessa pasta e gli piaceva per quello. Sempre che le andasse ancora di stare con lui.

Si accese un sigaro e decise di uscire. Era l'ora più affollata della sera, il momento dell'uscita dagli uffici, con gli impiegati e i professionisti vestiti in uniforme di rappresentanza, profumati e inamidati. Gli venne nostalgia di casalinghe con la spesa che gridavano saluti in dialetto da un marciapiede all'altro, di operai in bicicletta con il cappotto di panno sopra la tuta che pedalavano verso casa quando le fabbriche erano ancora in città e non a dieci chilometri come la Golden.

Pensava allo squallore di quella lottizzazione di Lemignano, dove l'asfalto e i capannoni avevano divorato campi e filari, quando s'imbatté in un rumoroso corteo d'auto d'epoca infiocchettate di nastri bianchi. Con lo sguardo seguì la sfilata fino al punto in cui la vide svoltare in via Cavour, per l'occasione riaperta al traffico. Fece a piedi lo stesso percorso finché giunse all'incrocio con Strada al duomo. Davanti a sé scorse la piazza della cattedrale piena delle vecchie auto e la scalinata gremita di gente in abito da cerimonia. Transenne con guardie giurate impedivano ai curiosi di avvicinarsi troppo a quella carnevalata. Auto blu e berline da consiglio di amministrazione sciamavano in continuazione, come se il duomo fosse stato il *Grand Hotel*.

Il mistero venne risolto dallo squittio di una signora: «Si sposa il più grande dei Dall'Argine».

Quel nome faceva tornare i conti: il più grande dei Dall'Argine sposava la figlia di Soncini. La scaltra dinastia emergente che si accasa con un rampollo blasonato nobilitando il suo sangue. Soneri si allontanò cercando aria da respirare in solitudine. Mai come in quei momenti si sentiva orgogliosamente anarchico con addosso la voglia di libertà e la purezza di un giovane lupo.

Gironzolò un po' prima che la fame e la curiosità lo riportassero all'enoteca. Si affacciò alla sala e scrutò tra i tavoli con il timore e la speranza di scovarvi il rivale. Ma al posto dove l'aveva visto l'ultima volta c'era adesso Sbarazza. L'uomo si alzò con un movimento elegante e lo invitò a sedere.

«Adesso dà anche ricevimenti?» ironizzò il commissario.

«Al *Milord* è sempre più dura», spiegò l'altro. «Troppa gente. Così mi devo arrangiare. Stasera», sussurrò confidenziale, «non avevo voglia di mangiarmi una scatoletta di tonno.»

«Qui non ci sono problemi?» chiese Soneri accennando al bancone.

«Bruno, il proprietario, mi conosce. Buon uomo, come Alceste.»

«Però sono quasi tutti uomini...» constatò il commissario.

«Non è vero, ci sono molte coppie.»

«Qui era seduta una coppia?»

«Sì, per la merenda.»

«Posso chiederle com'era?»

Sbarazza lo scrutò un po' stupito. «Vuole una descrizione? Lui era un tipo alto, distinto, ben vestito. Lei mi pareva una donna vivace, non bella, però un tipo, mi capisce?»

Soneri vacillò per un attimo senza rispondere e quando si riprese si trovò addosso gli occhi un po' stupiti dell'uomo.

«Cosa c'è? Corrispondono all'identikit di due sospetti?»

«No, niente», minimizzò Soneri. «Stavo pensando a quanto siamo vulnerabili.»

«Eh!» sogghignò Sbarazza. «Siamo uova dal guscio fragile. Anzi, siamo fragili e basta, senza nemmeno il guscio.»

«Piuttosto che senza guscio, in questo momento mi sembra di essere senza gravità», commentò il commissario.

«Può essere un vantaggio...»

«Come stare nell'acqua senza pinne o nell'aria senza ali.»

«Non sia così pessimista», lo esortò il vecchio. «Il nostro errore è quello di pensare continuamente alle certezze. Abbiamo il bisogno di certezze, le pretendiamo. Non vogliamo rassegnarci a quel che siamo. Se prendessimo atto del nostro stato saremmo più sereni e forse vedremmo le occasioni anziché le frustrazioni.»

«Prendere atto di quel che siamo è già una certezza, non le pare?»

«Va bene, lo ammetto. È l'unica: la certezza di non avere certezze. Da qui bisogna ripartire.»

«Sembra un ragionamento da commissario di polizia. Sa che insegnano proprio questo a chi comincia: di fronte a un caso, non partire mai con un preconcetto. Ma un commissario ha i fatti di fronte.»

«Sa meglio di me che i fatti non sono oggettivi! Pensi alla storia... Ciò di cui siamo convinti oggi non varrà domani e dopodomani arriverà dell'altro. Moriamo tutte le sere e rinasciamo differenti al mattino. Così il mondo si rinnova a ogni istante. È la mutevolezza la nostra essenza non la fermezza e ogni uomo che voglia essere coerente non è altro che un illuso. Tutto sta nell'accettare quel che siamo e aprirsi a quest'immenso sbocciare di possibilità che il tempo ci propone di continuo. L'accettazione del mondo: ecco il segreto. Si ricorda di Nietzsche?»

Per fortuna arrivò Bruno: «Cosa porto?»

«Per me culaccia e scaglie di grana.»

«Lei, marchese, desidera qualcos'altro?» chiese con assoluta serietà l'oste.

«Assaggerò qualcosa dal commissario», sorrise Sbarazza, «è l'unico uomo con cui condividerei un piatto.»

«Ci porti un lambrusco nero», ordinò infine Soneri. Aveva voglia di un vino forte che lavasse via i pensieri. «Queste sono le mie certezze», proclamò appena fu servito sollevando una fetta di culaccia come se officiasse un rito. Ma il suo tono risultò un po' dolente.

«Vedo che ha capito. Vivere è come giocare a carte: devi sempre aspettare che ti arrivi qualcosa di buono dal mazzo. Pensi a me che avevo un casato, una famiglia piena di blasoni e stemmi rievocanti battaglie e onori... La cosa più sciocca è pensare che si possa lasciare qualcosa. A me l'hanno inculcato fin da piccolo a forza di illustrarmi i ritratti degli antenati nel corridoio della nostra casa avita... l'albero genealogico e un sacco di menate...»

Sbarazza aveva preso un'aria vagamente delirante, tuttavia Soneri non poteva negare che il suo ragionamento avesse una logica. Pensava ad Angela e a quegli appuntamenti all'ora di pranzo pieni di passione. Per ora il mazzo gli aveva fatto pescare questa carta e chiedere di più per il futuro sarebbe stato velleitario.

Versò il lambrusco che aveva il colore del sanguinaccio.

«Quella coppia, quella seduta qui...» ricominciò con la sgradevole sensazione di essere seduto nello stesso posto in cui forse stava il rivale poco prima.

«Allora non ha capito», lo interruppe con bonaria autorità Sbarazza. «Lei sta cercando una conferma che io non voglio darle. Cosa le importa di sapere? Servirebbe solo ad avvelenarle la serata. Sa quante cose stanno succedendo in questo momento contro di lei o a suo favore? Decine, ma lei lo ignora. Viviamo in una costante incoscienza che è contemporaneamente la nostra salvezza e la nostra condanna. Ci lascia aperte le porte dell'emozione, ma ci rende volatili come un vapore alcolico», concluse Sbarazza.

A proposito di alcol, Soneri buttò giù un bicchiere di

lambrusco quasi d'un fiato. Cercava quella leggera euforia che lo tenesse a galla.

«Sarà destino che abbia sempre dei testimoni reticenti», brontolò poi.

«Credo di aver capito la sua situazione, mi ci sono trovato molte volte», riprese Sbarazza con aria grave. «Ma se la persona a cui tiene ha già deciso di lasciarla, non ci sarà niente che possa convincerla a cambiare idea. Se invece ha dei dubbi, l'unica cosa che può fare è dimostrarsi benevolo. La sola salvezza è la benevolenza verso il prossimo perché ciò che gli uomini cercano è di essere amati. Anche i più abominevoli delinquenti. Siamo tutti orfani, non trova?»

Soneri annuì riflettendo e passando mentalmente in rassegna i criminali che gli era toccato di conoscere nel suo lavoro di commissario. Anche in questo caso Sbarazza non aveva tutti i torti.

«Le sembrerà poco che noi tutti possiamo scambiarci solo un misero sentimento. Lo so, è carta straccia, ma non c'è nient'altro», sentenziò. «A meno che...» aggiunse bloccandosi subito dopo.

«Cosa?» domandò Soneri smettendo di masticare.

«A meno che non ci si rifugi in Dio.»

«Questa è un'altra storia», mormorò Soneri. «E comunque nemmeno lui dimostra grande interesse per le faccende umane.»

«Per favore!» sbottò Sbarazza. «Non faccia ragionamenti da bar. Da lei non me li aspetto.»

«È che nemmeno ricorrendo a Dio ci trovo un senso», si difese il commissario.

«Lei è un inguaribile razionalista: cerca un senso alle cose per ricavarne qualche rassicurazione. Ma Dio è oltre il confine della nostra ragione. Balliamo dentro un setaccio ignari su dove finiremo. Non possiamo scegliere, la vita ci viene addosso. Il copione l'hanno scritto altri e se si tratta di Dio allora tutto torna con quello che ho detto prima. Mi dia retta», lo esortò infine Sbarazza, «scelga dal mazzo e si rassegni, tanto, alla fine, avremo tutti la stessa paga.»

«Sto giocando più di una partita», spiegò Soneri.

«Capisco», annuì Sbarazza. «Una è quella ragazza bruciata, vero?»

«È da un po' che pesco dal mazzo, ma non mi arriva mai la carta giusta.»

«Vedrà che prima o poi la becca. Il mio consiglio è sempre lo stesso: lasci correre i fatti e colga tutte le occasioni che le si presenteranno. Basta saperle riconoscere.»

Il commissario sospirò e cercò di nuovo rifugio nel vino. Sarebbe stato bello finire la sera così, con i sapori giusti. Ma sapeva che presto il locale si sarebbe riempito di chiasso e di risate fino a stordirlo. Inoltre ce l'aveva un po' con Sbarazza per la reticenza di poco prima. Gli restava il dubbio che Angela e l'altro si fossero visti proprio lì, la descrizione corrispondeva. Ma anche quei pensieri da poliziotto gli stavano venendo a noia. Gli accadimenti si imponevano malgrado la sua recalcitrante volontà di metterli in ordine.

«Vado dai miei vecchietti», si congedò Sbarazza. «È l'ora della cena al dormitorio e poi si fa vita sociale», spiegò con la consueta lieve ironia che marcava il suo distacco dal mondo.

«Non va al matrimonio?» chiese Soneri alludendo alle nozze Dall'Argine-Soncini.

«I soldi non tolgono la volgarità di dosso», commentò il vecchio con un sorriso di benevola commiserazione.

16

Era davvero volgare quella sorta di profanazione della notte che aveva trasformato piazza Duomo in una sfilata di alta moda. Solo in abiti, il matrimonio doveva essere costato migliaia di euro, per non parlare dei gioielli e delle automobili. Il chiacchiericcio tra i marmi dell'Antelami contrastava con le note d'organo che fuoriuscivano dal portone spalancato della cattedrale. Chissà se il calice per la comunione degli sposi era stato fabbricato alla Golden?

Soneri detestava le cerimonie solenni: le trovava false e rischiava sempre che gli scappasse da ridere di fronte a simili pantomime. Ma quella che stava vedendo passava ogni limite, sconfinando nell'ostentazione, nel marketing, nella stupida ripetizione di feste occhieggiate sulle riviste da parrucchiera.

Eppure rimaneva inchiodato a guardare, appoggiato al muro dell'antica libreria *Fiaccadori* senza decidersi ad andarsene. Lasciava correre i fatti, come suggeriva Sbarazza.

Ed era vero che i fatti correvano. A un certo punto, gli sposi uscirono sotto una pioggia di riso e flash, il baccano salì fino al parossismo, le grida rimbalzarono contro le nobili pietre del Duomo correndo fin su, oltre la cortina di nebbia, ad assordare L'angiol d'or sulla cuspide del campanile e a svegliare i putti del Correggio nella vicina chiesa di San Giovanni. Quindi, con un calando precipitoso, la piazza s'acquietò fino al mormorio e il commissario percepì lo scossone che dava inizio al movimento, come quello di un treno che parte. Pensò allora che qualcosa doveva aver cambiato l'andamento della serata e dopotutto non gli dispiaceva veder guastare quell'esibizione.

Il telefonino lo aggiornò sull'accaduto con la voce di Pasquariello: «Hanno fatto esplodere una bomba alla Golden», spiegò il collega.

«Ci sono feriti?»

«No», rispose il capo delle volanti, «non era una bomba potente, ma se fosse esplosa quando il quartiere è pieno di operai...»

«Un'altra grana!» sbuffò il commissario.

«Due babbei», riprese Pasquariello. «I carabinieri li hanno beccati poco lontano: sono rumeni.»

Soneri pensò che l'ipotesi di Soncini registrava un altro punto a suo favore. Quelli volevano vendicarsi davvero anche nei suoi confronti.

«Come li hanno presi?» chiese ancora Soneri.

«Non si sono accorti che la guardia giurata stava facendo il suo primo giro. Ha sentito l'esplosione e ha dato l'allarme. E i due sono finiti in bocca a una pattuglia.»

Piazza Duomo stava smobilitando. Le rantolanti auto d'epoca partirono una dopo l'altra con qualche sonoro scoppio. Un altro scoppio a dieci chilometri da lì aveva posto fine alla festa.

«Commissario passo a prenderla?» lo chiamò poco dopo Juvara.

L'idea di tornare a Lemignano lo intristì, ma pensò che il buio e la nebbia avrebbero celato le parti più brutte del posto. «Va bene, ti aspetto in via Cavour, ma stai attento a non farti investire dall'auto di Nuvolari.»

«Commissario, mica siamo alla Mille Miglia!»

«Allora vedrai.»

Qualche minuto più tardi, l'Alfa Romeo della questura lampeggiò da via Pisacane.

«Dottore, ma questi sono pazzi!» sbottò l'ispettore. «Per poco non mi passano sopra! Cos'è, un film d'epoca?»

«Quasi», ghignò il commissario. «È una festa rovinata e per questo sgasano furiosi. Domani chiederanno conto al questore per l'ordine pubblico e la sicurezza in pericolo. Alla fine la bastonata cadrà ancora una volta su di noi.»

«Ma che festa è stata interrotta?»

«Non sei mai al corrente della vita mondana in questa città: il matrimonio del secolo!»

«Non mi dica che quelle auto erano per i Dall'Argine...»

«Vedi che lo sai anche tu! Leggi le riviste da parrucchiera?»

«Macché, i quotidiani. C'erano due pagine, oggi.»

«Invece di mettere cose serie...»

«Adesso collego...» si riscosse Juvara, «Dall'Argine si sposa con la Soncini e la bomba l'hanno messa proprio nella fabbrica... La Golden. Più o meno alla stessa ora in cui la figlia diceva sì.»

«Sì», scandì il commissario in assonanza.

«Brutta storia», commentò l'ispettore quando scesero nell'oscurità del quartiere artigianale, senza che si capisse se alludesse alla dinamica dei fatti o al grosso alone nero sul muro degli uffici con tanto di vetri infranti e principio di incendio.

Arrivò quasi contemporaneamente la Marcotti con la sua chioma candida e vaporosa che risaltava alla luce dei fari come i giubbotti fosforescenti dei carabinieri. Il maresciallo Santurro si sentiva protagonista per il successo della cattura e dirigeva le operazioni come un piccolo Napoleone. Soneri non aveva granché da fare lì, se non osservare quel che era accaduto e affidarsi alle suggestioni che la scena di un crimine gli suggeriva ogni volta. Mentre la Marcotti si recò a parlare con il maresciallo, il commissario virò verso l'ingresso della Golden dove trovò Soncini in piedi a osservare la bruciatura sul muro con la fissità con cui avrebbe ammirato un dipinto.

«Avevo ragione», mormorò senza girarsi.

«I fatti dicono questo», ribatté seccamente Soneri. «Almeno per ora», aggiunse ricordandosi della mutevolezza di cui aveva parlato con Sbarazza. «Comunque li hanno presi, può stare tranquillo.»

«Con quelli non c'è mai da stare tranquilli», ringhiò l'uomo nervoso. «Non mollano e sono in tanti. Questo è un avvertimento. La prossima volta...»

«Non ci sarà una prossima volta», lo smentì Soneri.

«Dovevate intervenire quando vi ho avvisato che mi minacciavano», protestò Soncini rabbiosamente. «Ho diritto a una protezione da parte vostra. E anche... l'azienda...» Si fermò in tempo, ma il commissario avrebbe giurato che stava per dire: «La mia azienda».

«Per un po' non si faranno vivi», lo rassicurò il commissario, «non sono così stupidi. Piuttosto, so che è venuto in questura a riconoscere la sua macchina: mi pare che non ci siano dubbi, vero?»

Soncini annuì: «È la mia. Hanno voluto gettarmi addosso la colpa».

«Sua moglie e sua figlia dove sono adesso?» chiese Soneri.

«E dove vuole che siano!» esclamò Soncini arrogante. «Al rinfresco. Mica potevano piantare in asso gli invitati! Pensi che figura con i Dall'Argine! Queste sono cose che lasciano il segno: anche se siamo le vittime, ti restano addosso gli schizzi di fango.»

Il commissario cominciava ad averne abbastanza di Soncini al punto che avrebbe voluto rispondere brutalmente. Cosa temeva, dopotutto? Il matrimonio era già stato celebrato e i Dall'Argine non avrebbero più potuto ripensarci. Ma si ricordò di essere un pubblico ufficiale e si limitò a minimizzare: «Tutti dimenticano in fretta».

Nel frattempo si era avvicinata la Marcotti. «Sa che il gip mi ha negato le intercettazioni per gli amanti della Iliescu?» esordì appena furono in disparte. «Dice che non ci sono motivi sufficienti.»

Soneri allargò le braccia e pensò che anche lui, nei panni del magistrato, avrebbe avuto dei dubbi. Non c'era niente che potesse far pensare a loro come assassini. Erano stati a letto con Nina e ci avevano lasciato un pezzo di cuore, tutto lì.

«Cosa ne pensa di questa bomba?» chiese poi la Marcotti.

«È un altra tessera che s'aggiunge, ma non sappiamo dove metterla», rispose il commissario.

Lei rise. «Continuiamo a tirare le reti, qualcosa verrà a galla. Comunque l'avverto che domani i giornali faranno un gran fracasso: questa volta sono stati pestati i piedi a quelli che contano. Non è più la misera storia di una povera rumena», concluse.

Tornando in macchina con a fianco Juvara, Soneri pensava a quell'oscura minaccia.

«Avremo il fiato del questore sul collo», previde l'ispettore.

«La città chiede conto dei fatti inquietanti che stanno accadendo», cantilenò Soneri imitando Capuozzo e i titoli dei quotidiani. «Finché niente viene allo scoperto stanno tutti zitti, fingendo che si tratti della città migliore del mondo, ma quando gli scappa nelle mutande strillano scandalizzati», ringhiò il commissario.

Juvara taceva in attesa che si calmasse.

«Domani», cambiò discorso il commissario, «vai dal tuo amico che vende computer e fatti dare il pc di Soncini. Portatelo a casa e guardaci dentro, ma prima chiedi l'autorizzazione della Marcotti. Se non la trovi cerca di convincere quel Sauro.»

«Pensa che nel portatile si possa scoprire qualcosa di interessante?»

«No, però non si sa mai.»

«Dottore, mi ha riferito che pochi giorni fa Soncini ha avuto bisogno per il computer d'ufficio. Ma cos'aveva?»

«Lo sai che non ricordo mai nulla di 'ste cose... sarà stato guasto, non so...»

«Scusi se glielo dico», replicò Juvara timidamente, «ma penso che lei dovrebbe avere più considerazione per questo mondo: è fondamentale per il nostro lavoro...»

«Lo so, lo so...» lo interruppe Soneri più infastidito che arrabbiato. «Ma io sono ormai troppo vecchio per imparare e continuo con i miei metodi.»

«Dottore, cosa dice? Lei è ancora giovane. La sua è solo un po' di pigrizia mentale», insistette Juvara. «Sa che anche Capuozzo sta facendo un corso?»

«Pensa te! Quello dovrebbe fare un corso per migliorare il suo quoziente intellettivo, ma purtroppo non ce ne sono.»

«Le servirebbe anche un po' d'inglese...»

«Juvara, per favore, non rompermi i coglioni!» tagliò corto Soneri.

«Sai cosa ti dico? Che adesso verrai con me dai rom di Cortile San Martino così verifichiamo se ci sono ancora i tori.»

«Ma con questa nebbia... E sono quasi le dieci...» balbettò l'ispettore.

«Quelli hanno tempo di dormire al mattino», concluse il commissario.

Si infilarono nelle strade strette della Bassa come la prima volta, quando era cominciato tutto.

«Se è una punizione», brontolò Juvara, «mi pare decisamente pesante.»

«Non dire fesserie», replicò Soneri, «voglio sentire Manservisi. Penso che dai nostri amici rom italiani si possa pescare una buona carta.»

«Non capisco...»

«Niente, niente... È un linguaggio cifrato che mi ha insegnato Sbarazza, un tizio nobile molto eccentrico.»

Juvara non replicò, gli bastava sapere che il commissario non era arrabbiato con lui.

Soneri vide l'indicazione della discarica troppo tardi e dovette tornare indietro con un'inversione che fece venire i sudori freddi all'ispettore. Non era cambiato niente in quello spiazzo, salvo che i rifiuti erano cresciuti fino ad accumularsi di fianco ai cassoni. L'accampamento era deserto e il falò quasi spento: restavano solo poche lingue di fiamma in un lago di cenere. Dentro le roulotte balenavano i lampi dei televisori accesi. Il commissario parcheggiò e si avviò seguito da Juvara. Le teste di molti bambini si affacciarono dietro i vetri, mentre alcune porte si aprirono e richiusero in fretta. Un minuto dopo comparve Manservisi con il suo borsalino in testa e l'andatura tranquilla di chi non è atteso da nessuno.

«Salve», disse fermandosi di fronte a Soneri mentre sullo sfondo la nebbia si colorava di giallo per le luci dell'area di servizio e dell'ipermercato. La musica non si sentiva più: forse il luna park aveva smobilitato.

«Dev'essere successo qualcosa di grave se lei sfida la nebbia a quest'ora. Un altro morto?» s'incuriosì Manservisi.

«Volevamo sapere come sta Mariotto», rispose il commissario.

L'altro scoppiò in una risata. «Sta scherzando?»

«Per nulla.»

Il rom si fece serio e pareva piuttosto teso.

«In questo momento è lei che sta scherzando», continuò Soneri.

«Io? Mariotto ha già detto quello che sapeva. Noi abbiamo detto tutto, cosa vuole ancora?»

«Che non mi prenda per il culo con la storia del toro che l'ha incornato», ribadì il commissario. «Sa bene che non è così. Mariotto è stato picchiato.»

«Commissario, nella nebbia si vedono tante cose che non esistono... Chieda direttamente a lui!»

«Non dica fesserie», riprese Soneri. «Sarà certamente sotto minaccia e lei stesso gli avrà imposto di stare zitto. Inoltre, nessun giudice ammetterebbe un teste con un deficit mentale.»

«Io non ho imposto nulla: difendo la mia comunità. Solo questo.»

«E la difende tacendo? Perché i rumeni se ne sono andati via in fretta e furia? Dovete avere litigato ben bene tra voi», insistette il commissario.

«Il mondo è grande, c'è posto per tutti», buttò lì Manservisi confermando implicitamente.

«Non abbastanza», rilevò il commissario, «se tutto succede qui intorno. Buttano un corpo bruciato davanti all'accampamento, uno dei vostri fugge precipitosamente dopo un ridicolo furto, un altro viene picchiato e s'inventa una cornata...» riassunse Soneri. «Sono tante le coincidenze...»

«Ma che cosa sospetta, insomma?» si spazientì l'uomo.

«Che lei sappia molto di più di quel che mi ha raccontato», chiarì il commissario.

Manservisi sbuffò, mentre nel buio si distinse un tramestio e un grugnito. Dovevano aver messo in recinto uno di quei maiali spersi.

«Comunque», riprese Soneri, «i vostri ex vicini sono stati perquisiti dai carabinieri ed è saltato fuori un giacimento d'oro. Il magistrato potrebbe ordinare la stessa cosa qui», lo minacciò bluffando.

«Fate pure», lo sfidò Manservisi con sicurezza, «noi non trattiamo quella roba. Qui c'è gente che lavora e i nostri bimbi vanno a scuola.»

«Che fine faceva l'oro dei rumeni?»

«Cosa vuole che ne sappia?» riprese l'uomo. «Se lei avesse in mano della merce preziosa che ne farebbe? Ma non roba qualunque, questa aveva nome e cognome.»

«Come rubare un quadro...» rifletté Soneri.

«Solo che all'oro si può facilmente dare un'altra identità, a un quadro no», suggerì Manservisi.

«È vero», convenne il commissario, «l'oro prende molte forme.»

Rimase per un attimo impalato mentre l'altro se ne andava con il passo tranquillo con cui era venuto. Juvara si era avvicinato al fuoco per scaldarsi.

«Andiamo», lo chiamò Soneri salendo in macchina. L'ispettore corse goffamente verso lo sportello con l'aria parecchio sollevata.

«Secondo te cos'ha voluto dirci con quella frase?» chiese il commissario quando si furono avviati nella nebbia.

«Secondo me che gli oggetti d'oro sono riconoscibilissimi dai derubati, ma si possono anche fondere trasformandoli in oggetti anonimi», ipotizzò l'ispettore.

«Bravo!» si complimentò Soneri. «Vedo che cominci ad avere la testa dell'investigatore.

«Domani prova un po' a vedere se a Suzzara si sono moltiplicati i furti di oro», continuò il commissario. «Fatti anche raccontare dai nostri se ci sono stati colpi intorno a Cortile San Martino.»

Quando arrivarono in città, squillò il telefonino. Juvara

armeggiò a lungo prima di afferrare l'apparecchio. «È il suo», concluse, «abbiamo la stessa suoneria.»

«Soneri», esordì la Marcotti, «ho fatto portare i due attentatori in carcere. Volevo dirle che se intende interrogarli, io sarò là domattina alle nove.»

«Parlano?»

«Come gli altri due: niente. Anche questi sostengono di essere stati incastrati», spiegò il magistrato.

«Bisogna trovare il modo di farli parlare», riprese Soneri. «Forse vanno convinti...»

«Se lo scordi, commissario! Mi sono già occupata di bande dell'Est e sono più omertosi degli italiani.»

«Allora abbiamo solo una carta da giocare», concluse Soneri.

«Quale?»

«Medioli. L'ho invitato a collaborare e forse s'è convinto. Non è uno della comunità rom, non segue i loro riti. Dobbiamo considerarlo come se fosse un infiltrato.»

«E lei crede che collaborerà? Mi sembra del tutto svanito.»

«Proviamo», tagliò corto il commissario.

Fece scendere l'ispettore davanti al portone di casa.

«Dottore, domattina vado in ufficio presto e mi scateno su Internet per quelle ricerche», annunciò Juvara.

«Pensi sempre al computer! Non fai prima se vai di persona all'ufficio furti? È sempre meglio parlare a tu per tu. Sono solo due rampe di scale!» brontolò Soneri.

«Come vuole, commissario, ma lei trascura troppo gli strumenti informatici.»

«Juvara, ancora?» sbuffò Soneri insofferente. «Ricordati del tuo amico Sauro, con lui potrai sbizzarrirti sull'argomento.»

L'ispettore fece un cenno che significava «obbedisco» e chiuse la portiera. Il commissario partì di scatto e si diresse a casa di Angela. Aveva voglia di vederla e passare una notte con lei. Parcheggiò sotto e la chiamò, ma il telefono di casa squillò a vuoto. Passò al cellulare che risultò spento. Dal desiderio passò alla frustrazione e infine ai cattivi pensieri. Adesso rimetteva i panni del poliziotto e cominciava a valutare tutte le ipotesi sul silenzio della compagna scivolando immancabilmente verso le conclusioni peggiori. Era stanco di sbattere sempre contro la cedevole ostilità del mistero. Prima nel lavoro, adesso anche nella vita privata. Aveva un bel dire Sbarazza: per lui era troppo.

Decise di tornarsene a casa, ma poi non si rassegnò a salire. Doveva sfogare l'inquietudine camminando e fumandosi un toscano. Percorse via d'Azeglio con la nebbia che lo superava soffiando alle sue spalle. Dai borghi intorno spuntavano di tanto in tanto pattuglie di magrebini e neri con i loro scoppi di voce nel silenzio della strada deserta. Raggiunse piazza Garibaldi, quindi imboccò via Farini e svoltò in vicolo Politi verso il tribunale. C'erano ancora molte auto parcheggiate davanti, forse erano quelle dei magistrati. Angela poteva essere impegnata lì, per qualche interrogatorio. Stette a gironzolare per un po', quindi vide uscire la Marcotti, il procuratore capo, Capuozzo e il maresciallo Santurro. C'era stata una riunione senza che lo avessero avvertito e tutto ciò non significava niente di buono. A meno che l'argomento fosse ristretto all'esplosione alla Golden.

Se ne andò con la convinzione che il giorno dopo sarebbe tuonato a lungo, ma non ci voleva pensare. Era stanco, deluso e frustrato. In definitiva, non ne poteva più. Appena arrivò in casa, il telefono squillò.

«Mi hai cercato?» chiese Angela.

«Mi parli come se fossi il presidente dell'ordine degli avvocati.»

«Scusa, ma non ho respiro. Lavoro fino a tardi, sono stanchissima.»

«Anch'io. E non solo per il lavoro.»

«Cosa intendi dire?»

«Che non reggo più. Non ti trovo mai, non riesco a parlarti. E quando mi rispondi sei fredda.»

«Te lo ripeto: lavoro molto!»

«E io ti dico che così non mi va. Devi scegliere, Angela. Decidi quel che vuoi fare. So che lo vedi ancora... Stasera eri all'enoteca con lui.»

Ci fu una pausa. Soneri avrebbe voluto tanto che lei smentisse, ma invece ribatté calma: «Hai ripreso a fare il poliziotto con me?»

«Ti sbagli, è stato un caso. Ma io credo nelle coincidenze.»

«L'ho già sentita... Faresti meglio a non viaggiare troppo con la fantasia considerando il mestiere che fai.»

«Angela, parlo sul serio: così non ci sto. Questa situazione mi fa soffrire troppo.»

Lei sospirò: «Mi dispiace, non vorrei mai farti del male, ma non sono ancora in grado di decidere. Sono troppo confusa».

Lui avrebbe voluto suggerirle di lasciar scorrere i fatti come consigliava Sbarazza, ma stette zitto finché fu lei a riprendere:

«Continuo ad aver voglia di vederti», mormorò.

Soneri non capiva e tuttavia era cosciente che non c'era niente da capire. Che bisognava solo vivere il momento, consumarlo, spolparlo fino all'osso senza chiedersi quel che sarebbe successo dopo.

17

Juvara lavorava già da due ore quando il commissario arrivò in ufficio.

«Aveva ragione», incominciò. «A Suzzara c'è stato un incremento di colpi con bottino di preziosi nelle ultime settimane. Ma la cosa più interessante è saltata fuori dai dati dei nostri colleghi dell'ufficio furti: nella zona intorno a Cortile San Martino sono state svaligiate molte case e all'autogrill non si contano le auto aperte nei posteggi.»

«Un'industria!» esclamò Soneri.

«Il fatto è che non hanno risparmiato nemmeno le chiese», aggiunse l'ispettore.

«Le chiese?»

«Quattro parrocchie derubate in due mesi», spiegò Juvara. «E in tutti i casi sono stati portati via gli oggetti sacri d'oro.»

«È successo anche a Suzzara?»

«Non risulta, ma forse è perché sono lì da poco...»

Trascorsero pochi minuti e il telefono sul tavolo suonò.

«Dottor Soneri, le passo il dottor Capuozzo», annunciò la segretaria del questore e il commissario pensò che la giornata cominciava nel peggiore dei modi.

«La chiamo per il delitto Iliescu», cominciò Capuozzo. «L'indagine mi preoccupa perché, se non erro, non siamo ancora arrivati nemmeno a un barlume di conclusione...»

«Dottore, è un caso molto complesso. Inizialmente non si conosceva l'identità della vittima, poi abbiamo appurato che si trattava di una clandestina che aveva il passaporto della sorella... Quindi la vicenda del vecchio morto sul pullman...»

«Va bene, capisco», riprese il questore. «Ma la faccenda sta degenerando... Siamo arrivati alle bombe! Cosa raccontiamo alla città?»

Soneri trattenne un ringhio. Sapeva che qualche papavero aveva telefonato lamentandosi dopo il clamore suscitato dal matrimonio rovinato: era a quelli che il capo doveva rendere conto, non certo alla città.

«Stiamo lavorando», replicò timidamente. «Sia io sia la dottoressa Marcotti non ci risparmiamo.»

«Ho indetto una riunione con il prefetto, il sindaco e il presidente della Provincia per oggi pomeriggio», annunciò Capuozzo. «Dobbiamo dare un segnale.»

La solita commedia con ammucchiata di burocrati, pensò il commissario. Le telecamere e i taccuini avrebbero frullato intorno a due dozzine di autorità, raccontando l'indefesso lavoro del «tavolo per la sicurezza». Perfetto per un mondo che viveva di apparenza.

«Dottor Capuozzo, spero di darle presto buone notizie», si sforzò di essere diplomatico il commissario, «prima o poi pescheremo la carta giusta», finì con il dire, pensando un attimo dopo a quanto gli fosse entrata in testa quell'espressione. Quindi posò il telefono con stizza e si sentì subito inquieto. Le chiamate di Capuozzo erano assolutamente vacue, ma gli mettevano sempre ansia. Come una sveglia che sta per suonare.

«Le ha detto della riunione?» chiese Juvara pronto per uscire.

«Lo sapevi?»

«Ha chiamato la segretaria stamattina appena sono arrivato in ufficio, ma mi ha detto che non era necessario le riferissi perché avrebbe richiamato. Così ho pensato di risparmiarle mezz'ora di cattivo umore», spiegò l'ispettore. Che aggiunse immediatamente: «Faccio un giro da Sauro».

Soneri approvò con un gesto, senza guardare. Pensava alla riunione e non aveva nessuna voglia di perdere del tempo in chiacchiere che sarebbero servite solo a ottenere un articolo sul giornale, dando l'illusione di quella che i politici chiamavano «una grande mobilitazione istituzionale». Decise che avrebbe disertato anche quella volta benché questo non giovasse ai rapporti con Capuozzo. Ma se non andava alla riunione, cos'avrebbe fatto quel pomeriggio? Tentò di afferrare un motivo che giustificasse la sua assenza, ma all'improvviso si sentì la testa vuota come se stesse per svenire. L'unico pensiero che lo tormentava era quello di Angela.

Fece per chiamarla dopo il tono ultimativo della sera prima, ma rinunciò per orgoglio e rispetto a se stesso. Adesso sarebbe toccata a lei l'ulteriore mossa, sapendo che poteva anche non esserci nessuna mossa. Tutto poteva restare nel gelo di quell'ultimo scacco.

Un istante dopo entrò Musumeci senza nemmeno bussare, riportando provvidenzialmente il commissario nel pieno dell'inchiesta.

«Dottore, ho qui un rapporto della polizia rumena arrivato da qualche ora», annunciò. «Il nostro traduttore ha appena finito il lavoro.»

«Rapporto su che?»

«Hanno intercettato la sorella della Iliescu che lavora in un locale di lap dance a Bucarest e finalmente sappiamo qualcosa in più sul vecchio morto nel pullman.»

«Cioè? Chi era?»

«Il nonno, ma il rapporto è un po' lacunoso. Ha a che fare con i rom, anzi, lui stesso è un rom.»

«E come mai è venuto in Italia a costo di lasciarci le penne?»

«La sorella», spiegò Musumeci, «era molto preoccupata per la sorte di Nina perché aveva saputo da alcuni compatrioti che il clan ce l'aveva con lei.»

«Soncini mi ha spiegato il motivo per cui gliel'avevano giurata. Ma chissà se mi ha raccontato tutto.»

«Comunque, la sorella dice di aver pregato a lungo il nonno di venire in Italia nel tentativo di mettere pace ed evitare il peggio. Stando a quello che ha riferito, gli aveva dato anche parecchi soldi e pagato il viaggio.»

«I soldi dev'esserseli bevuti», borbottò Soneri. «O qualcuno glieli ha fregati: il vecchio era a secco.»

«Facile che se li sia scolati: questo tizio era un noto ubriacone», confermò l'ispettore. «Comunque non ce l'ha fatta a compiere la missione», concluse.

«Lasciami questo rapporto», ordinò il commissario. «Poi me lo leggo.»

«La sostanza è quella che le ho riferito», riassunse Musumeci.

Bussarono alla porta e dopo pochi istanti entrò una poliziotta belloccia che attirò lo sguardo dell'ispettore.

«I giornali, dottore», annunciò posando la mazzetta sulla scrivania.

«Abbiamo fatto molti progressi nella qualità del personale», commentò Musumeci, ma Soneri non ci fece caso perché già sfogliava alla ricerca della cronaca cittadina.

I cronisti si erano sbizzarriti: quattro pagine dedicate al matrimonio funestato dalla bomba alla Golden con tanto di foto drammatiche e un rosario di interviste indignate alla Parma-bene «stupefatta dall'escalation della violenza», che chiedeva a «chi di dovere» di darsi da fare per fermare la «deriva del degrado cittadino». Né la Martini né i Dall'Argine avevano voluto dichiarare nulla e si erano limitati a mostrare facce furibonde ai fotografi che avevano rubato loro alcune immagini mentre uscivano dal Duomo. Non erano tipi da intervista. Avrebbero mosso le acque per vie dirette, strapazzando gli amministratori e magari scatenando la stampa telefonando ai proprietari dei giornali. Soncini, invece, aveva rilasciato un'intervista colma d'indignazione, tradendo così il suo lignaggio inferiore e mettendosi al pari dei politici, degli assessori e degli intellettuali di provincia. C'era anche un pezzo dedicato all'indagine, in cui si raccontavano le varie piste seguite dagli inquirenti, lasciando trasparire tra le righe che non si era cavato un ragno dal buco.

Il commissario buttò i giornali sul tavolo con uno scatto d'ira. Sempre più spesso Parma lo nauseava con la sua ipocrisia. Tutta quella gente a predicare il rispetto delle leggi per poi farsi gli affari propri credendosi al di sopra di ogni giudizio... Gli mancava tanto l'anima popolana della città, pronta allo sberleffo pubblico dei parrucconi, dei benpensanti, magari con una scritta di satira urticante sul muro sotto casa o una trovata salace dal loggione del Regio. Parma, allora, ti uccideva con una battuta.

Suonò il telefono un paio di volte e, in entrambi i casi, il commissario si precipitò a rispondere: stava bruciando in quell'attesa impotente. Aveva già richiesto l'interrogatorio di Medioli, ma occorreva un po' di tempo per avere il sì definitivo al colloquio. Non sapeva da che parte voltarsi.

Fortunatamente rientrò Juvara e lo distolse da quella bollitura fatta di cattive notizie.

«Dottore, era l'hard disk», spiegò l'ispettore.

«Non so che roba sia», confessò Soneri.

«È il cuore del computer, quello dove finiscono tutti i dati: qualcosa come la nostra mente e la nostra memoria.»

«A Soncini si era rotto il cervello?»

«Non esattamente», riprese Juvara. «Non si era rotto, funzionava eccome...»

«E allora?»

«Sauro mi ha detto che Soncini gli aveva chiesto come fare per cancellare ogni traccia delle operazioni eseguite dalla macchina.»

«E lui gli ha risposto che doveva cambiare quel coso?»

«Dottore, è l'unica maniera. Nell'hard disk resta tutto e un buon tecnico è in grado di ricostruire la vita del computer con tutte le procedure eseguite.»

«Finalmente una cosa interessante», mormorò il commissario.

«Vede quante scoperte si possono fare con le tecnologie», commentò entusiasticamente Juvara. «Si possono imbastire veri e propri filoni d'indagine con l'informatica.»

«Ma poi il coso gliel'ha cambiato?» lo interruppe Soneri che cominciava a sentirsi un po' in colpa per aver sempre snobbato la specialità dell'ispettore.

«Sì, mi ha detto che ha cambiato l'hard disk, ma solo dopo qualche giorno», precisò l'altro. «Soncini è tornato dicendo che non gli bastava la memoria, che aveva bisogno di un computer più potente. Insomma, la motivazione era molto differente e anche per quello Sauro non ci ha fatto caso più di tanto.»

«Ha conservato il vecchio disco?» domandò Soneri.

«Teme di averlo buttato via. Ha poco spazio come avrà visto. Però ci guarderà e nel caso mi farà sapere.»

«Se l'ha buttato via abbiamo sprecato del tempo», commentò il commissario.

«Lo sapremo nel pomeriggio», concluse Juvara.

«Senti», riprese Soneri, «se salta fuori quel disco e ci aiuta, giuro che mi compro un computer portatile.»

L'ispettore sorrise: «Sono convinto che si appassionerebbe.»

«Intanto ti invito a pranzo, mangio male da troppi giorni.»

«Dottore, mi dispiace, ma sono a dieta», si scusò Juvara e tirò fuori una scatola di plastica con dentro un miscuglio di insalata, strisce di carote, chicchi di mais e dadi di pomodoro. Sopra, una vescicola di olio da premere per condire il tutto.

«Questa roba farebbe schifo anche a un coniglio nano», brontolò Soneri guardando l'involucro trasparente con un'espressione nauseata.

Juvara si scusò con un gesto mostrando la pancia come causa di forza maggiore.

Appena imboccò via Repubblica, il commissario sentì la mancanza di qualcuno con cui chiacchierare. Era una sensazione nuova, che gli dava la misura del suo scoramento. La solitudine non gli aveva mai fatto paura, lui era come i gatti. Ma forse era uno degli effetti della crisi con Angela. Così chiese ad Alceste di apparecchiargli un pezzo di tavolo in cucina. Avrebbe parlato con lui mentre preparava i piatti. Gli piaceva guardare le pentole bollire, i camerieri che correvano e il vapore che ristagnava caldo contro il soffitto, tanto simile alla nebbia di fuori.

Era una giornata adatta agli anolini e alla bonarda. Contava sulle calorie per dare l'abbrivio a un pomeriggio che si annunciava ostile.

Il calore del vino e del brodo, i sapori del prosciutto dolce e del salame di Alceste, sortirono l'effetto sperato. Mentre tornava in questura stava già meglio. Ma quando passò dalla piazza e vide che l'orologio segnava le due e mezzo, sentì un nodo in gola: Angela non l'aveva chiamato e il loro appuntamento nel dopopranzo era saltato passando tra il silenzio ostile di lei e l'orgogliosa indifferenza di lui. Quando entrò in ufficio era di nuovo di umore nero e Juvara si guardò bene dal rivolgergli la parola per primo.

«Novità?» chiese il commissario.

«Ancora niente», rispose l'ispettore.

«Hai chiesto i tabulati dei cellulari di Soncini e del suo amico Razzini?»

«Sì dottore, ma sa come sono le compagnie... Se la prendono comoda. Ho chiamato anche stamattina per sollecitare. Pure la dottoressa Marcotti ha telefonato personalmente...» si lamentò Juvara.

Squillò il telefono e Soneri temette il peggio. Infatti era la segretaria di Capuozzo: «Il dottore vorrebbe sapere se intende partecipare alla riunione», disse con una voce perfetta per le moine.

«Gli dica che mi scuso molto, ma sto attendendo l'esito di una indagine importante... Non posso spostarmi dall'ufficio, devo tenermi pronto...» spiegò il commissario.

La segretaria replicò che avrebbe riferito e riattaccò. Per fortuna non tentò di passagli il questore.

«E se poi Sauro non trova niente?» insinuò Juvara.

«Vorrà dire che Capuozzo mi toglierà l'incarico. Dopotutto non mi dispiacerebbe», brontolò Soneri. «Ma noi speriamo di pescare la carta giusta, no?» rilanciò dopo qualche secondo. «Finora abbiamo visto solo qualche figura, vuoi che non ci arrivi in mano un asso in tutta la partita?»

«Non sono pratico di carte», si schermì l'ispettore. «Che gioco è?»

«Non conosci nemmeno la briscola?» si stupì il commissario. «Ogni volta che parlo con te mi sento del paleozoico.»

La discussione morì in un paio d'occhiate imbarazzate di Juvara e nel cupo malumore di Soneri. Il silenzio che calò nella stanza della Mobile era anche peggio. Stavano come marinai su una nave alla deriva. Anche i telefoni tacevano e quando ne squillava uno, nei loro occhi guizzava un lampo di curiosità. A un certo punto, Soneri, impaziente, ruppe gli indugi: «Dammi il numero di Sauro».

L'ispettore lo scrisse su un foglietto e glielo porse.

«Pronto? Sono il commissario Soneri, volevo sapere se aveva rintracciato quell'hard disk», esordì pronunciando impeccabilmente il nome inglese. «Ah sì? L'ha trovato? Ce lo stava portando? Non si preoccupi, viene Juvara a prenderlo da lei in borgo Regale.»

Posò il telefono con un'espressione soddisfatta. «Questa dobbiamo giocarcela bene», dichiarò.

«Vado subito là», si alzò l'ispettore.

«Vengo con te», gli fece eco Soneri afferrando il montgomery.

Più tardi, quando Sauro e Juvara cominciarono a setacciare la memoria dell'hard disk di Soncini, il commissario si sentì subito tagliato fuori. I due parlavano il gergo dell'informatica, una lingua per lui sconosciuta. Ai nomi che udiva non faceva riferimento niente che conoscesse, come in una lingua senza sostantivi.

«Abbiamo avuto fortuna», s'intromise allora Soneri, «se lei l'avesse buttato...»

«Stavo per farlo, sa?» gli confidò Sauro. «Anzi, avrei dovuto farlo: Soncini si era raccomandato.»

«E come mai se l'è tenuto?»

«È arrivato un cliente che cercava un computer per il figlio. Quelli nuovi costavano troppo, così mi ha chiesto se ne avevo uno usato. È stato allora che ho pensato di riutilizzare l'hard disk. Non mi costava niente... So che non è corretto, però ho cominciato da poco e c'ho qualche debito...»

A Soneri scappò da ridere. Pensava a Sbarazza e alla sua

convinzione che il caso ci offrisse ogni giorno migliaia di opportunità. Tutto stava nel saperle individuare.

«Se verremo a capo di 'sta storia sarà solo questione di coincidenze e casualità», mormorò sorridendo rivolgendosi a Juvara.

Sauro li guardò entrambi senza capire, poi decise che non importava e riprese a concentrarsi sul computer.

Soneri li osservò a lungo. Sullo schermo comparivano sequele di numeri, finestre con elenchi, domande. Di tanto in tanto l'ispettore e Sauro si scambiavano frasi per lui incomprensibili. Dopo mezz'ora era così annoiato che iniziò a camminare nella stanza, ma poi anche quella divenne troppo stretta dandogli un senso di soffocamento tanto che sentì il bisogno di uscire.

«Chiamatemi quando arrivate a un risultato», avvertì.

Appena fuori si accese il toscano e cominciò a passeggiare nei borghi tra via Farini e via Repubblica già immersi nell'oscurità pomeridiana. Capì che il suo disagio di poco prima nasceva dal fatto che per la prima volta nella sua carriera, doveva dipendere dal lavoro di un collega più giovane. Finora era stato Nanetti a sbrigare tutta la parte scientifica dell'indagine. Ma Nanetti era un coetaneo, da lui poteva accettarlo. Juvara, invece, era di una generazione lontana anni luce. E per giunta si occupava di un mondo a lui del tutto alieno. Pensava che avrebbe potuto almeno imparare un po' di inglese... E se persino Capuozzo faceva un corso di computer... Mai come in quel momento si sentì un ferrovecchio. Un campagnolo indurito e fuori corso come una vecchia moneta dimenticata in un salvadanaio.

Era così di malumore che quando Juvara lo chiamò dal negozio non reagì neppure alle buone notizie.

«Commissario, abbiamo trovato cose molto interessanti!» annunciò l'ispettore. «Gliel'avevo detto che i computer sono dei giacimenti.»

«Sto per convertirmi», mugugnò Soneri.

«Soncini ha eseguito più di una ricerca sfruttando alcuni motori...»

«Che motori? Juvara, parla come mangi, per me i motori sono quelli delle macchine.»

«I motori di ricerca servono a trovare notizie su un determinato argomento e in genere si consultano con una parola chiave.»

«Come quella per accedere al terminale?»

«Quasi. Nei motori di ricerca serve per trovare testi che contengano quella parola.»

«E che parola ha usato Soncini?»

«Oh, ne ha adoperate tante, ma c'è una mezza dozzina di ricerche che ha come parole chiave 'donna bruciata autostrada'. Mi sembra piuttosto eloquente, no?»

Soneri riemerse di colpo dal malumore.

«Molto eloquente», commentò. «Quando ha svolto queste ricerche?»

«Nei due giorni successivi all'omicidio», rispose con precisione l'ispettore.

«Juvara», annunciò Soneri, «hai vinto la scommessa. Di' pure a Sauro che in questi giorni passerò da lui a comprare uno di quegli aggeggi. Spero che mi consiglierai nella scelta.»

«Le farò da consulente», promise l'ispettore, «poi le insegno come si usa, così potrà rispondere a Capuozzo quando le manderà le mail.»

Il commissario borbottò qualcosa bonario: «Prendi il disco e raggiungimi in questura», gli ordinò infine.

Camminando ripensava alla novità trovata dentro quel pezzo di computer e l'entusiasmo del primo momento scemò.

* * *

«Dottore, tutto questo incastra Soncini», dichiarò più volte trionfante Juvara una volta in ufficio.

«È solo un indizio», ridimensionò Soneri. «Non dimenticare che Nina era l'amante di Soncini e una clandestina. Non sarebbe stato possibile eseguire ricerche con i canali ufficiali e quindi ha usato Internet anche per capire se qualche giornale di provincia avesse riportato qualcosa.»

«C'è la macchina...»

«Rubata dai rumeni...» scosse la testa il commissario. «In base a quanto abbiamo in mano, resta valida sia la pista della vendetta del clan che quella che abbiamo appena scoperto», concluse mentre Juvara incassava il verdetto con un'espressione delusa.

«Forse saranno i tabulati a farci decidere che strada prendere», chiarì Soneri.

«Domattina voglio assolutamente averli», dichiarò l'ispettore con puntiglio, «a costo di andare di persona dalla compagnia telefonica.»

«Ci vuole pazienza, la realtà è molto complessa», replicò il commissario. «I computer sono veloci perché hanno a che fare con i numeri non con gli uomini.»

«Dottore, a me sembra che questa sia una storia marcia. Pensa che si salvi qualcuno?»

«Abbiamo mai trattato storie edificanti, noi?»

«Questa mi sembra più schifosa delle altre.»

«Salvo solo Nina», concluse Soneri, «è una povera crista che cercava di scampare alla miseria e dalle miserie di chi le stava intorno.»

18

Rimase in ufficio fingendo di lavorare finché anche Juvara se ne andò, non prima di aver chiesto timidamente: «Dottore, se non ha più bisogno...»

«Va' pure», lo congedò Soneri con un sorriso di gratitudine. Ma appena rimase solo fu assalito dallo sgomento, davanti alla serata vuota che l'aspettava. Decise di uscire più tardi, quando avrebbe incontrato poca gente, qualche passante solitario come lui.

Passò dall'enoteca senza trovare chi temeva d'incontrare. Da Bruno si fece dare un cartoccio di scaglie di grana e qualche fetta di coppa, poi s'incamminò verso casa prendendola alla larga. Parma nelle notti d'inverno gli appariva bellissima, nonostante gli oltraggi che la deturpavano nel suo spirito profondo. Resisteva con il suo volto paglierino, impassibile al fiume di volgarità che l'attraversava e Soneri continuava a portarsi dentro la stessa città che aveva conosciuto tanto tempo prima, sforzandosi di ritrovarla ogni volta nei portoni, nelle facciate, negli scorci irregolari dei tetti dell'oltretorrente. Scivolava lentamente nella malattia del ricordo e contemporaneamente stringeva il cellulare in attesa di una chiamata del presente. Forse anche Angela sarebbe presto passata nella memoria, glielo faceva supporre il suo ostinato silenzio sul futuro del loro rapporto.

Camminò ancora fino in piazzale della Pace dove, in giorni che gli apparivano lontanissimi, l'aveva sorpreso la chiamata di Juvara da cui era partita l'inchiesta. Pensò a quel momento con nostalgia: dopotutto, allora la sua vita era meno in frantumi di adesso. E mentre riviveva la situazione, squillò il cellulare in una curiosa replica. Era più o meno nello stesso punto dell'altra volta. Musumeci intendeva aggiornarlo sugli ultimi sviluppi riguardo il violentatore: la donna che aveva fatto perdere la testa a Candiani era Nina.

«Commissario, questa era una furia con gli uomini!» esclamò l'ispettore, mentre Soneri pensava alle espressioni molto più colorite che avrebbe usato con gli agenti. «Per starle al passo dovevano sniffare di continuo.»

Non ci aveva pensato: molti degli amanti di Nina erano cocainomani, ma non era una grande novità in quel mondo di gente ricca alla ricerca di emozioni. Tutto si complicava di nuovo. Erano in troppi a volere quella ragazza e in troppi a ricevere frustrazioni. Accelerò verso casa: ancora una volta doveva lasciare correre i fatti.

Il mattino dopo, infatti, corsero. Arrivarono i tabulati che riportavano le telefonate di Soncini e Razzini la sera del delitto. Il primo aveva spento il cellulare intorno alle 22 e l'aveva riacceso due ore dopo. Il ripetitore al quale si era allacciato l'apparecchio era quello di Cortile San Martino, mentre l'ultimo collegamento era stato con un impianto nei pressi di Lodi. Razzini, invece, aveva ricevuto mezza dozzina tra telefonate e messaggi che erano transitati attraverso un ripetitore della zona sud di Como. L'alibi di Soncini non teneva: era evidente che l'uomo era rimasto con l'amico fino a una certa ora e poi se n'era andato.

«Dottore, questo mi sembra schiacciante», concluse Juvara. «E ancora grazie all'elettronica», sottolineò dopo qualche istante.

Soneri non rispose subito. «Qualcosa ancora non mi torna», borbottò. «In questa vicenda, sembra sempre di aver trovato il bandolo, ma a ogni passo saltano fuori più dubbi di prima.»

«Ero convinto che avessimo trovato l'asso», si lamentò l'ispettore. «Almeno lo speravo.»

«La macchina: ecco cosa non torna. Quella Bmw rubata.»

«Commissario, tutto si basa sulla testimonianza di un ubriaco...»

«Sì, ma un patito di auto che conosce tutti i particolari...»

«Poteva essere una macchina dello stesso modello», ipotizzò Juvara.

«Aveva il cavallo sulla fiancata, ricordi?»

«Il simbolo del circolo ippico Cerreto», sussurrò l'ispettore.

«Hai l'elenco dei soci? Prova a vedere se ce n'è uno che possiede una Bmw come quella di Soncini», suggerì il commissario.

Che poi si alzò infine avvicinandosi alla scrivania dell'ispettore prendendo la cartella con i documenti e cominciando a spulciarla.

«Posso aiutarla?» domandò Juvara.

«Sto cercando il numero del Cerreto», spiegò Soneri. «Tu chiama quel locale del comasco dove Soncini ha dichiarato di aver passato la serata con l'amico e chiedi al proprietario com'è rientrato Razzini.»

«In che senso?»

«Se è rientrato con la sua macchina o si è fatto dare un passaggio da qualcuno.»

Intanto Soneri afferrò il telefono e compose un numero. Juvara lo guardò agire con la determinazione dei momenti migliori e pensò che doveva avere in testa un'ipotesi molto precisa. Ma al contrario di quel che immaginava, sentì che chiamava Nanetti.

«Senti, ma che modello è la Bmw rubata a Soncini? Come dici? Una 520 turbodiesel del 2005?»

Subito dopo fece un altro numero senza nemmeno posare il ricevitore. «Pronto? È il Pra? Sono il commissario Soneri, mi passa il dottor Ronchini, per favore? Ciao, come va, Eugenio! Senti, avrei bisogno di un favore: mi puoi controllare le auto possedute da Arnaldo Razzini, sai l'avvocato?»

Nell'attesa, il commissario fissò Juvara, ma vide che a sua volta stava parlando fitto al telefono. Qualche minuto dopo richiamò Ronchini: «Come? Una Fiat Punto e una Bmw 520 turbodiesel decappottabile? Grazie, sei stato utilissimo».

Soneri e l'ispettore riattaccarono in contemporanea, ma quest'ultimo non fece in tempo ad aprir bocca che il commissario rialzò subito la cornetta. «Musumeci, fai un salto da Razzini in ufficio o a casa e dai un'occhiata alla sua Bmw: è un modello decappottabile 520 turbodiesel nera. Devi controllare se sulla fiancata ha appiccicato un adesivo con un cavallo al galoppo. Fammi sapere alla svelta.»

«Commissario, lei sospetta...» balbettò Juvara.

Soneri annuì. «Sospetto che il cadavere bruciato di Nina non sia stato scaricato dalla macchina di Soncini, ma da quella del suo amico: sono identiche e Mariotto non s'è sbagliato.»

«Dal locale di Como mi hanno detto che Razzini è tornato a casa con un conoscente. È stato visto salire verso l'una un po' alticcio con quest'ultimo, un habitué.»

«Infatti», confermò Soneri, «questo conoscente deve aver dato un passaggio a Razzini perché quella sera la Bmw dell'avvocato secondo me se l'è presa Soncini.»

«Questa volta non può dire che ci sono dubbi», concluse Juvara perentorio.

«Siamo arrivati al primo punto fermo di questa storia», replicò il commissario, «ma i dubbi sono ancora tanti. Ricordati che non c'è mai fine a una vicenda se non dal punto di vista giudiziario. È anche vero che a noi basta.»

La soddisfazione si spense presto con l'arrivo dei giornali che riversarono un altro carico di accuse equamente divise tra Comune e questura. Il prefetto interveniva a sua volta schierandosi «dalla parte della gente» per il «ripristino dell'ordine perturbato dai recenti fatti di cronaca».

«Tutti paraculi», ringhiò Soneri. Aveva la nausea di quella tiritera. Una città intera a predicare, come se la «società civile», che veniva continuamente sbandierata, fosse composta di santi. «Cagano per strada al pari dei loro cani e poi si lamentano della sporcizia!» rincarò, sbattendo di nuovo i giornali sulla scrivania. Per giunta erano arrivate voci che Capuozzo fosse furibondo e che il bersaglio fosse proprio Soneri, il disertore del giorno prima.

«Non si preoccupi più di tanto», lo tranquillizzò al telefono la Marcotti, «fino a prova contraria io coordino l'inchiesta e scelgo personalmente a chi affidare le indagini. Lasci che Capuozzo strilli.»

Ecco finalmente una donna rassicurante, pensò il commissario ripetendosi che, una così, avrebbe voluto sposarla.

«Dottoressa», spiegò poi, «ho bisogno di un decreto per perquisire l'auto di Razzini, ho il sospetto che sia stata usata per l'omicidio».

«Si spieghi meglio.»

«Soncini ha effettuato delle ricerche su Internet con parole chiave compromettenti quando in pochissimi potevano sapere dell'omicidio. Inoltre, Razzini ha un'auto identica alla sua con lo stesso stemma sulla fiancata e dal locale di Como dove Soncini e l'avvocato dicono di aver passato la serata in cui la Iliescu è stata ammazzata, abbiamo saputo che lo stesso Razzini è tornato a casa con un conoscente. Mi intende?»

«Perfettamente. A questo proposito volevo dirle che il capo del rom arrestati a Suzzara dai carabinieri per la faccenda dell'oro mi ha riferito che i ragazzi alla guida dell'auto non c'entrano nulla e che presto ce lo dimostrerà.»

«Aspettiamo, allora...» disse Soneri. «Dottoressa», riprese subito dopo, «ci pensa lei ad aggiornare il questore? Sa, in questo momento i nostri rapporti non sono dei migliori.»

«Non si preoccupi, me lo lavoro io», concluse lei, mentre il commissario avrebbe voluto baciarla.

Finalmente si sentì sollevato. Alzò lo sguardo verso Juvara e incontrò i suoi occhi: «Dottore, è venuto il momento di stringere il cappio attorno al collo di Soncini».

Ma Soneri s'infoschì di nuovo. «Perché l'ha fatto?» sussurrò.

Il movente, uno dei parametri fondamentali di un omicidio, gli sfuggiva. Nina voleva andarsene? Era già stata con tanti altri... Lui intendeva lasciarla e non riusciva a liberarsene? Ma lei non era il tipo da abbandonarsi ai rimpianti, magari conditi con qualche ricatto... Da qualsiasi parte girasse la questione, non riusciva a capire cosa l'aveva condotto a ucciderla.

La telefonata di Musumeci lo distolse dalle sue riflessioni.

«Commissario, le confermo che la Bmw ha lo stemma del circolo ippico sulla fiancata», spiegò l'ispettore.

«Stai lì, ti mando Nanetti.»

«Ma ci vorrà l'autorizzazione...»

«Arriverà anche quella.»

Lui chiamò subito la Marcotti: «Dottoressa, anche sulla macchina di Razzini c'è il cavallo...»

«Proceda, firmo il decreto immediatamente.»

Quindi fece il numero di Nanetti.

«Ti sento in forma», commentò il collega, «significa che stai quagliando.»

«Forse ho trovato chi ha ammazzato Nina», replicò il commissario.

«Tutto qui? Pensavo ben altro. Questa è ordinaria amministrazione.»

Avrebbe voluto mandarlo al diavolo, ma non era il momento.

Due ore dopo arrivarono i primi risultati. Nel bagagliaio della Bmw c'erano tracce di benzina, probabilmente trafilata dalla tanica usata per appiccare il fuoco al corpo. Inoltre, il luminol aveva mostrato tracce di sangue sui tappetini, benché l'auto fosse stata ripulita con cura. Gli esami avrebbero detto se si trattava del sangue di Nina, ma intanto quel che era emerso bastava.

La Marcotti tirò le conclusioni in un bar del centro, mangiando un panino assieme a Soneri e a Nanetti alla fine della mattinata di lavoro sull'auto di Razzini: «Mi pare ovvio che gli elementi sono schiaccianti, ma vi avviso che, stante così la situazione, si tratta di un'accusa solo indiziaria. A me basta per ingabbiarlo, ma al processo sarà un'altra musica».

Il commissario era il primo a dubitare e a essere insoddisfatto. Pensava di avere in pugno Soncini e invece lo teneva semplicemente per un lembo della giacca. Tutta quella vicenda gli appariva ancora molto oscura. Puzzava, ma come qualcosa che spande miasmi in giro senza che si capisca dove sia.

«Se volete un consiglio», riprese la Marcotti con un'impennata della sua testa candida, «continuate a lavorare su questa storia, non abbiamo ancora toccato il fondo. Comunque la prossima mossa sapete qual è», aggiunse attendendo conferme da Soneri.

«Soncini», rispose quest'ultimo.

«Passi da me che le firmo immediatamente un provvedimento di custodia.»

Sembrava che se lo aspettasse. Forse Razzini era riuscito a telefonare all'amico prima che gli agenti arrivassero. Sta di fatto che Soncini aveva la cera di uno che è stato malato. Dal viso gli era scomparsa quell'aria vissuta che ogni volta metteva a disagio. La barba di due giorni, i capelli unti afflosciati su una testa che appariva improvvisamente piccola e a punta, le guance incise da rughe nella pelle color cuoio, tutto dava l'idea di un uomo invecchiato di colpo. Non conservava neanche un briciolo del piglio combattivo e distante che il commissario gli aveva visto nei primi colloqui. Sembrava un uomo rassegnato a lasciarsi andare senza la benché minima reazione.

«Non è una bella situazione», esordì Soneri dopo una pausa di silenzio passata a far finta di leggere alcune carte. In realtà conosceva a memoria tutto, ma prendeva tempo per tenere l'altro sulla corda. Si aspettava che Soncini negasse, che cercasse qualche scappatoia e invece inaspettatamente mormorò: «Sì, mi rendo conto».

L'avvocato che lo accompagnava, un giovane che poteva avere l'età di sua figlia, stava anche lui sorprendentemente zitto.

Allora il commissario colse quella remissività come una sorta di assenso e affondò il colpo diretto: «Perché l'ha uccisa?»

Era la domanda che si era posto decine di volte senza capirci nulla e adesso la rivolgeva all'assassino. Ma non gli arrivò una risposta.

«Non volevo, è stato un incidente», sussurrò Soncini.

«Balle!» sibilò Soneri con una rabbia che sorprese lui stesso. Gli si era parata di fronte agli occhi la figura di Nina incinta e ancora una volta si era sovrapposto il ricordo della moglie.

«Ha premeditato tutto», riprese cercando di controllare la voce che gli scappava verso toni furiosi. «S'è fatto prestare l'auto dal suo amico Razzini così avrebbe dato la colpa a chi aveva rubato la sua. Forse perché sapeva chi gliel'aveva presa...»

«È stato un caso», protestò l'uomo. «Razzini era ubriaco, Nina mi aveva telefonato chiedendomi che ci vedessimo al più presto. Allora ho preso in prestito la macchina del mio amico, che oltretutto non era in condizioni di guidare. Le pare che avrei usato un'auto uguale alla mia?»

«Era il modo migliore per allontanare da sé i sospetti», puntualizzò Soneri.

«È stato un incidente», ribadì Soncini. «Me ne sono andato dal locale di Como prima delle dieci, non lo nego. Nina mi tempestava di telefonate, così le ho dato appuntamento a Parma in un locale vicino al casello dell'autostrada e dopo un po' ho spento il cellulare. Lei era agitata e ripeteva che doveva dirmi una cosa molto importante.»

«Agitata come? Impaurita?» domandò il commissario.

«No, emotiva, eccitata. Sembrava contenta e timorosa al tempo stesso», spiegò Soncini. «Quando ci siamo visti, mi ha abbracciato come una ragazzina e mi ha detto... Insomma, che aspettava un bambino. L'aveva appena saputo facendo un test di quelli che si comprano in farmacia.»

«E lei non l'ha presa bene...» osservò il commissario.

L'uomo lo guardò con un lieve sorriso. «Già, non l'ho presa bene», confermò. «Lei mi capisce, sono un uomo sposato...»

«Non mi pare che questa condizione le abbia però impedito di divertirsi...» puntualizzò maligno Soneri.

«No», riprese Soncini. «Ma non c'erano mai stati di mezzo dei figli.»

«Vuol dire che i patti erano chiari?»

«Nina mi ha sempre detto che non c'erano problemi. Del resto, con la vita che faceva... Non sono nemmeno sicuro che fosse figlio mio...» borbottò l'uomo sdegnosamente.

«Insomma, lei poteva prendersi tutte le libertà che voleva, purché le sue avventure restassero sottotraccia. Niente di più vecchio e scontato che le scappatelle. Anche con sua moglie i patti erano chiari, immagino... Tanto, da quel che capisco, non c'era più niente...»

Soncini annuì lentamente. «Il fatto è che Nina voleva tenerlo», sbottò poi, come se si fosse trattato della più grossa bestialità immaginabile.

Soneri dovette fare uno sforzo per contenersi. Quell'interrogatorio andava a toccare più di un nervo scoperto e avrebbe avuto voglia di spaccare la faccia a Soncini. «Crede che per una donna sia più facile abortire o tenersi un figlio? Dico anche per una donna come la Iliescu, con la vita che faceva?»

«Pretendeva che ci sposassimo, che io piantassi tutto», piagnucolò l'uomo. Anche quello doveva parergli una bestialità: mollare la sua vita fatta di circoli esclusivi, vacanze di lusso, amici con i soldi...

«Così ha deciso di farla finita: bimbo e madre in un colpo solo», ringhiò Soneri fendendo l'aria con un gesto che mimava la ghigliottina.

«No, le ripeto che è stato un incidente!» protestò l'uomo, mentre anche l'avvocato dava segni di impazienza.

Il commissario fece cenno di stare calmi. «Mi spieghi com'è andata, allora.»

«Abbiamo discusso a lungo e ci siamo scaldati», riprese Soncini. «Nina era irremovibile, diceva che si era stancata di vivere in quel modo, che era giovane e voleva farsi una vita normale. Io le ho risposto che mi aveva ingannato e che un figlio lo si fa in due. Allora ha cominciato a insultarmi urlando che approfittavo di lei, che vivevo una vita comoda mentre lei si sbatteva per uscire dalla miseria. Ci siamo molto alterati e nel locale ci guardavano incuriositi. Allora siamo saliti in macchina e abbiamo iniziato a girare finché ci siamo fermati in un posto appartato, non distante da Lemignano. Io le ho dato l'ultimatum: o abortiva o tra noi era finita, che attribuisse quel figlio a uno di quelli con cui era stata. Magari poteva dire che Candiani l'aveva stuprata: cosa le importava? Poteva intentargli causa e farsi un po' di soldi, no? Tanto lo sapevano tutti che era stata con lui. E invece no, lei voleva me. Voleva rovinarmi. Be', l'ho presa a schiaffi, ma gliene ho dati solo un paio, tanto per farmi capire e calmarla. Ma lei è scesa dall'auto con un balzo e ha cominciato a scappare gridando nella nebbia che l'intera città avrebbe saputo. Che l'avrebbe raccontato a tutti. Sembrava pazza. Io l'ho rincorsa, ma pensavo che non l'avrei mai presa. A un certo punto me la sono trovata addosso. Entrambi, correndo, avevamo sbattuto contro una recinzione invisibile nella nebbia. Lei mi ha mollato una ginocchiata nelle palle e non ci ho visto più. Non nego che quella sera avessi tirato un po' troppo. Ero impulsivo e forse fuori controllo. Sta di fatto che le ho mollato un pugno di quelli che avrei dato a un uomo e lei è volata all'indietro come per uno spostamento d'aria. L'avevo presa in pieno, sotto il mento. È caduta sulla nuca centrando il parapetto di ferro. Tutto è avvenuto con una velocità tale che quando mi sono fermato a prendere fiato mi è parso incredibile in quella nebbia stagnante, nel silenzio profondo... Ho capito subito che era morta e allora mi ha preso la paura. Avevo un paio di grammi di polvere e l'ho tirata. Tanto, ho pensato, se ci resto secco fa lo stesso, ormai non avevo più speranze. Invece, la coca mi ha tranquillizzato e ho ricominciato a pensare. Ho trascinato il corpo in un campo, sono andato in fabbrica, ho preso un contenitore usato per i solventi e un telo per l'imballaggio. Il contenitore l'ho riempito di benzina a un self service e sono ripartito per caricare Nina. Dopo un quarto d'ora l'avevo avvolta e sistemata nel baule, sono tornato in fabbrica e sono passato nel cortile sul retro che si affaccia su una scarpata dove spesso vengono accesi fuochi per bruciare i bancali di una ditta di trasporti. Avevo un'ora a disposizione prima dell'arrivo della guardia notturna per il giro della mezzanotte. La benzina fa un lavoro rapido: una vampata che dura qualche minuto e poi si spegne rapidamente. Con tutta quella nebbia c'erano pochissime probabilità che qualcuno mi vedesse. Quindi ho aspettato che il cadavere si raffreddasse prima di riavvolgerlo nel telo. Non c'è voluto molto con la temperatura che c'era. Ho disteso il corpo sui sedili posteriori e ho imboccato l'autostrada. A Cortile San Martino sapevo che c'era un accampamento di nomadi rumeni e siccome Nina era clandestina, ho pensato di lasciarla lì. L'autostrada è il posto più anonimo del mondo. Passano tutti in autostrada! Ma non potevo prevedere che poco dopo avvenisse un incidente proprio in quel tratto. Non fosse successo, sarebbe passato molto tempo prima del ritrovamento.»

Soncini si afflosciò sulla sedia come se stesse per svenire. Appariva ancora più sfatto e malmesso di prima. Soneri lasciò che il silenzio sottolineasse la gravità della confessione. Gli ripassarono nella mente le immagini della farsa recitata alcuni giorni prima dall'uomo, dalla moglie e dalla figlia e gli montò la rabbia. Al confronto, Nina, anche se disinvolta con gli uomini, gli pareva davvero una povera crista che cercava di sopravvivere galleggiando in un mare di melma. E pensando a lei riusciva a coltivare un po' di speranza di non affogare in quello schifo.

«Era meglio che si tenesse il bambino, che facesse finta

d'essere un compagno premuroso. Forse, per la prima volta in vita sua, si sarebbe preso una responsabilità senza arrivare a questo punto», chiosò Soneri.

«Per favore», intervenne l'avvocato, «non dia giudizi, non le compete.»

Il commissario lo fissò con uno sguardo sprezzante: «Ha ragione, ci penserà il giudice». Poi, rivolto a Soncini: «Ha dimenticato di aggiungere una cosa».

L'uomo fece un cenno interrogativo.

«Avrebbe dovuto rinunciare alla sua vita di mantenuto.»

L'altro non disse niente e chinò la testa.

19

Dopo la confessione, lo portarono via. Soneri osservò l'uomo avviarsi scortato da due agenti, seguito da quell'avvocato agghindato come un manichino e si chiese perché, a quel punto, gli assassini gli apparissero sempre così banali, privi di qualsiasi fierezza, fosse anche quella della malvagità. Invece si trovava di fronte facce scialbe, personaggi dall'aria qualunque, insignificanti. Sembrava quasi impossibile immaginarli nel ruolo di carnefici. Ricordava mafiosi di rango con la faccia da pensionati, serial killer dall'aspetto impiegatizio, violentatori con il viso di seminaristi, feroci avvelenatrici con i lineamenti da bambola. Mai uno con l'espressione torva del tagliagole, gli occhi cattivi da squalo e la faccia proterva.

Pensava a tutto questo e sentiva crescere un nuovo disagio. Nella remissività di Soncini leggeva un che di falso. Quell'uomo dava l'idea di recitare una parte: dopotutto, se gli andava bene, poteva tentare di dimostrare che era stato davvero un incidente, e magari cavarsela con pochi anni di galera. Avrebbe potuto sostenere che aveva agito sotto l'effetto della coca e che anche bruciare il cadavere era stata una reazione di paura dovuta all'assunzione di stupefacenti.

Tutti questi dubbi furono momentaneamente cancellati da una raffica di felicitazioni. A partire da Capuozzo, che in questo modo si parava il culo di fronte all'opinione pubblica preparandosi alla parata della conferenza stampa il giorno dopo. I giornali avrebbero così scritto che gli inquirenti avevano svolto il loro lavoro e i politici avrebbero rinnovato la loro fiducia nella giustizia. Persino Esposito gli telefonò dalla volante: «Dotto', amo fatto er colpo grosso, eh! Lei è sempre er mejo!»

Soneri provava soddisfazione, ma stentava sempre a manifestarla. I complimenti lo mettevano a disagio perché non sapeva mai cosa dire. Meno male che la Marcotti, molto simile a lui, si limitò a una vigorosa stretta di mano e a uno sguardo eloquente che raccontava tutto. Pensava sempre più spesso che se fossero stati coetanei avrebbe potuto innamorarsi di lei. Juvara, che da un po' lo osservava guardare nel vuoto apparentemente soprappensiero, tentò di scuoterlo: «Dottore, si ricordi della promessa».

«Che promessa?»

«Il computer, se l'è già dimenticato? Se abbiamo risolto il caso dobbiamo ringraziare quell'hard disk.»

«Dobbiamo ringraziare il caso», ribatté il commissario. «E l'interesse. Sauro ha pensato di ricavare un po' di soldi da un accessorio che avrebbe dovuto buttare. E l'ha fatto perché un tizio gli ha chiesto un computer a prezzo stracciato. Anche lui per interesse.»

«Mi sembra un'analisi un po' riduttiva. Sauro avrebbe anche potuto far finta di niente, dire che aveva buttato via tutto e montare comunque l'hard disk su un altro apparecchio», obbiettò Juvara.

«Ha appena aperto e ha bisogno di clienti. Avrà pensato che ingraziarsi la polizia conviene sempre. E in ogni caso, cosa gli importava di Soncini? Tu sei un cliente molto migliore.»

L'ispettore si arrese: «Lei è sempre troppo pessimista. Comunque il caso l'abbiamo risolto e questo è quello che conta».

«Risolto?» si interrogò il commissario. «Mah! Sai cosa mi inquieta? Quel biglietto... Quello pieno di insulti trovato a casa di Nina... Chi l'ha scritto doveva conoscere le intenzioni della ragazza riguardo Soncini. E questo presumibilmente prima della scoperta del bambino.»

Juvara non sapeva cosa rispondere e fece solo un cenno d'impotenza con le mani.

In quel momento squillò il telefono sulla scrivania di Soneri.

«Commissario, il dottor Capuozzo ha indetto una conferenza stampa domattina alle dieci e voleva invitarla...» annunciò la solita segretaria.

«Purtroppo non potrò esserci», rispose seccamente il commissario, «mi scusi con il signor questore.»

La donna era ormai abituata ai dinieghi di Soneri e con la solita indifferenza assicurò che avrebbe riferito.

«Vado a prendere un po' d'aria», disse poco dopo rivolto a Juvara.

Gironzolò in centro ed entrò in un paio di tabaccherie per comprare i sigari e i fiammiferi di legno che continuava a preferire all'accendino. Detestava quegli affari lustri sempre più simili a gioielli che facevano fuoco senza fumo. Erano due cose che non potevano stare distinte. Quindi ritornò verso la questura, ma appena fu in cortile, sotto gli abeti, sentì che non aveva voglia di rinchiudersi in ufficio e allora salì in macchina. Aveva una vaga idea di dove andare. Gli sarebbe piaciuto attraversare la pianura fino alle prime rampe dell'Appennino e salire oltre la nebbia. Verso le colline, il cielo si schiariva gradatamente, poi s'intuiva il disco del sole, quindi si ripiombava nell'ultima nebbia bianchissima, infine arrivava di colpo la luce e il mondo cambiava.

Talvolta era questione di metri. Gli sarebbe piaciuto asciugare un po' le ossa pranzando in una trattoria di collina guardando dall'alto la pianura sotto una lastra fredda di vapore.

Così pensando, si ritrovò su via Spezia, ma anziché marciare verso la Cisa, a Lemignano svoltò verso il quartiere artigianale. Nemmeno lui sapeva cosa l'aveva spinto a rinunciare a una gita sulle sue colline. Lo capì dopo, quando parcheggiò davanti alla Golden: gli mancava Angela. Una volta lassù si sarebbe ricordato delle loro fughe dalla città, perciò ci aveva rinunciato: non voleva soffrire. Meglio la faccia ostile della Martini che lo guardava con astio. Preferiva combattere contro qualcuno piuttosto che contro se stesso.

«Ha potuto vedere suo marito prima che lo portassero in carcere?» le domandò.

«No, e non me ne frega niente», ringhiò la donna. «Per quanto mi riguarda potete tenervelo. Quell'uomo è stato la mia rovina.»

«Avrebbe potuto liberarsene se non foste stati schiavi delle apparenze», replicò il commissario.

«Ho sopportato per un vita i suoi tradimenti. Mio marito è un puttaniere», sbottò la donna senza più censure né ritegno. «A un certo punto mi sono detta che non mi importava più niente di lui, che facesse ciò che voleva. Mia figlia, una volta grande, ha capito. Ma non potevo tollerare che seminasse anche bastardi. C'è un limite!»

«Lasci stare», la interruppe Soneri. «Quel bimbo c'entrava poco. C'entrano gli interessi. E lei non difende una rispettabilità, ma gli affari.»

La donna sembrò sul punto di aggredirlo, ma il commissario si sentiva lucido e tagliente, indifferente a ogni offesa. Le stava di fronte sfidandola con le parole, quelle che lei non avrebbe mai voluto sentire, che la mettevano a nudo.

«Avete recitato per anni la parte della coppia affiatata pur di far marciare l'azienda», ricominciò. «Poco importava che suo marito si facesse le donne dei locali notturni. L'essenziale era che si salvassero le apparenze di fronte ai vostri committenti, le curie. Un bel matrimonio, un'azienda, una figlia che si sposa con un Dall'Argine, una vernice di cattolicesimo osservante... Una famiglia perbene...» ironizzò. «Tutto per dare un'immagine irreprensibile: una garanzia per i vescovi e la clientela tradizionalista che compra ori e gioielli. Poi arriva una rumena e decide di fare sul serio. Vuole una famiglia. Lei lo sa che questa non mollerà e la minaccia, le scrive dei biglietti, ma la ragazza tiene duro. Allora comincia a ricattare suo marito: o la pianti o ti taglio i viveri. Niente più bella vita da mantenuto, niente più donne, circoli e macchine di lusso... E quando sa che l'altra aspetta un bambino, gli dà l'ultimatum. Lui, messo alle strette, tra la rinuncia alla vita godereccia e la rinuncia a Nina decide per quest'ultima. Non aveva messo in conto la risolutezza della ragazza: la Iliescu voleva davvero una vita normale con l'uomo che ha amato più di tutti. Allora non resta che farla fuori. Tanto è una rumena clandestina, chi può cercarla? Infatti non l'ha cercata nessuno, tranne un nonno che, venendo in Italia per far da paciere tra la ragazza e il clan dei rom, resta secco sul pullman. Fine della storia», concluse Soneri in preda a una rabbia che lo faceva tremare.

«Lei è un visionario!» gridò la Martini con lo scatto di un cobra. «Può credere ciò che vuole, ma quella era solo una puttana. Una che la dava a tutti per averne dei vantaggi. Le dirò di più», aggiunse con perfidia, «aveva anche un grande talento nel farlo rizzare agli uomini. Sapeva prenderli dal lato debole, ognuno in un modo differente. Li fiutava come un serpente e poi li attirava in trappola. Mi fa sorridere questo suo ritratto da vittima! Una volgarissima puttana! Una troia!» urlò fuori di sé, buttando alle ortiche la sua aria da gran dama.

Soneri la guardò costernato. Solo in quel momento capì come le donne possano essere cattive verso le altre donne. Lo sono in un modo inarrivabile per un uomo e la Martini lo stava dimostrando. I suoi occhi esprimevano una ferocia infinita, la bocca distorta dall'odio avrebbe staccato brandelli di carne con un morso e il commissario fece un passo indietro quando gli strillò di uscire dall'ufficio.

Se ne andò nauseato e ancora una volta respirò la nebbia a bocca aperta con un grande sbadiglio liberatorio. Si sentiva sempre più leggero, sempre meno legato alla vita e per questo più spietato nel giudicarla.

Si mise al volante e quando giunse all'imbocco della via Spezia meditò ancora se prendere la direzione della Cisa o quella della città. Vide che era ora di pranzo e ritenne inutile cercare il sole quando già avrebbe avuto il colore del tramonto. D'inverno, sui monti, conta solo la mattina.

Quando si avvicinarono le due del pomeriggio cominciò a sentirsi in ansia. Aspettava sempre la chiamata di Angela, ma qualcosa gli suggeriva che non sarebbe arrivata neanche quel giorno. Decise di andare da Alceste: cercava ancora una volta rifugio nel cibo e nel vino. Con un sorriso, constatò che non gli restava molto altro.

Non c'era tanta gente e Sbarazza ebbe buon gioco nell'accomodarsi al tavolo da cui si erano alzate tre donne.

«Ha scelto il posto dov'è rimasto meno da mangiare», osservò Soneri arrivando alle spalle del marchese.

«Non si vive di solo pane», rispose quest'ultimo, «la donna che era seduta qui mi piaceva da morire.»

Sul tovagliolo era rimasto il disegno delle sue labbra con il rossetto e Sbarazza guardava ammirato quella traccia di femminilità. «Sento il suo profumo e la sedia conserva il calore, la forma del suo corpo...» continuò sognante.

Il commissario sorrise: il vecchio era una delle poche persone con cui, in quel momento, avrebbe condiviso un pomeriggio. C'era qualcosa di profondo e consolatorio nella sua conversazione.

«Ho saputo che ha risolto il caso della rumena», osservò Sbarazza cambiando argomento, «alla fine ha pescato la carta giusta dal mazzo.»

«A un certo punto è arrivata», confermò Soneri. «Quando ormai disperavo», aggiunse.

«Vede, bisogna aver fiducia, non mollare...»

«Negli ultimi giorni pensavo che non mi sarebbe capitato niente di buono in mano.»

«Invece, quando ci sembra che non possa accadere nulla, proprio allora il caso lavora per noi. Anche adesso che siamo qui e mangiamo assorbiti solo dai sapori, pacificati dal cibo, anche adesso sta forse succedendo qualcosa che ci riguarda... Tutto quello che si appalesa è il risultato di mille carambole», ridacchiò il marchese.

«Chissà che lei non abbia ragione», mormorò il commissario mentre al tavolo si appalesava un piatto di tortelli di zucca.

«Può darsi che una di queste carambole finisca per attraversarmi la strada oggi pomeriggio, cambiando le prospettive. Già stamattina...» affermò assaggiando il primo tortello.

«Cosa le è successo stamattina?»

«Stavo marciando dritto verso le colline e improvvisamente ho cambiato destinazione... Lì ho scelto: se fossi andato nella direzione che avevo in mente avrei passato tutt'altra mattinata. Adesso non sarei qui a parlare con lei, ma in un posto al sole. E anziché tortelli di zucca, forse avrei nel piatto gnocchi ai funghi...»

Sbarazza gli fece cenno di smettere: «Non vada avanti, sarebbe un processo infinito. Alla fine approderebbe al non senso. Alla conclusione che qualsiasi cosa uno fa sbaglia perché c'è sempre una scelta migliore».

«E allora? Non è così?»

«Preferisco pensare che se si è fatta una scelta ci sia un perché. Vuole chiamarla provvidenza? Oppure determinismo? In tutt'e due i casi la nostra volontà ne è responsabile solo in parte. Il resto è qualcosa di oscuro che non ci è dato conoscere, sia che si tratti di trascendente o immanente», dichiarò il marchese filosofeggiando.

«Io ho a che fare con cause molto più banali, umanissime: i soldi, il sesso, le passioni che ne scaturiscono...»

«Quelle sono l'effetto, non si confonda. Se ci pensa bene quell'oscura causa preponderante che indirizza la nostra vita fa sì che l'uccidere o l'amare, alla fine, siano sullo stesso piano a livello di potenzialità. Poi, nel tempo, intervengono le carambole e possono liberare ora l'una, ora l'altra o entrambe.»

Il commissario gustò qualche altro tortello e alla fine mugugnò dissentendo: «Sa perché mi trovo bene con lei? Perché mi fa sentire un ottimista», rise. «Non mi rassegno al pensiero che siamo come macchine telecomandate. Né io né lei possiamo escludere di diventare assassini, ma un fatto è che non lo siamo. La maggior parte della gente non lo è.»

«Per paura. Solo per paura. E, per una minoranza, perché interviene la consapevolezza.»

«E che cos'è questa consapevolezza? Una morale?»

«Una conquista, un punto d'arrivo. Quando uno con l'azione o con il pensiero arriva a toccare il livello più basso dell'umanità, allora inizia a essere consapevole. Solo allora, sperimentato il male, potrà scegliere. Gli altri semplicemente si trattengono per paura delle reazioni che suscita la malvagità, ma la vita, con la sua sconfinata sequenza di possibilità, li invoglierebbe a dir di sì anche alle cose più abbiette.»

«E lei apparterrebbe alla schiera dei consapevoli?»

«Non sa che ne ho fatte di tutti i colori? Ma anche lei è della partita, con tutto quello che vede», concluse Sbarazza.

Il commissario sorrise e si alzò. «Vedo davvero tanto schifo», replicò pensando all'incontro con la Martini, «e non ne scorgo la fine.»

«Lei colga le buone occasioni», lo congedò il marchese, «sa come fare.»

«Mah!» sospirò Soneri. «Adesso vado ad affrontare quelle che mi offrirà il pomeriggio.»

La prima era l'autorizzazione all'interrogatorio di Medioli. Soneri l'avrebbe visto in serata e sperava che l'uomo si fosse deciso a parlare: confidava in qualche rivelazione sul mondo dei rom. Tanti anni fra le roulotte non dovevano essere passati invano. La seconda venne annunciata dall'agente belloccia che piaceva a Musumeci.

«C'è uno che vuole parlarle, sembra uno zingaro», annunciò.

Nella mente del commissario si saldarono i pensieri del campo rom con il tizio che chiedeva di vederlo.

«Fallo passare», ordinò.

L'uomo era vestito come i vecchi contadini dell'Appennino, un'eleganza modesta ma dignitosa che ricordava vecchie illustrazioni. Disse di chiamarsi Floroiu e doveva essere da un po' di anni in Italia, perché parlava speditamente.

«Arriva da Suzzara?» chiese Soneri.

L'uomo annuì. «Dal campo», precisò.

«Se è per l'oro, deve rivolgersi ai carabinieri.»

«Lo so», rispose l'altro. «Ma non sono qui per quello. Sono venuto per quei due ragazzi.»

«Quelli della Bmw rubata a Soncini?»

Di nuovo un assenso. «Volevo dirle che non c'entrano, hanno fatto solo una bravata.»

«Lei è uno dei genitori?»

«No, ma mi prendo la responsabilità di quello che è successo. Faccia conto che l'abbia rubata io. Sono venuto a consegnarmi purché lasci andare quei ragazzi.»

«Dubito che sia stato lei a compiere il furto. E la legge non ammette gli scambi», lo avvertì Soneri.

«Non c'entrano», ribadì l'uomo con puntiglio alludendo ai due.

«Quella macchina era al campo per essere smontata e spedita in Romania. Ci sono tanti dei nostri che vanno e vengono... Là l'avrebbero rimessa assieme. È un sistema più sicuro. Ma loro hanno preso le chiavi e hanno deciso di fare un giro, tutto qui.»

«Sta dandomi una dritta per vendicarsi di una famiglia nemica?» lo interrogò Soneri. «Altrimenti perché mi rivelerebbe un giro del genere? Per salvare due ragazzi che fra un po' uscirebbero comunque?»

Floroiu s'irrigidì tradendo l'imbarazzo. «Nessuna vendetta e nessun giro», smentì, «è la prima macchina che trattiamo. Altri sì, trafficano con le macchine, ma al nostro campo è la prima volta che succede.»

«E come mai? Avete deciso di inaugurare un nuovo ramo d'affari?» lo incalzò il commissario.

«No», borbottò l'altro. «Non ci sarà nessun traffico di macchine», ribadì.

«Allora mi spieghi meglio», si spazientì Soneri. «Tutto quello che mi ha detto non sta in piedi.»

«Sono quei quattro... Sono stati loro.»

«Chi?»

«Quelli che sono dentro per il furto dell'oro. Loro si sono presi la macchina, anche se non l'avevano mai fatto. Non so perché... Una sera sono tornati con l'auto. Anche tra noi ci sono gli onesti e i disonesti. Come tra voi italiani.»

«Così ha più senso», affermò il commissario. «I quattro che i carabinieri hanno trovato con l'oro sono gli stessi che hanno rubato la Bmw, giusto?»

Il rumeno annuì senza convinzione.
«Però lei sostiene che non avevano mai fregato una macchina...»
«No, mai.»
Soneri rimase in silenzio per qualche istante. Cercava di capire, ma tutto gli sfuggiva.
«Secondo lei perché è capitato?»
L'uomo alzò le spalle. «Non lo so, lo deve chiedere a loro.»
L'atteggiamento di Floroiu era cambiato. Adesso sembrava impaziente di andarsene, forse anche deluso.
«Lei sa perché è accaduto...» insistette Soneri.
«Sono venuto a spiegare che quei ragazzi non c'entrano, ma se lei non mi crede non ho più niente da dirle», tagliò corto l'uomo. Sembrava che fosse calata una saracinesca. Adesso il rumeno mostrava un'espressione diffidente, al punto che, quando se ne fu andato, Soneri sentì di non essere stato all'altezza. Forse, inconsciamente, aveva considerato il caso già quasi chiuso e non aveva colto i segnali che l'altro gli aveva mandato. Non si era mantenuto aperto alle possibilità, come avrebbe detto Sbarazza.
«Juvara», chiese, «ti ricordi di quel messaggio passato dal ripetitore di Cortile San Martino in cui avvisavano Nina che era tutto pronto?»
«Sì, il telefono era rubato.»
«Cosa pensi che volesse dire?»
«Non ne ho idea», rispose l'ispettore. «Però abbiamo trovato qualcosa di interessante tra le carte sequestrate a Soncini», cambiò discorso.
«Cioè?»
«C'è un versamento effettuato su un conto corrente della Cassa di risparmio intestato alla Iliescu.»
«E cosa c'è di straordinario?»
«Che sul conto la ragazza ha 750.000 euro.»
«Pensi che siano soldi suoi?»

«No. Al conto ha accesso anche Aimi.»

«Ah, il commercialista!»

«Commissario», riprese Juvara, «se c'è qualcosa che non mi convince in questa vicenda è la bomba alla Golden. Finora tutto ha una sua logica, ma non quel botto. E adesso questo conto.»

«Lo so. Se questi rumeni parlassero... Quello che è venuto oggi sembrava volesse farmi capire qualcosa...»

«Stanno rilasciando i due minorenni. Stamattina sono usciti dal carcere minorile e adesso sono dalla Marcotti in Procura», lo informò l'ispettore.

Soneri si alzò di scatto e uscì dalla stanza come se avesse preso fuoco la scrivania. Juvara lo vide camminare svelto nel cortile verso via Repubblica e sparire in fondo al portone.

Dieci minuti dopo era negli uffici della Procura. I due ragazzi avevano ancora la stessa faccia ostile, come la prima volta.

«Commissario, spreca il fiato: questi non vogliono parlare. Devono avere l'ordine di tacere», affermò il magistrato.

Il commissario sedette di fronte a loro: «Sappiamo che non avete ucciso voi quella ragazza e che la Bmw l'hanno rubata altri, quei quattro arrestati a Suzzara», cominciò.

I due si guardarono e per un attimo parve che la loro ostilità si allentasse. «Tra poco uscirete... Vorrei solo capire perché avete preso quella macchina, sapendo che chi l'aveva rubata l'avrebbe spedita in Romania pezzo dopo pezzo per ricavarci dei soldi. Dovevate immaginare che potevate essere intercettati e mandare a monte un affare...»

I due stavano zitti guardando nel vuoto con la solita espressione impassibile.

«Non è strano?» proseguì Soneri rivolto alla Marcotti. «C'è un'auto che scotta e due ragazzi senza patente la prendono per farci un giro. Dicono di essere stati incastrati, ma si sono incastrati da soli. Veri incapaci, dilettanti!» sbottò infine.

L'ultima frase toccò una parte sensibile dei due che, evidentemente, non potevano sopportare di passare per babbei in quello che ritenevano il loro lavoro.

«Quell'auto non rubata», intervenne il più grande dei due. «Quell'auto data.»

Soneri fissò la Marcotti. «Data da chi?» chiese poi.

«Da italiano. Non so nome», rispose il ragazzo.

«Soncini?»

«Non so nome», ribadì il rumeno alzando leggermente la voce.

La perentorietà del tono segnalava che non ci sarebbe più stato dialogo. Dopo qualche minuto, la Marcotti tagliò corto: «Perdiamo del tempo», concluse riconsegnando i ragazzi agli agenti che li avrebbero scortati fino al campo di Suzzara.

«Commissario, si accontenti», riprese il magistrato poco dopo. «Una cosa importante l'ha saputa: quell'auto pare non sia stata affatto rubata come ha denunciato Soncini.»

«Lei crede che abbiano detto la verità?»

«Secondo lei ci posso mettere la mano sul fuoco con il mestiere che faccio?» interrogò la donna. «Ma se vuole il mio parere, secondo me sono stati sinceri», aggiunse strizzando l'occhio a Soneri. «Perché avrebbero dovuto raccontarle una balla? Le raccontano quando hanno interesse a farlo. In questo caso non avevano più nulla da temere, non le pare?»

Il commissario annuì. «Questo significa che Soncini e i rom avevano qualche affare in comune», ipotizzò.

«Cocaina?» azzardò la Marcotti.

«Ci ho pensato», rispose il commissario. «Ma in tal caso non mi torna la bomba alla Golden.»

«Poteva essere contro Soncini.»

«Chi fa affari con qualcuno, sa quasi tutto dell'altro. E chi li faceva con Soncini non poteva ignorare che lui e la moglie avevano un differente peso economico», argomentò Soneri.

«E chi le dice che, malgrado questo, non fossero uniti in affari?»

Stava per rispondere, ma si trattenne. L'ipotesi della Marcotti gli mostrò improvvisamente la faccenda sotto una prospettiva nuova.

«Chissà...» replicò. «Potrebbe anche essere.»

Quando uscì dalla Procura stava già calando il buio e ancora doveva passare in carcere da Medioli. Ringraziò il fatto che la vicenda avesse inghiottito nel suo vortice anche quest'uomo in esilio dal mondo.

«Il nostro infiltrato», l'aveva chiamato Soneri congedandosi dalla Marcotti.

«Punti su di lui», aveva risposto lei strizzandogli di nuovo l'occhio.

20

Mentre guidava lungo la via Mantova diretto al carcere, si sentiva un po' Fabrizio Del Dongo in fuga verso il Po. La strada era la stessa e forse anche lo stato d'animo. Intuiva che si trattava dell'ultima giocata, che non ci sarebbe stata un'altra possibilità, checché ne pensasse Sbarazza. Capuozzo gli aveva fatto un lungo discorso allusivo con il suo frasario fumoso. L'assassino era in galera, il movente appariva chiaro, i parenti di Nina avrebbero dimenticato presto, l'opinione pubblica era pacificata: perché perdere altro tempo? Lavoro in questura ce n'era anche troppo. E poi, scavare con ostinazione spesso significa svelare magagne che nessuno vuole vedere.

Tuttavia Soneri perseverava. Temeva di ridursi a sbrigare la burocrazia, a firmare carte o a correre dietro a balordi drogati che rapinavano i tabaccai con la siringa. E a pensare alla sua vita senza Angela. Ecco perché aveva deciso di provare con Medioli. Per puntiglio professionale, per curiosità, ma anche per una piccola vanità nei confronti della compagna. Da alcuni giorni il suo nome compariva sui giornali che Angela leggeva. Era il suo modo di farsi vivo: gli interessava quell'unica lettrice.

* * *

Lo fecero passare da una decina tra porte e cancelli prima di arrivare alla stanza dei colloqui. Tutto appariva uguale, basso, asfittico, sferragliante e di un unico colore sudicio, tra il bianco e il grigio. Medioli, invece, aveva un aspetto migliore di quando si erano incontrati l'ultima volta: più in carne, quasi pacificato.

«L'aspettavo», fu l'esordio promettente dell'uomo. «Però cominciavo a pensare che non gliene fregasse più niente di quel che potevo dirle. Col passare dei giorni mi convincevo che alla legge non interessa approfondire più di tanto. Anche con me è stato così. Ero sul punto di scrivere al magistrato decidendo di collaborare, ma ho lasciato perdere. Qui sto bene. Ho un buon rapporto con tutti e insegno ad aggiustare i motori a questi ragazzi disgraziati. Do loro una speranza e io ho trovato uno scopo. Serve sempre, no?»

Soneri annuì gravemente, ma preferì scivolare via da quel discorso. «Dovevo farmi vivo prima», ammise. «Avevo la spiegazione di tante cose a portata di mano.»

«Non so se di tante», replicò l'altro, «ma di alcune sì. Lei, però, sa già molto, da quel che leggo sui giornali.»

«No, non tanto. Per esempio non so che affari combinassero i rom e Soncini», disse Soneri.

«Soncini?» sogghignò Medioli interrompendosi subito dopo. «Lei sa che in un campo c'è di tutto: onesti e disonesti, come ovunque. Saprà anche che parte dei rom ha un debole per l'oro...»

Nella mente di Soneri si incastrarono più pensieri saldandosi in una solida continuità: la Golden, Soncini che trafficava, l'oro dei rom e l'idea della Marcotti che l'assassino di Nina e la moglie fossero soci in affari, non solo per salvare le apparenze.

«Vuol dire che la Golden usava l'oro rubato dai rom e Soncini era l'intermediario?»

«Dimentica un tassello: la Iliescu», lo avvertì Medioli.

«Lei mediava?»

«Credo che all'inizio vi fosse costretta dai suoi connazionali, per riciclare tutto quell'oro. Anche tra i rom non è più come una volta: adesso i soldi fanno gola pure a loro. C'era una banda nel campo a cui non bastavano mai. Rubavano perfino nelle chiese e a quel punto sono cominciati gli attriti. Certe cose non si toccano e in quel mondo la tradizione conta ancora. Così i rumeni se ne sono andati perché i dissapori stavano degenerando in una guerra di etnie.»

«Quindi la Iliescu doveva stare al gioco?» domandò Soneri che continuava a pensare Nina vittima del clan.

«Secondo me sì. Non dimentichi che la sua famiglia era imparentata con i rom.»

«Ultimamente la odiavano... Forse si era cavata fuori dal letamaio?» insistette il commissario.

«Forse era così. Forse era già condannata. Ma da quella sera dell'incidente... Quando mi avete preso... Da allora non so più niente.»

«E Mariotto? Perché l'hanno picchiato?»

«Perché aveva visto giusto, nonostante l'alcol. La Bmw, intendo. Senza quell'informazione per lei sarebbe stata più dura, non pensa?»

«La Bmw di Razzini, uguale a quella di Soncini...» riassunse il commissario parlando fra sé.

«Non so chi sia 'sto Razzini», riprese Medioli. «So che quella sera Soncini ha scaricato lì il corpo perché era il posto più sicuro: non passa mai nessuno sotto la scarpata dell'autostrada e c'erano i rom a presidiare. Ma visto quel che aveva combinato prima, è stato un boomerang.»

«Però Nina era una di loro...»

«L'ha detto lei stesso: negli ultimi tempi la odiavano. Sulla ragazza c'erano brutte voci.»

«Perché?»

«Penso per uno sgarro. O, come ipotizza lei, probabilmente voleva smettere. Agli occhi del clan è lo stesso. Credo che i rom fossero d'accordo di farla fuori e non mi stupirei che ci fosse stato anche uno di loro la sera dell'omicidio. Gli affari andavano avanti con Soncini, mi capisce? Lei era ormai una mina vagante e sapeva troppo.»

«Non era solo per il bambino, allora», rifletté Soneri.

«Quella era una faccenda con la moglie del suo amante. Ma anche alla Martini doveva stare bene questo giro: oro sottoscosto, intende? E se Soncini non fosse stato un balordo cocainomane, sarebbe filato tutto liscio. Mariotto è stato picchiato perché ha parlato e non conveniva a nessuno. Ma l'avvertimento era a Manservisi, che ce l'ha a morte con i rumeni e le ha riferito quello che aveva visto l'altro. Voleva darle l'imbeccata, ma non poteva spifferarle più di tanto perché aveva paura.»

«Invece Soncini, con quella denuncia del furto della macchina, ha tentato di fregare i rumeni...»

«Ma no! Gliel'ho detto, è un balordo che ha incespicato nelle sue piccole truffe. Sua moglie gli passava i soldi per pagare l'oro dei rom, ma lui se li intascava per la coca. Quelli rivendicavano i pagamenti e a un certo punto lui ha dovuto mollargli la macchina. Immagino che la moglie, quando ha saputo tutto, deve avergli cavato la pelle e per non provocare sospetti, gli avrà ordinato di fare denuncia. Pensi cosa sarebbe successo se si fosse saputo che un'auto intestata alla Golden fosse stata trovata in un campo rom senza denuncia! Quella macchina scottava. Così è stato fatto un patto con i rom: la Bmw restava a loro, ma l'avrebbero fatta sparire al momento opportuno, magari smontandola. Non solo. Soncini, per salvare le apparenze, si è procurato un'auto uguale da qualche compagno di sniffate. Vede», spiegò Medioli, «in questa storia è Soncini l'anello debole.»

«Quindi Soncini non voleva addebitare le colpe ai rumeni. Ha usato quella macchina per il delitto, ma era da un po' che ci girava e lo faceva per non destare sospetti sul traffico d'oro», meditò il commissario, pensando che c'erano di nuovo di mezzo le coincidenze.

«Del resto è un'auto di moda in quel mondo. Non avrebbe mai avuto il fegato di fregare i rumeni, è troppo vigliacco. Gli attribuisce un cervello più grande di quello che ha. Semplicemente si è ingarbugliato nelle sue bugie, nei suoi espedienti da coglione, nella sua schiavitù verso la cocaina. Quando fai così, prendi la ruzzola e non ti fermi più.»

Alla fine Medioli e il commissario si guardarono fisso.

«Non è molto convinto, vero?» domandò l'uomo.

«Vedo tutto da un punto di vista nuovo», replicò Soneri. «Devo farci l'abitudine.»

«Capisco. Ma la realtà c'ha tante facce... Noi ci abituiamo a una e pensiamo che ci sia solo quella. Forse per pigrizia, le altre ci sembrano incredibili. È successo anche a me quando sono entrato nel mondo dei rom e improvvisamente la vita di prima si è come sciolta...»

«Anche adesso io...» iniziò il commissario, ma si fermò perché stava ricominciando a pensare ad Angela.

«Che merdaio!» esclamò Medioli. «Non ci stia dentro troppo perché finirebbe per puzzare anche lei.»

«È più probabile che diventi pazzo», lo corresse Soneri congedandosi.

«Commissario», lo trattenne il vecchio, «pensa che quello che le ho detto basterà per uno sconto di pena?»

«Farò di tutto perché glielo diano», promise. E mentre si avviava verso l'auto, solo in mezzo al piazzale ingombro di nebbia in cui palpitavano debolmente i lampioni, sentì davvero di aver smarrito l'equilibrio dei suoi pensieri. La realtà perdeva continuamente i contorni, malgrado gli sforzi per metterla a fuoco. Soncini era un carnefice, ma anche una vittima, la moglie sembrava tenere in mano il gioco, ma era dominata dall'infelicità, i rom vivevano sfruttati alla ricerca di un nuovo benessere, gli amanti della Iliescu sembravano vincitori, ma finivano vinti. E Nina? Lei era l'unica che aveva perso definitivamente, morta poco più che ventenne inseguendo il sogno di una vita normale.

Mentre guidava, stringeva il volante ed era scosso da fremiti di rabbia. Per calmarsi, prese il telefono e compose il numero della Marcotti.

«La Martini c'è dentro fino al collo», attaccò a spiegarle. «Fabbricava gioielli e oggetti sacri con l'oro rubato da una banda di rom che fregavano anche nelle chiese.»

Il magistrato restò in silenzio per qualche attimo e il commissario la immaginò scuotere indignata la chioma candida.

«Dovremo far visita alla signora Martini», concluse la Marcotti.

«Sarà difficile trovare qualcosa a questo punto», giudicò Soneri. «Proviamoci, comunque», aggiunse congedandosi.

Poi chiamò Juvara. «Mettiti d'accordo con Musumeci», lo avvisò. «Organizza una perquisizione alla Golden, chissà che la Martini da santerella diventi diavolessa.»

«Che cosa ci aspetta?»

«Avranno già fatto sparire tutto quello che è compromettente», replicò il commissario. «Prendete i documenti contabili, i movimenti di magazzino e gli ordini della merce. In particolare le forniture alle curie.»

Juvara tentò di dire qualcosa, ma Soneri lo interruppe: «Cerca anche qualcuno che parli tra il personale. Se ci fosse un dipendente che ce l'ha con la Martini... Uno licenziato...

Anzi», insistette il commissario quasi frenetico, «chiedi al sindacato. Col carattere che ha quella donna, di nemici deve averne più d'uno.»

All'improvviso si sentì molto stanco e un po' spaventato. Avrebbe voluto fermarsi, bloccare le indagini perché temeva di non aver ancora toccato il fondo. Invece, a ogni inchiesta sprofondava un gradino più giù.

Girovagò tra le strade della città senza una meta precisa. Quindi si assicurò che la perquisizione fosse già in atto e si diresse a Lemignano. Evitò la Martini, che schiumava di rabbia dentro l'auto di Musumeci assieme alla figlia, appena tornata dal viaggio di nozze e probabilmente di fronte a un divorzio dopo il clamore di quella vicenda. Appariva improbabile che i Dall'Argine potessero tollerare un simile scandalo con protagonista la nuora.

Entrò, invece, nell'ufficio dov'era già stato più volte e lì trovò Juvara sotto il ritratto del papa. L'ispettore stava perlustrando l'esposizione di oggetti sacri e Soneri gli si affiancò. Quando lo vide prendere in mano un calice, sorrise soddisfatto.

«Dottore, l'ho notato perché pareva fuori posto. Guardandolo meglio mi ha ricordato qualcosa», disse Juvara.

«Stai diventando bravo», continuò a sorridere il commissario. «Anch'io avrei cominciato da qui. Spesso le prove sono talmente evidenti che non ci si fa caso.»

«No, dico sul serio», protestò l'ispettore. «Questo calice mi ricorda un oggetto che ho visto sul sito dell'ufficio, dov'è riprodotta la refurtiva. Vede l'immagine di Cristo incisa? È strana perché è un Cristo glabro, solitamente ha barba e capelli lunghi.»

Soneri si fece serio: «A chi era stato rubato?»

«Alla parrocchia di Pedrignano.»

«C'è un parroco stabile lì?»

«No, dottore. Mia zia, che abita nei paraggi, dice che va a dir messa l'arciprete di Sorbolo.»

«Prendi il calice e monta in macchina.»

Attraversarono ancora la nebbia. Juvara si teneva stretto alla cintura, intimorito dalla guida disinvolta di Soneri e dai platani dipinti di bianco che sbucavano minacciosi all'improvviso.

L'anziano parroco, don Mario Bandini, stava cenando e la perpetua si spaventò quando dissero che erano poliziotti. Il prete, invece, si affacciò alla porta della cucina con un'aria stupita e il tovagliolo ancora al collo.

«Le abbiamo riportato un pezzo», esordì Soneri porgendogli il calice.

Don Mario lo prese in mano con rispettosa delicatezza, quindi si diresse verso un buffet, inforcò un paio di occhiali da presbite e cominciò a esaminare l'oggetto. Dopo qualche minuto disse: «È proprio quello che è stato rubato».

Il commissario e Juvara sospirarono all'unisono. Un prete aveva sentenziato la condanna della Martini e di sua figlia. Forse il cappellano delle carceri avrebbe dato loro l'assoluzione.

Al ritorno chiamò la Marcotti raccontandole del calice e del riconoscimento.

«Faccia riferimento a Musumeci», le raccomandò il commissario, «eseguirà lui gli ordini di custodia.»

«Ne ha fin sopra i capelli di questa storia, vero? Ci mancavano solo i calici da messa fabbricati grazie a un peccato mortale», ridacchiò il magistrato.

«Per una volta accetto il consiglio di Capuozzo: mi fermo qui.»

«Vedremo, commissario», lo punzecchiò la Marcotti, «non dimentichi che sono io a coordinare le indagini.»

Dopo aver chiuso la comunicazione, Soneri riportò Juvara in questura e decise di chiudere con il lavoro. La fame lo spinse verso l'enoteca. Bruno gli apparecchiò torta fritta, un piatto di culaccia, spalla cotta, coppa e prosciutto, scaglie di grana stravecchio e una bottiglia di bonarda. Si sarebbe rifatto con i sapori, il suo psicofarmaco preferito. Al culmine dell'euforia, lievemente ottenebrato dal vino, squillò il telefonino.

«Commissario...»

«Angela!»

Il tono delle loro voci era già una riconciliazione.

«Se è per darmi una brutta notizia hai scelto il momento migliore: ho ancora mezzo litro di bonarda...» l'anticipò Soneri.

«Non so se per te sarà una buona o cattiva notizia», replicò lei, «volevo chiederti se passavi da me.»

Il commissario tardò qualche secondo a rispondere.

«Sempre che tu non abbia impegni. Di lavoro o di altro...» continuò Angela.

«Fai la spiritosa?»

«No, dico sul serio. Ne avresti tutto il diritto.»

«Ma dai... Arrivo in dieci minuti.»

Mollò sul tavolo metà della cena e uscì di corsa. Bruno, ignaro di tutto, gli gridò dietro: «Il lavoro dà da mangiare, ma se poi non mangia...» Soneri era già lontano e non sentì.

Quando furono l'uno di fronte all'altra, si guardarono intensamente. Nessuno dei due sapeva da che parte incominciare ed entrambi si sentivano in imbarazzo. Angela era trattenuta dal senso di colpa, mentre Soneri si sentiva imbrigliato dall'insicurezza. Il rapporto che stava per riprendere gli appariva fragilissimo e temeva di spezzarlo con una mossa o una parola sbagliata. Come spesso accadeva fra loro, si parlarono con gli sguardi. E divagarono con le parole per sciogliere la tensione.

«Sei stato bravo», si congratulò Angela alludendo al caso di Nina.

Il commissario colse nella voce di lei qualcosa in più di un complimento. Si stavano scambiando indirettamente dell'affetto, facendo finta di parlare d'altro.

«Povera ragazza!» sussurrò Soneri. «Voleva vivere una vita normale, scappare dalla miseria. Voleva un compagno che le stesse accanto, ma trovava solo uomini ricchi alla ricerca di sfizi.»

Angela lo fissò con uno sguardo affettuoso e tenero insieme. «Credi davvero che sia così?» domandò prima di lasciarsi andare in una bonaria risata. «C'è una cosa che mi piace in te e che non ho ritrovato in nessun altro uomo: che riesci a far convivere l'ingenuità di un ragazzo con il cinico pessimismo di un vecchio.»

«Ognuno ha le sue contraddizioni...»

Lei scosse il capo: «Non è così. Tu vedi lo schifo di questo mondo e per questo lo guardi con realismo disperante, ma non rinunci mai a pensare da sognatore. O un bambino. Malgrado tutto, dentro di te la speranza è insopprimibile. È per questa tua dote che ti voglio bene».

Soneri era confuso. Angela lo aveva messo a nudo al punto che quasi si vergognava e non sapeva cosa dire. Si sentiva indifeso, ma contento di esserlo davanti a quella donna che, lo sentiva, gli era legata profondamente.

«È per questo che ti sei sbagliato sulla Iliescu», riprese Angela dopo qualche secondo.

Di colpo lui si sentì inadeguato. In quella vicenda aveva saputo trovare i colpevoli, ma non aveva capito niente e le parole della compagna lo stavano ferendo e confondendo.

«Vuoi uccidere la speranza che mi rimane?»

«No, ti ho detto che è una cosa che ammiro di te. Ma quella ragazza era davvero un'infame.»

«Come lo sai?»

«Ti arrabbierai se te lo dico?»

Il commissario negò con il capo.

«L'altro, quello...»

«Ho capito.»

«Be', difende Candiani.»

«Quello può raccontare ciò che vuole...»

«Non c'è solo la sua versione. L'altro conosce il giro della coca, capisci?»

«E cosa c'entra Nina?»

«C'entra, c'entra...» assicurò Angela. «L'altro ha convinto Candiani a confessare tutto e a giorni presenterà una memoria difensiva dov'è scritto cosa si muoveva nel traffico della polvere, di cui la Iliescu era una pedina molto importante.»

Tutto si scioglieva intorno a Soneri e la realtà evaporava confondendosi alla nebbia.

«Lei lavorava per Aimi e il circolo Cerreto è uno dei centri di smistamento della 'neve' a Parma. Aveva anche un conto sul quale transitavano i soldi della droga. Prendeva una percentuale sulle quantità piazzate e sui nuovi clienti acquisiti.»

Soneri le rivolse un cenno interrogativo, mentre la vicenda cambiava ancora di prospettiva affondando di nuovo più giù.

«Franco!» sorrise lei. «La Iliescu era solo una puttana! Di quelle d'alto bordo, ma pur sempre una puttana. Il suo compito era attirare gli uomini con i soldi, gente annoiata e vuota alla ricerca di emozioni. Aveva un grande talento, in questo. Dopo averli legati a sé, li convinceva a prendere un po' di roba fino a farne nuovi clienti. Tu credevi che fosse una vittima?»

«Lo è, visto che è stata ammazzata», puntualizzò il commissario.

«Ha osato troppo», ribatté Angela. «I rom la consideravano una traditrice perché aveva mollato il giro dell'oro. L'avranno minacciata e lei, sentendosi forte, avrà a sua volta minacciato di spifferare tutto. Così i rom, Soncini e la moglie hanno deciso di eliminarla. Ma anche con Aimi, secondo Candiani, continuava ad alzare il prezzo. Era bella, aveva tutti ai suoi piedi e non si è accontentata. C'è sempre l'avidità di mezzo.»

«Tutto questo potrebbe anche stare in piedi, ma quel figlio?» obbiettò Soneri pensando alla moglie e al suo privato, che forse l'aveva confuso nel corso dell'indagine.

«Non sai come sono fatte certe donne...» riprese Angela. «Al cinismo affiancano la passione. Ragione e sentimento. Può essere che la Iliescu fosse davvero innamorata di Soncini. Forse voleva quel figlio. Voleva tutto, lei. Quando esci dalla fame faresti indigestione. Voleva i soldi, la vita agiata, ma anche un uomo e un figlio. Non ha avuto tempo di amalgamare le sue aspettative mettendole in fila. Le voleva tutte in una volta: un boccone solo.»

«Come investigatore me la cavo, ma sono un pessimo psicologo», commentò il commissario.

«Non si tratta di questo», lo interruppe Angela. «È che sei migliore della gente che frequenti. E non dico dei delinquenti, ma della gente perbene di questa città fra cui ci sono i veri delinquenti.»

«Stai parlando da innamorata...» tentò di minimizzare Soneri.

Ma Angela lo prese sul serio e annuì: «Sì».

Poi si abbracciarono con un'urgenza quasi rude, come fra vecchi commilitoni.

«Ti davo per persa e invece sei tornata», sussurrò il commissario.

«Non so a cosa attribuire tutto questo.»

«Dovevo riflettere. Sapevo di darti un dolore grande, perché tu mi vuoi davvero bene, ma è stato per una combinazione di fatti... Diciamo che è stato merito della provvidenza», ironizzò Angela.

«Non sei la prima che me ne parla... È da un po' che me la ritrovo tra i piedi.»

«Tutti ci inciampiamo. Tentiamo di fare progetti, ma spesso arriva qualcosa che ci fa cambiare direzione come cartacce nel vento.»

«E qui cosa ti ha fatto cambiare direzione?»

«Stare con te era qualcosa di troppo scontato, questa è la premessa. Poi è arrivato l'altro e mi ha fatto sentire di nuovo una donna desiderata».

«Ti piaceva, tutto qui. E forse ti piace ancora.»

Angela non smentì. «Non ho mai pensato di lasciarti», gli spiegò. «Forse, se fosse andata avanti con l'altro avrei dovuto scegliere. Però, come posso dirlo?»

«E com'è che non è andata? Dimmi chi devo ringraziare.»

«Il caso, la provvidenza», ribadì Angela ridacchiando. «Alcuni giorni fa ho incontrato una mia collega che non vedevo da molto tempo. È successo perché sia a me sia a lei sono saltate le udienze in due sezioni differenti, pensa che combinazione! E siamo capitate a far colazione nel medesimo bar. A un certo punto, parlando delle nostre conoscenze, il discorso è finito sull'altro. Lei non sa niente di quel che c'è stato tra me e lui, così mi ha detto che un mese fa l'ha corteggiata insistentemente. Insomma, ci provava con tutt'e due.»

«Quindi devo mandare un mazzo di fiori alla tua collega.»

«Forse sarebbe finita ugualmente», disse Angela senza molta convinzione.

«No, non credo. Quello ti piaceva e se non avesse compiuto quel passo falso, che tu hai scoperto casualmente, a quest'ora saresti con lui e mi avresti già lasciato», mugugnò Soneri.

«A un certo punto avrei dovuto scegliere...»

«Avresti scelto lui. Quell'uomo ti eccitava, sembravi una gazzosa.»

«Mi faceva sentire importante», rispose Angela.

Il commissario ammutolì. L'aveva attanagliato un'angoscia tardiva per quello che poteva essere. «Mi avevi già lasciato», riprese, «stavi per dirmelo quando qualcosa ti ha fatto tornare indietro. Ero già un ex.»

«E invece siamo qui», mormorò lei.

«Per caso», ribadì lui. «Siamo leggeri, insostenibilmente leggeri. Fatti di niente. Possiamo solo cogliere il momento, ma non possiamo pretendere che ci sia continuità in quello che siamo, né fare progetti che non siano vaghi desideri. Tutto può mutare in poco tempo la formula instabile dei nostri legami in un infinito giro di valzer. Così la vita produce santi e assassini, monaci e puttanieri, ladri e onesti...»

«Adesso ha prodotto noi due e ci ha rimessi accanto per fare un pezzo di strada assieme. È inutile pensare più in là», tagliò corto Angela.

«Va bene», sorrise il commissario, «cogliamo questa possibilità che il tuo uomo ci ha offerto...» e afferrò il telefonino per chiamare la Marcotti.

«Dottoressa!» esclamò. «La Iliescu era il perno di un giro di coca a partire dal circolo Cerreto. Fra qualche giorno le arriverà una memoria difensiva di Candiani. C'è da lavorare anche su quell'Aimi...»

E mentre parlava sentì lo strappo e la delusione per quel tradimento umano.

«Scusi, lo dice a me? Vi ho affidato le indagini...»

«Dottoressa, questa è una questione di polvere, capisce? Roba della Narcotici. Per la Mobile basterà Musumeci che si è occupato di Candiani.»

«Guardi che lo dico per lei... Sembra che le voglia strappare il caso di mano... Non capisco.»

«Dottoressa, ha ragione Capuozzo: meglio fermarsi a un certo punto. Non voglio sprofondare ulteriormente in questa merda.»

Finito di stampare nel novembre 2007
presso la Mondadori Printing S.p.A.
Stabilimento N.S.M. di Cles (TN)
Printed in Italy